KB129850

백야의 그늘

전세환 장편소설

도서출판
청어

백야의 그늘

전세환 장편소설

| 작가의 말 |

혈액의 순환과 두뇌의 회전이 빨라진다는 핑계로 글을 쓰면서 싸구려 양주를 입에 털어 넣곤 했다. 거기에다가 잔잔한 음악의 선율과 지독한 고독, 회사를 그만둔 낙오자로서의 막막함과 불안감이 긴 시간 동안 함께 해주었다. 고된 작업이다. 하지만 어쩌랴! 내 마음속의 울림을 글로 적어내지 않으면 한 인간으로서 기본적인 업을 이루지 못할 것만 같은 느낌이 드는 걸…….

아마도 작가가 글을 쓰는 시간에 있어서의 감정과 환경은 개개인이 조금씩 다를 것이다. 양주 대신 맑은 생수를, 잔잔한 음악 대신 창문밖에서 흘러나오는 귀뚜라미들의 나지막한 합창소리로 위로 받으며 불안감 대신 행복만을 느낄 수도 있다. 지금 이 시간에도 이처럼 많은 사람들이 자신만의 다양한 방법으로 글을 쓰고 있을 것이다. 그 방법들에 있어서 정답은 없다.

그렇다. 생각해 보면 살아가는 방식에도 어쩌면 정답은 없는 것이다. 이 세상에 완전히 똑같은 사람은 없으며 오직 다름만이 존재할 뿐이기 때문이다. 하지만 사회와 미디어 그리고 불완전한 이들이 '적절한 때'라는 단어와 함께 학업과 결혼, 출산, 그 외의 무수한 사회 규칙들을 규정하고, 그 틀에서 벗어난 사람들을 명시적 또는 암묵적으로 '불쌍한 사람' 또는 '불행한 사람'이라고 정의를 내린다. 그리고 대중들은 이내 그 체계에서 눈 밖에 나지 않기 위해 발버둥 친다. 근본적인 이유는 모르지만 단지 그렇게 해야 한다고 들어왔기 때문이다. 또한, 나 자신에 대해서 평가하기 앞서 타인, 특히 낯선 이들을 보고는 심리학 또는 통찰력이라는 이름의 가면을 쓴 채, 착한 사람 또는 나쁜 사람, 가까이 지내도 될 사람 또는 이상한 사람이라는 식으로 쉽사리 그들을 판단하고 분류한다.

나로서는 무엇이 옳고 그른지 알 턱이 없다. 그저 이 책을 읽어 나가면서 우리 곁에 있는 지극히 평범한 사람들, 혹은 조금 부족하거나 삼류라고 불리는 사람들을 쉽게 평가하지는 말았으면 하는 마음이 들 뿐이다. 스쳐 지나가는 모든 사람들은 감정과 경험의 티끌들이 쌓여서 만들어낸 DNA처럼 복잡한 결과물인데다가, 쓸데없이 계산적인 잣대는 나 자신에게 독이 될 뿐이다.

우린 그저 고독을 이겨내기 위해 발버둥치는 가엾은 존재이기에, 삶에 어설프며 소외된 오리들이 수면 밑에서 쉴 새 없이 발질하는 이야기를 편견 없이 읽어주길 바란다.

| 차례 |

2부 2년 후

업무에는 꽤나 적극적인 모습으로 보였기에 팀 내에서는 나름 가치 있는 사람으로 나에 대해서 평가를 했다. 게다가 삶에 있어서 그리 큰 욕심은 없는데다가 그저 좀 더 웃고 싶은 평범한 이 시대의 청년일 뿐이었다. 단지 그들이 철저하게 이기적인 모습으로 내게 위협을 가하면서 외로움으로 나를 짓누르려 하기 전까지는 말이다.

결코 이를 원하지 않았다. 하지만 나는 달라져야 했음을 말하려는 것뿐이다. 이로써 명훈이와 내가 그것들을 부수려는 이유에 대해서는 충분히 설명했다. 냉철하기 그지없는 검사도, 밤낮이 뒤바뀌어 버린 택시기사도 이해할 것이다.

| 서문 |

나는 거의 죽어가는 생선처럼 아주 가끔씩만 팔과 다리를 꿈틀거렸다. 반송장처럼 힘없는 모습을 보이며 열정과 패기로 미래를 위해 내달렸던 맑은 눈동자는 차갑게 식어 있었다. 내게 더 이상 행복은 존재하지 않았다. 아니, 엄밀히 말하자면 세상이 허락하지 않는 내 헛된 망상과 무수히 겪어온 허무함이 결국 심리적인 고독감을 초래했고, 이상에 대한 철저한 배신감이 입을 굳게 다물게 만들었다. 내가 생각했던 30대의 내 모습은 이게 아니었다. 정말 그랬다. 몇 년 전만 해도, 행복하고 멋진 모습의 직장인을 꿈꾸던 청년이었다. 하지만 언제부턴가 나를 잃어버리고 껍데기만 남은 것 같은 느낌이 들었다. 원래의 내 모습, 내 생각과 자아는 사회에 정착하지 못한 채 변질되어 있었을 뿐이다. 그리고 영원할 것 같았던 내 사람들도 모두 떠났다. 나는 그렇게 절망적인 생각에 휩싸인 상태로 사무실 책상 위의 펜을 만지작거리고 있다.

조용한 침묵이 더욱 평온한 느낌을 주었다. 한참을 멍하니 앉아있다 보니, 부산에서 근무하는 어느 직원에게서 메신저로 연락이 왔는다. 그는 본사에서 풍겨져 나오는 재미있는 소식들이 혹시나 있는지 궁금해하고 있었다. 나는 별 일 없다고 대답한 다음 '오늘도 파이팅하세요!'라는 지극히 형식적인 메시지를 남겼다. 새로운 이메일은 열두 건이 도착해 있었다. 교육 컨설팅업체에서 보낸 광고 메일과 팀장의 업무 지시가 담긴 메일 그리고 동료 직원의 생일을 축하해 달라는 메일, 연구개발 부문에 연구비 관련 정보를 요청했던 메일에 대한 응답이 전부였다.

한동안 아무것도 하지 않은 채 멈춰 있었지만, 내 주변에 앉아있는 다른 직원들은 여전히 기계처럼 자연스럽게 일에 몰두하고 있었다. 가끔 사무실 뒤편의 작은 회의실에서는 시끄럽게 웃는 소리가 문을 뚫고 들려왔다. 나는 오랜만에 몸을 일으켜서 며칠간 정리를 하지 않아서 어지럽혀진 책상을 치워 나갔다. 두번째 서랍에서 물티슈 두 장을 꺼내서 이내 책상의 먼지를 닦아내고는 흩어져 있는 문구용품들을 제자리에 정돈했다. 그리고는 캘린더에 적혀진 일정들을 바라보니 지나오지 않은 날과 지나온 날 위에 적혀 있는 일정들로 빼곡했다. 잠시 고개를 들어서 무표정으로 일을 하고 있는 직원들의 얼굴을 자세히 쳐다보기 시작했다. 그 모습이 너무 웃겨서 혼자 웃음을 터뜨렸다.

잠시 후, 바람을 쐬기 위해서 사무실 밖으로 나섰다. 더위가 한풀 꺾인 이후로는 저녁을 알리는 어둠이 더 이른 시간에 엄습해 왔는데 서늘한 바람과 함께 스며드는 어둠은 언제나 기분 좋은 느낌을 주었다. 퇴근시간이 얼마 남지 않아서 들뜬 기분으로 흡연실에 내려와서 왁자지껄 떠들고 있는 직원들을 피해 구석자리로 들어서고는 담배를 입에 물었다. 거칠게 연기를 내뱉으면서 혼자 멀뚱히 서있는데 무심결에 민들레 두 송이가 발밑에서 눈에 띄었다. 아스팔트 바닥을 뚫고 나란히 서있는 것들에게서 자연스레 강한 생명력이 느껴졌다. 대단한 녀석들이다.

다시 사무실로 올라와서는 새로 뜯은 봉지에서 깨끗한 A4용지를 한 뭉치 꺼내서 프린터 용지 보관함에 끼워 넣었다. 그리고는 깔끔하게 작성한 사직서와 인수인계의 목적으로 작성한 업무매뉴얼을 출력했다. 마지막 최종 면접을 위해 면접장에 입장할 때만큼의 긴장감이 엄습해오기 시작했다. 그래도…… 어쨌든 나는 퇴사를 하기로 했다. 이는 나에게 더 없이 슬픈 결정이다.

1부

5년 전, 2014

1장 A회사 합격

장대비가 내리는 6월 중순, 오후가 다 와 가는 데도 불구하고, 나는 경건한 마음으로 내 방 바닥에 대자로 누웠다. 두려움과 기대를 동시에 느끼면서 긴장감 때문에 손바닥엔 땀이 고여 있었다. 아마도 오늘 안으로 얼마 전 면접을 봤던 회사에서의 최종합격 여부에 대한 발표가 날 것이다. 이번에 지원한 회사는 인천에 소재한, 게다가 집에서 그리 떨어지지 않은 공단지역에 위치한 중견기업 A회사로, 가릴 것 없이 다양한 가전제품이나 생활용품들을 만드는 제조업체로 꽤나 유명한 회사였다. 브랜드라고는 전혀 관심이 없었던 내가 들어볼 정도의 회사면 어느 정도는 알려졌다고 보면 된다.

취업을 하면 서울에서 화려하게 자취생활을 하리라 꿈꿔왔던 내게는 인천에 위치한 회사라는 점이 다소 안타깝긴 했지만 어쨌든 멍청하게도 그 사실조차도 면접 전날에 알게 되었다. 그도 그럴 것이, 이번 취업 시즌에만 약 150여 개의 회사에 이력서를 넣었기 때문에 미처 장소까지 봐 가면서 회사를 고를 여유까지는 애당초 없었던 것이다. 회사에 따라서 회사 이름만 수정하고, 지원동기를 조금씩 손을 본 후에 글자 수를 맞춰서 조정하면 새로운 지원서가 완성이 되었다. 이번 시즌에 반드시 취업해야 한다는 아버지의 간곡한 부탁도 있었고, 그럴듯한 일자리도 갖고 있지 못한 무능한 아들이라는 싸늘한 시선이 역겨워서 어떡하든 직장을 잡아야 했고, 그 결과 수개월동안 무수히 많은 지원서를 작성할 수 있는 이력서 공장이 만들어진 것이다.

솔직히 말해서 남아있는 실업급여와 아르바이트를 통해 생계를 이어가면서 백수생활을 조금 더 지속하고 싶었다. 전공인 경영학 공부를 일 년 정도 꾸준히 해서 공공기관에 입사하고 싶었기 때문이다. 하지만 집안 상황을 무시할 순 없었고 그때문에 당장 돈을 벌어야 했다.

관리사무소 소장 일을 하며 근근이 가족의 생계를 책임지고 있는 아버지의 근심과 나의 하나뿐인 친형으로 인하여 취업에 대한 압박이 더욱 심해졌다. 오! 안타까운 형제여……. 나와 3살 터울인 그는 명문대학을 졸업한 지 벌써 4년이 넘었지만 골치 아픈 캥거루족으로 서른이 넘은 지금까지 백수 신세를 면치 못하고 있는 것이다. 왜 삶의 의욕이 사라졌는지는 도무지 알 수가 없었다. 매번 자신감 없는 말투로 부모님에게 취업 준비를 하고 있다며 잘도 둘러대지만, 뻔히 보이는 거짓일 뿐이었다.

이러한 분위기속에서 넋 놓고 공부에 전념한다는 것은 불효자임을 증명하면서 불 확신 속에서 무작정 버텨야 하는 것이었다. 내 의지대로 살아야 한다고 종종 다짐하기도 했지만, 매일 같이 얼굴을 맞대고 살아온 사람들에게 상처를 주고 싶지는 않았다.

인턴기간 이후 백수생활을 한 지도 어느덧 반년이 되었다. 물론 중간에 몇몇 회사에서 면접을 봤으나 결과는 시원찮았다. 그래도 그 수많은 회사 중에서 어느 한 곳은 나를 불러주겠지라는 기대감은 저버리지 않고 살아오고 있다.

점심 무렵이 되어서 배에 뭐라도 채워 넣을지 고민하던 차에 갑자기 휴대폰에서 진동이 울렸다. 전화를 받자 굵직하면서도 부드러운 목소리가 들려왔다.

"의찬 씨, 축하해요. A사 최종 면접에 합격하셨습니다."

2장 입사 첫날

나에게 반가운 소식을 알린 그 남자는 내게 3일 뒤 9시까지 회사로 오라고 했다. 너무 촉박한 것 아닌가 싶었지만 그래도 나를 불러줬다는 사실에 고마움이 느껴졌다. 주어진 시간이 얼마 되지 않았기 때문에 미리 준비할 것 들을 생각해 봤지만 첫 출근에 내가 준비해야 할 것은 거의 없는 것 같았다. 그럼에도 불구하고, 지혜로운 어머니는 앞으로 회사를 다니려면 셔츠와 정장바지 몇 벌은 더 구입해 놓아야 한다고 일러주어서 저렴한 가격의 정장들이 널려 있는 아울렛에서 셔츠와 바지를 각각 두 벌 사다 놓았다.

물론, 남은 이틀 동안은 저녁마다 친구들과 술자리를 가졌다. 날이 밝을 때까지 멈출 줄 모르는 젊은이들로 넘쳐나는 부평의 길거리에서 나와 친구들은 무조건 젊은이들이 가득 차 있는 술집을 찾았다. 북적대는 공간에서 사람들의 냄새를 맡으면 내 몸속의 혈액들이 꿈틀대는 것처럼 청춘의 불꽃이 타올라서 흥분이 됐다.

당연히 술값 계산은 내 몫이었다. 조만간 통장에는 다시 숨통이 트일 만한 괜찮은 금액이 들어올 것이라고 생각하니, 평소엔 그렇게나 아깝던 술값을 가벼운 마음으로 지불했다. 그 잠시 동안에는 친구들 앞에서 어깨가 으쓱해졌다. 인생에서 큰 과제 하나를 해냈다는 생각에 기쁜 마음으로 내일이 없는 놈처럼 죽도록 마셔댔다.

그러고는 새벽 3시가 넘어가고 더 이상 버티기 힘들 때 모두가 뿔뿔이 집으로 향했다. 거하게 취하고 집으로 돌아오는 길은 걸어서 2~30분 걸리는 거리였지만 머리가 어지럽고 바람을 쐬고 싶어서 택시는 타지 않았다. 술기운 때문인지, 갑작스레 더워진 날씨 때문인지 모르겠지만, 몸에서 열이 나고 땀에 흠뻑 젖기 시작했는데 그 기분이 나쁘지만은 않다. 터벅터벅 집으로 걸어가면서 앞으로 펼쳐질 평범한 회사원의 삶을 그려보았다. 혹시나 직장이라는 곳이 무서운 사람들로 가득하거나 엄청난 전문성을 요구하여 적응을 잘 못하지는 않을까 싶기도 하고 혹은 가끔씩 욱하는 내 성격에 못 이겨 누군가와 싸우고 회사에서 쫓겨날 지 등의 쓸데없는 걱정들이 머리를 스쳤다. 그렇지만 같이 새벽길을 동행한 친구 녀석의 잘 할 수 있을 것이라는 흘려 말한 위로로 마음을 이내 안정시켰다.

첫 출근일이 밝고, 긴장된 마음에 생각보다 이른 시간에 눈이 떠졌다. 전날 잠을 설쳤기 때문에 느껴지는 피곤함을 뒤로 하고는 간단한 아침식사를 마치고 집 밖으로 나왔다. 긴장감을 떨쳐 버리기 위해서 동네를 잠시 배회하다가 회사 쪽으로 향하는 버스에 올랐다. 35번 버스를 타고 여섯 정거장만 가면 될 정도로 짧은 거리였다. 올라탄 버스가 순식간에 목적지에 도착했고, 산업단지 구역 내에 들어섰다.

조금씩 커져가는 긴장감과 초조함 그리고 약간의 기대감이 격하게 차오르기 시작했다. 한참을 걸으면서 출근길의 주변을 돌아보니 경관은 그리 좋아 보이지는 않았다. 온통 공장들뿐이었고, 나름대로 근처에 녹지조성 차원에서 만들어 놓은 자그마한 공원이 붙어있긴 했지만, 이 마저도 공장이 밀집한 이 광활한 대지에 비해서는 매우 협소한 느낌을 주었다. 원래 공단이라는 곳이 황량하기 그지없다는 것을 말해주는 것 같았다. 쓸쓸하게 서 있는 가로수들이 좁아터진 공장들 사이의 좁은 길목에 줄서 있었다. 문을 활짝 열어 놓은 영세한 공장들도 보였는데 그 대부분은 프레스와 밀링 같은 기계장비가 어지럽게 널브러져 있었다. 게다가 근처 비료공장에서 풍겨져 나오는 오물과 거름 냄새가 뒤섞여 이 지역의 공기를 감싸고 있었다. 좀 더 공장 숲을

헤치고 가다 보니 점차 몇몇 공장에서 지게차와 기계소리가 들려오기 시작했다. 어떤 공장에서는 아침 체조시간을 알리는 사내방송 소리가 힘차게 들려와서 깜짝 놀라기도 했다.

공장에서 뿜어져 나오는 먼지바람을 뚫고 약 15분을 더 걸어서 3공장이라고 하는, 모이기로 한 장소에 도착했다. 흰머리가 풍성하고 나이가 꽤나 들어 보이는 수위 아저씨가 정문을 지키고 있다가 나를 보더니 "신입사원?"이라는 짧은 질문과 함께 가벼운 미소를 전해주었다. 그렇다고 하자 고맙게도 그는 안내실에서 직접 나와서 나를 교육장소까지 안내해주었다.

중간에 공장을 살짝 훑어보니, 공장 전체가 꽤 넓은 부지를 가지고 있었고 내부의 공터와 주차장 그리고 몇 개의 건물이 나름 깔끔하게 정돈되어 있었다. 곧장 안내 받은 교육장으로 들어서니 나와 같이 입사하게 된 동기들 몇 명이 이미 일찍이 도착하여 자리에 얌전히 앉아 있었다. 잠시 뒤에 알게 되었는데 나와 함께 입사한 동기들은 총 다섯인데, 경력직으로 입사한 남자 두 명과 경력이 없는 새파란 신입 세 명으로 전부 남자들이었다. 시계를 보니 약속 시간보다 30분이나 일찍 왔음을 알게 되었다. 처음 보는 동기들과 띄엄띄엄 앉아서 어색한 분위기를 풍기고 있자니 차라리 밖에서 서성이다가 제시간에 맞춰서 올 걸 하는 아쉬움이 들었다.

아침을 대충 때우고 왔더니 갑자기 배가 고파져서 교육장 뒤편에 준비되어 있는 과자와 음료수를 집어 들었다. 그때 뒤편에 앉아있는 경력직 사내들과 눈이 마주쳤는데 뚱뚱한 한 사내는 유난히도 하얀 피부를 가지고 있었고 입꼬리가 내려가고 눈썹이 올라가 있어서 무언가 화가 난 듯한 표정을 하고 있었으며, 또 다른 한 명은 까무잡잡한 얼굴에 세상 모든 일에 관심이 없어 보이는 표정으로 초점 없이 허공을 바라보고 있었다.

조금 시간이 지나고 9시가 되자, 인사팀의 교육담당자로 보이는 사람이 교육 안내와 함께 오리엔테이션을 하기 위해서 교육장으로 근엄하게 들어왔다. 목소리를 들어보니 아마도 내게 최종합격을 했다고 전화를 해 주었던 사람으로 보였다.

"에, 음……. 반갑습니다. 일찍들 와 주셨네요."

잠시 뜸을 들이며 그가 굵은 목소리로 말을 꺼냈다. 아마도 이 회사에서 일을 하지 않았으면 성우를 해도 괜찮지 않을까 생각나게 만드는 좋은 목소리를 가졌다.

"저는 여러분들의 교육을 담당하게 된 김경민 대리라고 합니다. 어려운 경쟁률을 뚫고 입사하신 것에 대해서 먼저 축하를 드리며, 오늘부터 4주간 교육을 받게 될 예정입니다. 잘 부탁드립니다."

그가 자신감 넘치는 표정으로 소개를 마치고는 고개를 숙여서 인사를 했고 우리는 무표정으로 메마른 박수를 보냈다. 나를 포함해 새로 만난 동기 녀석들은 참으로 재미가 없는 놈들이라는 것을 직감했다.

김경민 대리라는 이 남자는 키가 크고 뚱뚱하며 굵직한 목소리를 갖고 있는데다가 머리까지 짧게 잘라서 사뭇 신중하고 무게가 있어 보이는 인상을 주었다. 뚱뚱한 김 대리는 우리가 앞으로 다니게 될 A 회사에 대해서 간략하게 소개를 하고 4주간 계속될 입문교육에 대해서 자세히 설명을 해주었다. 그의 말을 들어보니 교육기간동안 우리가 배우거나 체험하게 될 내용들은 생각보다 다양했다. 대략 말하자면, 회사에 대한 소개, 사내에서 지켜야 할 규율, CI 규정과 인사제도와 급여 그리고 회계제도, 회사와 연관된 각종 관련 법률, 제품과 기술에 대한 교육, 여러 공장 견학과 서비스 및 영업지사 방문 및 체험 그리고 마지막으로 경영진 앞에서의 조별 발표를 끝으로 기나긴 교육이 마무리되는 일정이었다. 뭐, 어쨌든 그 기간 동안에도 돈은 들어올 것이니 덕분에 거의 한 달 동안은 교육을 받으면서 돈까지 벌게 되었다. 나이스라고 마음속으로 외쳤다.

몇 가지 설명 후에 그는 우리에게 캘린더와 다이어리 한 권과 함께 회사에서 입고 다니게 될 유니폼과 수업교재를 하나씩 나눠주기 시작했는데, 그 중에서 펑퍼짐하고 우중충해 보이는 유니폼은 나름 안팎으로 주머니가 많아서 실용적이긴 해 보였다. 주변을 둘러보니, 주섬주섬 유니폼을 입어보고 있는 동기들 사이에서 경력직으로 입사한 두 명의 얼굴에서 쓴웃음을 지으며 애매하게 입꼬리가 올라가는 것을 보았다. 유니폼을 입어보고는 내 이름이 새겨진 명찰을 받아서 왼쪽 가슴팍에다 끼웠다.

9시부터는 본격적으로 교육이 시작됐고, 첫날임에도 불구하고 교육은 굉장히 바쁜 일정으로 진행되었다. 오전의 교육과 자기소개 시간은 오랜만의 교육이기도 하고 내용도 흥미로웠다.

동기들에 대해서도 어느 정도 파악하기 시작했는데 일단 다행스러운 것은 그들이 특별히 허풍을 떨거나, 쓸데없는 얘기들을 지껄이는 것을 좋아하는 타입은 아니라는 것이었다. 물론 모두가 사내자식들이라 더할 나위 없이 칙칙했지만 말이다.

어쨌든 오늘의 모든 일과가 빠르게 흘러가면서 첫 출근이라는 두려움을 깨고 의미 있는 하루를 무사히 마쳤다. 퇴근 전 마무리 시간에 전달된 조별 과제가 조금 버거울 것 같아서 걱정되긴 했지만 큰 문제없이 해낼 것이라고 믿었다. 교육 첫 날이라 모두들 피곤했던 탓인지 동기들끼리 함께 하는 저녁식사는 잠시 미루기로 하였다.

일찍 집으로 돌아가서 어머니가 준비해 주신 김치찌개와 고등어구이로 끼니를 대충 때우고는 거실 소파 위에 털썩 대자로 뻗어버렸다.

긴장이 풀려서 졸음이 쏟아졌다. 더 이상 버티지 못하고 그 자리에서 살며시 눈을 감았다. TV속 뉴스 앵커의 목소리가 귓속에서 앵앵거리며 무의식속으로 스쳐 지나갔다.

"4년제 대학을 졸업한 학생들의 취업률이 해가 갈수록 낮아지는 추세입니다. 인문계열 졸업자의 취업률은 47.8퍼센트, 사회계열은 53.7퍼센트, 공학계열은 67.4퍼센트에 이르는 수치를 보여주었습니다……."

3장 입문교육 완료, 동네 친구들과의 만남

입사 후 얼마간은 낯선 장소에서 처음 보는 사람들을 만나면서 느껴지는 경계심이 나를 긴장시켰다. 아무래도 그동안 혼자 지내는 날이 많다 보니 그런 것 같았다. 그래서 회사에 대한 생각을 조금 달리하기 시작했다. 여행을 즐기지는 않지만 회사로 여행을 온 것이라는 생각을 억지로 내 뇌속으로 주입시키고자 했다. 어느 알 수 없는 미지의 나라에 존재하는 신비로운 A회사에 무언가 보물 같은 것을 찾기 위해 여행을 온 것이라는 환상처럼 말이다. 그러고 나니 4주간의 입문교육이라는 이름의 첫 여행은 순식간에 지나갔다.

나중에 알게 된 사실이지만, 나를 포함한 우리의 입사동기 모두가 교육이 채 끝나기도 전에 골칫덩어리들로 한껏 유명해졌다. 왜 그런지에 대해서도 아주 상세하게 들었는데 우리가 만들어낸 몇 가지의 작은 해프닝들로 인한 것이었다.

첫 사건은 불과 이틀 만에 벌어졌는데, 경력사원 조씨가 그 사건의 발단이었다. 조씨로 말할 것 같으면 내가 본 사람들 중에 모든 일에 가장 무관심해 보이는 사람이었다. 세상만사, 특히 회사에서 돌아가는 본인과 관계되지 않은 일들에 대해서는 관심이 전혀 없었으며, 그가 속한 조직에 대해, 혹은 그의 일상에 대해서 얘기를 하면 그때는 항상 3인칭의 관점에서 느긋하게 이야기를 꺼내곤 했다. 도대체 그는 무엇에 관심이 있는 것일까?

어쨌든 그는 수원에 살고 있어서 출퇴근 시 항상 자신의 조그마한 SUV 차량을 끌고 다녔다. 그리고 그의 차는 몇 번이나 우리의 퇴근길을 책임져 주었기 때문에 우리는 그 차를 '조씨의 셔틀버스'라 이름을 지어주었고, 입사 이틀째 되던 날 그는 멍청하게도 그 셔틀버스를 임원 전용 주차장에 주차해버렸던 것이었다. 그 바람에 낯선 조씨의 셔틀버스를 본 직원들이 깜짝 놀라서 차주를 찾아다니는 소동이 발생함은 당연한 결과였다.

며칠 뒤에는 헐랭이라고 불리는 – 얼빠진 모습들을 이따금씩 보여주길래 우리가 지어 준 별명이다 – 또 다른 동기가 서울에서 교육이 있던 날 유니폼을 챙겨오지 않는 바람에 교육담당자인 뚱뚱한 김 대리가 아주 난감한 상황에 처하기도 했다. 유니폼 한 번 안가지고 온 것이 그렇게 큰 문제가 될 수 있냐고 의문을 가질 수 있겠지만, 사실 그 바로 전날에 몇 번이고 뚱뚱한 김 대리가 유니폼을 챙겨오라고 신신당부를 했지만 보란 듯이 챙겨오지 않았기 때문에 멍청함을 그대로 알리는 꼴이 되어버린 것이었다. 김 대리는 화가 치밀어서 헐랭이에게 우는 듯한 목소리로 "저에게 무슨 악감정이라도 있으세요?"라며 비꼬기까지 했는데, 헐랭이가 그 순간 당황하는 꼴이 너무 우스워서 우리는 작은 소리로 피식거렸다. 거기다가 우리는 나이가 지긋하신 회사 선배들이 이끄는 엄숙한 교육시간에 가장 많이 곯아떨어진 녀석들로 소문이 퍼지기도 했고, 인사를 제대로 안 했다는 이유로 욕을 먹기도 했다. 교육기간동안 우리의 모습만 본다면 저 못돼 먹은 놈들을 집으로 돌려보내고 신입사원을 다시 뽑는다 해도 별로 할 말이 없었다.

교육 마지막 날에는 교육수료 환영의 의미로 사장과 몇몇 임원들과의 저녁 식사가 진행되는 것이 그 동안의 관례였지만, 철없는 우리의 모습이 불안해 보였는지 그 식사자리는 무기한 연장되었다. 아니, 취소되었다고 하는 것이 좀 더 정확한 말일 것이다. 마지막 만찬도 없이 끝이 난 경우는 신입사원 교육에서 이례적인 일이라는 사실을 나중에 들을 수 있었다.

교육기간이 모두 끝난 날, 이대로 집으로 돌아가기에는 몹시 아쉽다는 생각이 들었다. 전우애라고는 없는 나의 동기들은 집으로 뿔뿔이 흩어졌기 때문에 동네에 살고 있는 내 오랜 친구 둘을 불렀다. 우리는 아파트 단지 내에 있는 관리사무소 앞 쉼터에서 만나기로 했다. 항상 우리는 그곳에서 모였기에, 쉼터에 있는 커피 자판기에 우리가 쓴 돈은 족히 30만 원은 넘어설 것이라고 장담한다.

쉼터에 도착하니 아직 아무도 없었다. 저녁이 되어도 남아있던 강한 낮의 열기가 온몸에서 땀을 분출시켰고 그 때문에 목이 매우 말라서 의자 옆 자판기로 향했다. 자판기 근처를 돌아다니는 하루살이와 나방 몇 마리가 불빛을 따라서 자꾸만 자판기의 몸통에 몸을 부딪혀댔다. 나는 그 녀석들을 피해 손을 뻗어서 밀크커피 한 잔을 뽑았다. 즉석으로 만들어 진 달콤한 밀크커피가 목구멍으로 따뜻하게 흘러들었다. 이열치열로 목을 따뜻하게 한 번 적신 후 담배를 피울 준비를 하면서 의자에 살짝 앉으려 하니, 내 오랜 친구 호윤이가 하늘색 슬리퍼를 끌면서 느릿하게 걸어왔다. 이 녀석을 만날 때면 주로 동네에서 잘 벗어나지 않는 터라, 그는 항상 후줄근한 옷을 입고 왔다. 색이 누렇게 바랜 다 낡아빠진 추리닝 바지에 목 부위가 늘어진 하얀색 티는 이제 호윤이의 트레이드 마크로 자리잡았다. "여어!" 하면서 그가 다가오더니, 내 손에 커피가 담긴 종이컵이 들려 있는 것을 슬쩍 보고는 자기 커피와 곧 오게 될 또 다른 녀석인 환규의 커피까지 두 잔을 내리 뽑았다. 나름 친구를 배려할 줄 아는 놈이다.

"환규는 오고 있다고 했어." 무표정한 얼굴로 그가 말을 건넸다.

"집에 있었어?"

"응, 너도?" 나는 바로 퇴근하고 왔다고 일러주었다. 셔츠에 땀이 좀 스며들어서 찝찝함이 느껴졌다. 그냥 나도 집에 들러 샤워나 하고 나올 걸 그랬다는 후회가 들었다.

서로 요즘 어떻게 지내고 있는지 안부를 묻고 있다보니 환규가 도착했다. 호윤이가 환규에게 커피를 건네고 지독한 골초인 환규는 바로 담배를 입에 물었다. 오랜만에 본 환규는 살이 좀 더 찐 것 같아서 그에게 말해 주니 최근에는 일과 잠의 반복된 루틴으로 운동할 새가 없다고 변명을 하였지만 원래 이 녀석 자체가 운동을 끔찍이도 싫어하는 터라 그 말은 간단하게 무시했다. 얼굴이 새하얗고 안경을 낀 연약해 보이는 모습의 그는 영락없이 도시 깍쟁이의 모습을 갖고 있었다.

내가 먼저 교육기간 동안에 있었던 일들을 얘기하고 그 다음은 환규, 호윤이 순으로 자신들의 최신 뉴스를 늘어놓았다. 호윤이가 말을 할 때 우리는 살짝 비웃기도 했는데 녀석은 무엇이든 조금씩 과장해서 말하는 성향이 있었기 때문이다. 그렇게 함으로써 자기가 겪은 고생을 부풀리거나 본인이 대단한 사람이라는 것을 인식시키려 하는 것처럼 보였다. 그렇지만 20여 년이 넘는 세월동안 그의 허풍을 들어온 터라 이젠 그 말투가 오히려 정겹게도 느껴졌다. 반면 환규는 호윤이가 허풍을 떠는 그런 꼴을 보지 못하고 공격적으로 쏘아붙이면서 그의 말에 빈틈이 생길 때마다 파고들었다. 그럴 때마다 호윤이는 껄껄 웃어넘기기도 하고 때로는 너무 화가 나는지 성을 내기도 했다.

호윤이는 나름 어려운 집안 상황에도 불구하고 착실하게 꾸역꾸역 인생을 살아왔다. 녀석과는 어릴 때부터 함께 시간을 보내왔는데, 어릴 때는 꽤나 풍요롭게 살았다. 그의 집에 코카콜라가 항상 베란다 한편에 차곡차곡 쌓여 있었던 이유는 그의 할아버지가 음료와 관련된 사업을 하신 덕에 매번 가져다주는 거라고 들었다. 하지만 중학교 2학년이 되어갈 무렵, 그의 아버지가 다단계 사업을 하기 시작했고 그게 좀처럼 잘 되지 않아 순식간에 빚더미를 쌓아 가면서 살게 되었다.

엎친 데 덮친 격으로 그가 대학생활에 집중하려는 찰나에 그의 아버지가 빚더미만 남기고 돌아가셨다. 고작 대학생이었던 녀석은 갑작스레 집안의 가장이 되었고 아르바이트를 하면서 착실하게 번 돈의 일부를 집에 다달이 보태야 했으며, 그의 어머니 역시 계속해서 직장과 살림을 병행해야 했다. 게다가 철없는 누나는 그의 가족 형편에 전혀 보탬이 되지 못했다.

반면, 환규는 호윤이와는 다르게 어릴 때부터 여태까지 늘 부유한 집안의 장남이었다. 그의 아버지는 내로라하는 제조회사의 임원이었다. 또한, 잔소리가 심한 그의 어머니는 가정과 자식들에게 굉장히 헌신적이면서 착실하게 들어오는 남편의 수입을 부풀리는 데에 집중하였다. 부모의 애정이 가득한 그의 집은 최소한 경제적인 풍파 속에서는 안정적이었다.

그렇지만 녀석은 선천적으로 게을러 빠졌기 때문에 서울의 어느 대학에서 기계공학을 전공하였지만 졸업을 한 뒤 한동안은 게임과 잠에 취해서 무의미하게 살았다. 그러다가 이 모습을 보다 못한 아버지가 힘을 써서 환규를 어느 자동차부품을 만드는 회사에 입사를 시켰다. 그 회사의 국내 지사장이 그의 아버지와 가까운 관계였기에 가능한 일이었다. 작년 그의 입사 소식을 처음 접했을 땐 나는 인턴생활을 하면서 꾸준하게 수많은 회사에서 낙방소식을 듣고 있던 때였다.

그땐 차라리 그가 아버지를 통해서 회사에 입사를 했다는 사실을 모르는 편이 내게는 더 나았을 수 있을 것이라고도 생각했다. 본인 스스로가 만들어낸 인맥을 통한 삶의 질 향상이 아닌, 태어날 때부터 물려받은 것으로부터 얻은 인맥을 이용하는 것은 부끄러운 행동이라는 내 나름대로의 개똥철학이 있었기 때문이다. 나는 친구들로부터 실망감을 느끼고 싶지 않았었다.

어쨌든 환규가 그의 직장 상사, 최 과장의 무능력함과 이기주의에 지쳐서 힘들다고 한참을 하소연하는 바람에 얘기가 길어졌고, 그렇게 쉼터에서만 한 시간을 앉아 있었다.

"하나씩 더 피고 집에 갈까?" 속이 다 시원하다는 표정으로 환규가 말했다.

"아니, 술이나 한잔하자. 환규는 음료수 마시고." 오늘은 마셔야 할 것 같아서 내가 제안했다.

"어디가 좋을까? 백운역 근처에 새로 생긴 2층 호프집 가보자."

괜찮은 녀석들이다.

4장 부서 배치 첫날

신입사원 교육이 끝나고 다음 날은 회계팀으로 소속되는 첫 날이다. 아침에 뚱뚱한 김 대리가 교육생 한 명씩 그들이 속하게 될 부서 사무실로 인솔을 했다. 한 명씩 마치 더블백을 메고 자대 배치를 받는 신병처럼 두려움에 가득 찬 채로 졸졸 따라갔고, 내 순서가 되자 마찬가지로 그의 뒤꽁무니를 따라갔다. 내가 일하게 될 통합 사무실에 도착해서는 한번 쭉 둘러보니, 회계팀 외에도 인사팀과 경영전략팀, 전산팀까지 옹기종기 한 공간에 붙어있었기 때문에 시장바닥처럼 매우 복잡하게 느껴졌다. 특이하게도, 조용한 사무실에는 자리마다 칸막이가 없다는 사실이 놀라웠다.

일단 뚜벅뚜벅 사무실을 가로질러 가서 본부장과 회계팀장에게 인사를 한 뒤, 김 대리가 내 자리라고 알려준 곳에 앉았다. 주변의 처음 보는 직원들이 새로운 녀석이 온 사실에 신기한 듯이 따갑게 쳐다보는 시선이 느껴졌다. 내 책상에는 컴퓨터와 필기도구, 몇 장의 서류와 같은 것들이 깔끔하게 정리되어 있었는데 신입사원이 들어온다고 해서 꽤나 신경을 써 준 모양이었다. 이것저것 책상에 있는 것들을 관찰해 보고 주변 사람들 얼굴을 좀 훔쳐보고 있는데, 바로 옆자리에 앉은 분주해 보이는 남자가 슬며시 나에게 말을 걸어왔다. 교육기간 동안 얼핏 들었던 오 대리였다.

"의찬 씨 맞죠? 반가워요. 내가 바쁜 일만 끝나면 하나씩 안내해 줄게요. 일단 한 시간 뒤쯤 우리 팀 주간회의를 시작하는데, 그때 간단하게 의찬 씨를 팀원들에게 소개할 예정이에요……."

빠르고 정확한 말투로 오늘 일정에 대해서 내게 설명해주었다. 말투를 들어보니 그는 성격이 급해 보였다. 거무스름한 피부에 키가 작으나 단단해 보이는 체구를 갖고 있었으며 술을 좋아해서 그런 것인지 모르겠지만 쌍꺼풀이 명확하게 드러나는 큰 눈은 붉게 충혈되어 있었다. 그리고는 자기가 나의 사수(선임자)라고 일러주었다.

간단한 설명 후에는 나더러 먼저 회계팀의 팀원들 이름을 외우는 것이 좋을 것 같다고 일러주었기 때문에 책상에 놓여 있는 팀원들의 이름이 적혀 있는 조그마한 코팅지를 보면서 이름을 외우기 시작했다. 한동안 열심히 들여다봤지만 눈앞의 이름들이 머릿속에 잘 들어오지 않았다. 주변의 낯선 환경과 낯선 사람들이 꾸며놓은 이 분위기가 어색해서 집중이 되지 않았다. 게다가 나는 사람 이름을 외우는 것에 굉장히 약했기 때문에 혹시라도 누가 갑작스레 물어보지 않을까 하여 조금은 두려운 마음도 들었다.

한 시간이 빠르게 지나고 팀 회의에 참석하기 위해 2층으로 내려갔다. 우측에 있는 바깥계단을 이용해서 걸어 내려가니 여러 회의실이 옹기종기 붙어있었고 복도 끝 쪽에 보이는 조그마한 회의실에 팀원들을 따라서 들어갔다. 회의실은 공간이 생각보다 좁았는데 팀원 7명이 전부 들어가야 해서 옆 사람과 간격 없이 옹기종기 붙어있을 수밖에 없었다. 모두가 자리에 앉은 뒤 잠시 침묵이 흐르고 이윽고 팀장이 들어왔다. 좀 전에 잠깐 봤던 고 팀장은 금빛이 나는 안경을 끼고 말랐지만 딱딱해 보이는 체형을 갖고 있었다. 그가 쳐다보는 눈빛이 굉장히 날카롭게 느껴졌고 시종일관 무표정을 유지하고 있었는데 그 모습은 마치 너를 꿰뚫어 보고 있다는 인상을 남기는 정신과 전문의와 같아 보였다.

"자, 회의 시작합시다."

고 팀장의 나지막한 말과 함께 회의가 시작되었다. 주간 업무현황에 대해서 체크하는 시간으로 보였는데, 한 주간 누구는 무슨 일을 처리했고 어떠한 문제가 생겼는지에 대해서 내가 모르는 용어들을 섞어가며 말을 이어 나갔다. 주요 안건들이 마무리되자 고 팀장은 기다렸다는 듯이 팀원들에게 간단하게 나를 소개해주더니 자기소개를 부탁한다고 했다. 나는 정중하게 일어나서는 잠긴 목소리로 말을 꺼냈다.

"안녕하세요, 전 의찬이라고 합니다. 나이는 스물일곱이고, 산곡동에서 살고 있습니다. 잘 부탁드립니다." 할 얘기가 딱히 생각나지 않아서 간단하게 소개했다.

잠시 정적이 흘렀고 모두가 내 얼굴을 바라볼 뿐이었다.

"혹시 취미가?" 누군가 정적을 깨고 물었다.

"네, 저는 당구치는 것을 좋아합니다."

그러자 놀랍게도 몇몇 남자직원들이 낄낄거리며 웃었다. 한참을 웃으며 자기들끼리 중얼거리다가 그 중 한 명이 웃음을 멈추고는 흠흠거리더니 웃는 이유에 대해서 친절하게 설명해주었다. 다른 남자직원들도 당구치는 것을 매우 좋아해서 내가 그들과 잘 맞을 것 같아서 나온 긍정의 웃음이었다는 것이었다.

"사귀는 사람은 있어요?"

이번에는 나이가 좀 있어 보이는 어떤 여직원이 질문했다.

"없습니다. 이제부터 괜찮은 사람을 찾아볼까 합니다."

취조실 같은 분위기에서 몇몇 질문들이 더 오갔다. 고 팀장은 마지막으로 내게 신입사원의 새로운 시선과 신선한 발상으로 현재의 업무에 대한 개선점을 많이 찾아주었으면 한다는 당부의 말을 건넸다. 자신감을 실어주고자 한 말인지 그 깊은 속뜻을 잘 모르겠다. 쥐뿔도 모르는 나 같은 놈에게 너무 커다란 걸 바라는 건지 혼란스러웠지만 어찌됐든 그가 말한 업무 개선이라는 것을 잘 해내야겠다고 마음먹었다.

괜찮다는 기분이 들었다. 남직원들과는 취미가 같다는 사실은 꽤나 회사생활에 도움이 될 것만 같았다.

금세 점심식사 시간이 되었고 공장에서 주는 음식들은 뷔페식으로 이루어져 내가 원하는 만큼 맛있는 것들을 퍼갈 수 있게끔 되어있었다. 멸치볶음과 탕수육 그리고 뼈 해장국이 나왔는데 전체적으로 약간 싱거운 맛으로 느껴졌다. 긴장감 속에서 먹는 둥 마는 둥 해치웠다. 숟가락을 드는 일, 걷기, 웃기, 말하기, 심지어 숨 쉬는 것조차 어색했다. 이제부터는 모든 나의 생각과 행동을 새로운 기준으로 맞춰 나가야 한다는 생각만 들었다.

오후부터는 본격적으로 내가 해 나가야 할 업무들에 대해서 오 대리로부터 배우기 시작했다. 배우는 것은 그리 어렵지 않았는데 퇴근해야 할 시점에 하루 동안 배웠던 내용을 정리해서 작성한 교육일지를 검토하는 과정에서 그가 굉장히 까다롭게 굴었다. 빨간 사슴 눈의 그는 지나치게 완벽주의자였다. 그의 관점에서 내용이 적합하지 않다고 생각하거나, 사용한 단어가 틀리거나, 표현이 적절하지 않거나 하는 갖은 이유를 대면서 나에게 다시 작성하기를 요청했다. 재밌는 사실은 그가 내게 말을 꺼낼 때마다 '팀장이 볼 때'라는 어구를 많이 사용하는 것으로 보아서는 아마도 검토하는 과정에서 최종적으로 교육일지를 보게 될 팀장에게 조금이라도 책잡히지 않으려고 세밀하게 검토하는 것 같았다. 그까짓 한 두 글자가 틀리거나 어법에 맞지 않는 것이 뭐가 그리 대수인지 하겠지만 여기 내가 일하는 이 조직에서는 그것이 매우 중요하다고 생각하는 것 같았다.

몇 번의 꾸지람을 들은 뒤에서야 팀장에게 최종 승인을 받을 수 있었고 – 팀장은 역시 별 말이 없었다 – 이미 퇴근 시간이 훌쩍 지났기 때문에 곧바로 퇴근 준비를 서둘렀다. 집에 가기 전엔 다른 직원들에게 말을 걸어볼까 싶었지만 매우 바빠 보였고 너무 조용한 분위기라 말을 꺼낼 엄두조차 나지 않았다.

어쨌든 퇴근 준비를 하고 있자니 오 대리가 내게 작은 목소리로 둘이서 저녁을 먹으러 가자고 제안했다. 딱히 할 일도 없었던 터에다가 거절을 한다면 첫 날부터 건방지고 개인주의적 성향이 강한 놈이라고 찍힐 것만 같았기에 알겠다고 말했다.

10분 후에 우리는 사무실을 나서서 공단 근처에 위치한 어느 횟집으로 향했다. 뒤편에 주차장이 넓게 놓여 있었기 때문에 그 곳에 오 대리의 차를 주차하고 식당 안으로 들어섰다. 오 대리는 광어, 우럭, 도미를 한꺼번에 맛볼 수 있는 모듬회를 주문했다. 그리고 우리는 회가 나오기 전부터 소주를 연거푸 두 잔을 마셨다. 그는 타고난 주당인 것 마냥 엄청난 속도로 소주를 들이켰다. 눈치껏 술을 따라주다가 회가 나오고 나서부터는 신나게 먹어치우기 시작했다. 정말 오랜만에 값비싼 회를 먹는 지라 종류를 가릴 것 없이 이것저것 손이 닿는 대로 해치웠다. 그렇게 한창 회에 집중하고 있는데 오 대리는 뭔가 아쉽다는 표정으로 말을 꺼냈다.

"아쉽네. 입사 첫 날이라 좀 더 좋은 곳으로 데려갔어야 하는데……."

"왜요? 여기 음식들 아주 맛있는 것 같습니다." 내가 진심으로 말했다.

"여긴 회 맛이 그저 그런 곳이야. 그냥 평범한 곳이라는 말이야. 동암역 시장 쪽에 가면 내가 잘 아는 곳이 있는데 진짜 괜찮은 횟집이거든. 구석에 박혀 있는 곳이라 사람들에게 알려지지는 않았지만 활어회를 파는 곳이야. 그런 데가 기가 막힌 곳이지!

너도 우리 팀에서 조금만 더 생활하다가 보면 알겠지만 유명한 음식점이나 맛의 차원이 다른 곳에서 많이 먹어볼 수 있을 거야. 진짜

회 맛을 잘 몰라서 지금은 이것도 맛있게 느끼는 것이겠지만 나중에 한번 데려가 줄게. 얼마나 맛있는지 깜짝 놀랄 거야."

"아, 네. 한번 가보고 싶네요." 나는 대충 맞장구 치고 다시금 회를 입에 넣기 시작했다.

회가 절반쯤 없어졌을 때부터 나오는 회사 얘기에서 오 대리는 본인이 일하고 있는 이 A라는 회사와 특히 회계팀에 대해서 굉장히 자부심을 갖고 있었으며, 이 회사에 충성을 다 할 것이며 나중에는 사장이 되고 싶다는 말을 자랑스럽게 내뱉었다. 그 순간만큼은 그의 눈이 확신과 도전에 빛나고 있었다. 같이 일하는 선배들에게도 배울 점이 굉장히 많기 때문에 항상 은퇴하기 전까지 그들을 따르고 싶다는 말도 덧붙였다. 마지막으로 내게도 한눈을 팔지 않고 이 회사에서 계속 근무하는 것이 나에게는 큰 복이 될 것이라는 말을 해주었다.

그의 말에 과장된 면도 일부 없지 않아 보였지만, 이 정도로 긍정적으로 말하는 것을 봐서는 아마도 굉장히 좋은 회사일 것이 틀림없었다. 그렇다. 이 회사에 입사한 이상, 내 미래는 충분히 밝을 것이라는 느낌이 들었다.

5장 하나와의 만남

팀에 들어온 지 3주 정도가 지나고 나서는 회사에서 내가 해야 할 업무에 대해서 어느 정도는 감이 잡히기 시작했다. 회계팀에서는 회계, 세무, 자금관리라는 세 가지의 큰 범위 안에서 각자의 업무를 수행했다. 나는 회계 파트로 들어왔는데, 회계 파트는 회사 내 모든 곳에서 지출하는 다양한 종류의 비용과 영업부문에서 발생하는 매출을 집계하기도 하며, 건물, 비품, 토지와 같이 회사가 보유하고 있는 자산들의 감가상각과 잔존가치에 대한 금액이 적힌 회계장부를 관리하기도 했다. 이러한 활동들은 전표라는 이름의 일정한 양식의 종이에 기록되며, 그 전표 내용들을 모조리 집계, 분석하여 재무제표가 최종 산출물로 탄생하는 것이었다. 우리는 이 같은 작업을 매년 수행해야만 했다.

자산관리가 나의 첫 번째 주된 업무였다. 차량과 비품, 토지와 건물 등의 장부가와 감가상각 이후의 잔존가액을 매월 계산하며, 매달 감가상각 되는 비용은 전표를 발행해서 일괄 회사 비용으로 처리한다. 또한, 매일같이 각 공장과 각 지역 전역에서 근무하는 사람들이 자산을 매입, 매각 또는 폐기하거나 소모품을 매입하는 전표를 검토하고 승인해야 했다. 가끔은 다른 부서에서 연락이 왔는데 주로 매입한 물건에 대해서 자산으로 계정을 잡아야 할지, 소모품으로 잡아야 할지에 대한 기준을 묻는 질문과 특정 자산을 폐기하기 전에 폐기에 대한 효과를 금액으로 산출하기 위해서 현재의 그 자산의 잔존가를 물어보는 내용이 대부분이었다.

한편, 아직 많은 사람들과 얘기를 해 보지는 못했지만 단지 팀 내에서는 박 과장과는 꽤 많은 대화를 할 수 있었다. 서열로는 팀장 다음인 그는 키가 작고 피부가 좋지 못했지만 각진 턱과 커다란 얼굴에 동그란 안경을 끼고 있는 모습이 우스워 보이지 않고 상당히 개성이 있어 보였다. 거짓이 별로 없고 웃을 때는 호탕하게 웃어넘기며 – 이 사람보다 웃음소리가 큰 사람은 단언컨대 회사 내에서 없었다 – 감정에 솔직한 사람인 것 같았다.

교육일지를 쓰는 일은 거의 마무리가 되었다. 일지를 쓰는 몇 주 동안 내 생애 처음으로 신용카드도 발급받았고 첫 월급도 받았다. 사막의 샘물처럼 첫 월급은 나에게 소중한 자원이 되었고, 그 돈으로 먼저 그동안 별말 없이 나를 믿고 지원해 준 부모님께 고마운 마음이 들어 집 근처 갈비 집에서 근사한 식사를 대접하고 몇 가지 선물을 사드렸다.

그렇게 나의 경제적인 상황도 조금씩 호전되어 갔다. 항상 통장 잔고는 150만 원 이상을 넘긴 적이 없었던 그동안의 내 가난했던 과거를 떠올려 보면 행복함에 웃음이 났다. 대학시절에는 주머니에 있는 1,300원으로 무엇을 사 먹어야 할까 고민하였을 때도 있었고 재수생 시절엔 떡볶이 1인분으로 일주일을 견뎌야 했던 시기도 있었다. 하지만 지금은 달랐다. 먹고 싶은 것을 사 먹을 수 있었으며, 친구들에게 웃으면서 술 한잔 대접할 여유도 생긴 것이었다. 마음속의 안정이 잔잔하게 불어오면서 내 얼굴이 활짝 피게 되었다. 그리고 여자를 만나고 싶다는 생각이 간절하게 들기 시작했다.

연애다운 연애를 하지 못했던 과거를 비추어 보았을 때, 사랑을 온전히 꽃피우기 위해서는 여유가 필요했고 이제는 어느 정도 그 단계에 다가섰다. 이 주 동안 친구들과 회사 동기들에게서 몇 번의 만남을 주선 받고 그 안에서 '채하나'라는 이름의 여자를 만났다. 기쁘게도 그녀와의 세 번째 데이트에서는 연인으로서의 교제를 약속했다.

그녀와 몇 차례 이야기를 나누어 보니 대화가 잘 통했을 뿐만 아니라 배려심이 많아 보여서 괜찮은 여자라고 생각됐다. 무엇보다도 특별히 모난 부분이 없어 보였기 때문에 마음이 점점 끌리게 된 것 같았다. 나와 동갑인 그녀는 키가 작은데도 불구하고 매일같이 운동하는 덕에 훌륭한 몸매를 갖고 있었다. 눈이 옆으로 찢어져 있어서 자칫 보면 고집이 세보일 수 있지만, 전혀 그렇지 않았고 오히려 성격이 차분하며 생각이 깊은 여자였다. 그녀는 여동생과 서울에서 함께 살고 있었기 때문에 주말에만 만남을 가졌다.

사실, 연인 관계로 만나자고 내가 제안했을 때 그녀는 상당히 고민을 많이 했다. 나와 같은 나이였지만 그녀는 빠른 시일 내에 결혼을 하는 것을 원했기 때문이다.

"아무래도 결혼까지 생각해야 하니까, 고민이 좀 돼. 음, 잘 모르겠어……"

그녀는 교제에 대해서 매우 진지했고, 덕분에 나는 상상할 수 없는 달콤한 말들로 그녀를 설득시키기 위해서 진땀을 빼야 했다. 게다가 그런 그녀의 신중함 때문에 스킨십에 있어서도 굉장히 조심스러웠다. 계속 만나면서 호감을 키워 나가면서도 가벼운 입맞춤도 쉽사리 허락하지 않았기 때문에 나는 당연히 애가 닳았지만 그래도 내게 만나는 여자가 있다는 사실에 행복했다.

6장 회식

7월 초부터는 무더위가 심하게 기승을 부려서 선뜻 최신형 에어컨을 구입했다. 기존의 구닥다리 에어컨은 전력소비가 굉장히 심한데다가 바람도 시원치 않게 나왔기 때문에 수년간 우리집 거실의 일부분을 차지하고 있었음에도 불구하고 단 세 번 밖에 사용하지 않았다. 어차피 돈도 벌기 시작했고, 집에서는 좀 더 시원하게 지내고 싶었기에 큰돈을 한 번 쓰기로 마음먹었다. 부모님은 자식이 애써 번 돈을 무려 120만 원이나 쓴다는 데에 마음이 걸리셨는지 처음엔 거절하다가 이내 에어컨이 집 안에 떡하니 등장하자 매우 만족하는 것 같았다. 방구석에서 도무지 나올 줄 모르는 캥거루 같은 인생을 살고 있는 나의 친형은 "괜찮은 에어컨이군."이라는 말만 남기고 다시금 방으로 들어갔다.

집에서는 불쾌지수를 줄일 수 있는 방법을 찾아냈지만, 회사에서는 그렇지 못한 삶이 계속되고 있었다. 사무실 내의 에어컨은 항상 약하게 틀어져 있었기 때문에 몇몇 직원들은 키보드를 두드리다가도 이따금씩 한 손에 부채를 들고 열정적으로 부채질을 하기도 하였으며, 또 다른 직원들은 유니폼 속에 입고 있었던 셔츠를 벗어버려 몸의 온도를 조금이나마 낮추려는 사람들도 보였다. 처음엔 전기를 절약하는 차원에서 에어컨을 약하게 틀어 놓은 것이라고 생각하였는데 사실은 본부장이 에어컨 바람을 유독 싫어하기 때문이라는 것을 알게 되었다.

곧 회계감사의 시기가 도래했다. 분기별로 진행되는 회계감사는 우리 팀의 모든 인력이 투입되는 정기적으로 수행해야 할 업무 중 하나였다. 회계사 몇 명이 우리 회사로 파견되어 정성스럽게 만들어 놓은 분기별 재무제표와 그 밖의 재무정보를 검토한 뒤 우리 회사의 재무제표가 회사의 경영상태를 투명하게 보여주는지에 대한 감사의견을 주었다.

한편, 관례적으로 회계감사가 마무리된 날 모두가 고생했고 무사히 마칠 수 있었음을 축하하기 위해 회계사들과 저녁식사를 한다고 들었다. 이번 분기의 회계감사가 무사히 끝나고 변함없이 저녁식사가 치러질 것이라고 했으며 우리 팀 전원과 회계사들도 전원이 참석할 예정이라고 들었다. 총 예상 참석 인원이 14명이라고 했으며, 3일 전에는 식사를 하기에 괜찮은 장소를 정해보라고 팀장이 내게 일러주었다.

나는 고심한 끝에 '고궁'이라는 양념갈비 전문식당으로 회식 장소를 결정했다. 몇 번 가봤던 기억으로는 나름 내부가 깔끔하고 룸도 구비되어 있어서 많은 인원이 조용한 분위기에서 저녁식사를 하기에 굉장히 적합해 보였다. 다만 주변에 유흥시설이 거의 없다는 점과 전철역까지는 꽤 거리가 있어서 교통편이 걱정이 되긴 하였다.

그렇다고 하더라도 나더러 선택하라고 그들이 맡겨 놓았다면 그 정도의 리스크는 당연히 감수해야 하는 것이었다. 게다가 나는 신입사원이기 때문에 이 정도의 장소 정도면 불편한 구석이 있다고 하더라도 별 말을 하지 않을 것이라고 생각했다. 몇몇 팀원들에게 슬쩍 내가 정한 음식점에 대해서 운을 띄웠더니 다들 당연히 한 번도 가보지 않은 곳이었기 때문에 괜찮겠지 하며 오케이 사인을 보냈다.

회계감사가 끝나는 날, 업무 시간이 끝나고 바로 식당으로 가기로 약속했기에 재빨리 오늘 처리해야 할 일을 마치고 식당으로 이동했다. 멀지 않은 거리이기에 약속시간보다 20분 정도 이른 시간에 도착했다. 팀원 모두들 식당 안으로 들어서고 나와 오 대리는 밖에 남아서 회계사들이 오기를 기다렸는데, 더운 날씨 때문에 바깥에 오래 있자니 얼굴이 화끈거렸다. '빨리 좀 오지' 하면서 속으로 투덜거리고 있을 때, 몇 대의 차가 도착하고는 7명 남짓의 사람들이 내리기 시작했다. 회계사들이었다. 그쪽 무리의 우두머리는 이사 직위를 달고 있는 여자였는데 뚱뚱하고 나이가 꽤 있어 보였다. 그녀 외에도 정장을 멀쑥하게 입고 있는 남자 몇 명과 20대 정도로 되어 보이는 매혹적으로 보이는 누군가를 포함한 여자 2명이 함께했다.

방으로 들어서고 공손하게 고 팀장이 손님들을 맞이했다. "아, 드디어 밖에서 뵙게 되네요. 반갑습니다. 저희도 온 지 얼마 지나지 않았습니다. 그럼 앉으시죠." 몇 마디가 오간 뒤에는 본격적인 식사가 이루어졌다.

"돼지갈비는 좀 입에 맞으시나요?" 박 과장이 회계사들에게 물었다.

"네네, 이 집 정말 맛있네요. 와보니 주변 경관도 좋은 것 같고." 그들 중 누군가가 만족한다는 듯이 말했다. 경관이 좋은 것은 확실했다. 식당 바로 뒤편에는 높지 않은 산등성이가 있고 그 아래쪽으로는 밭이 펼쳐져 있었기 때문에 도심 지역과는 사뭇 다르게 느꼈을 것이다. 아무튼 괜찮다고 평가해주는 말을 듣고 나니 적잖이 부담감을 느끼고 있던 내게는 다행스러운 마음이 들었다. 그들이 오기 전에 룸 내의 테이블 4개를 2개씩 붙여서 자리를 만들었는데 방의 가운데 위치한 상석은 높으신 사람들이 차지했고, 나와 우리 팀의 여직원 이 주임, 젊은 남녀 회계사 둘이 구석의 테이블에 앉았는데 우리는 슬금슬금 눈치를 보다가 가끔씩 술을 홀짝홀짝 마셨다. 우리 테이블에는 한동안 정적이 흐르다가 어색한 분위기가 싫었는지 내 맞은편에 앉은 젊은 여자 회계사가 말을 걸었다.

"입사하신 지는 얼마나 되셨나요?"

"음……, 한 3개월 정도 된 것 같아요. 얼마나 되셨어요?"

"저는 2년이 조금 넘었네요. 의찬 씨는 이제 막 적응할 무렵이군요. 힘드시겠네요. 나이가 그러면……?"

대충 이런 질문으로 서로에 대해서 탐색을 하다 보니 몇 분이 지났고 그 이후에는 딱히 물어볼 것이 생각나지 않았다. 자연스레 잠시 침묵이 흐르고 난 뒤에는 모두가 어색했는지 각자 일하는 부분에 대해서 이야기를 하나둘 꺼내 놓기 시작했다. 먼저 같은 테이블의 남자 회계사가 한숨을 푹 쉬면서 입을 열었다.

"회계감사 시즌이 되면 미칠 것 같아요. 거의 매일 새벽 3~4시까지 일하는 건 기본이고, 어떤 날은 이런 저녁 회식 때 술을 많이 마시고도 다시 남은 업무를 처리하러 사무실로 가기도 해요. 미칠 노릇이죠. 과로로 죽었다는 회계사도 몇몇 있다는 게 놀랍지 않으세요? 정말 회계사가 이렇게 힘든 줄 몰랐네요."

말을 하면서 그는 중간 중간에 실소 같은 웃음을 터뜨렸는데 그의 본능적인 습관 때문에 웃는 것인지, 아니면 그저 본인의 말이 웃겨서 그런 것인지는 감이 잡히지 않았다. 나는 웃음이 나올 말인가 싶어서 의아했다. 노동에 중독된 사람이거나, 그런 고통을 즐길 수 있는 사람인가 하는 생각이 들었다.

몇 마디 얘기를 나누다가도 이내 누군가가 건배를 권유해서 우리 테이블의 모두가 갑작스럽게 웃음을 띄우고 호응했다. 그렇게 양복쟁이들의 술자리는 긴장이 풀리면서 모두가 주구장창 마시기 시작했다. 흥이 오른 분위기는 세 시간이나 지속되었고 고기가 올려진 불판이 싸늘하게 식어버릴 즈음이 되어서야 저쪽 편의 뚱뚱한 이사가 상기된 목소리로 외쳤다.

"자, 그럼 배불리 먹었으니 노래 한 곡 뽑으러 갈까요?"

근처엔 유흥거리가 거의 없었다. 우려했던 일이 현실이 된 것이다. 쓸데없이 모두가 들뜬 바람에 난감해졌다.

사람들이 아직 식당을 벗어나지 못한 채로 흐느적대고 있는 이때 재빨리 식당을 나와서 언덕 아래 몇몇 건물이 보이는 곳으로 노래방을 찾기 위해 달려나갔다. 다행스럽게도 노래방 한곳이 식당과 그리 멀지 않은 곳에 있었다. 잽싸게 안으로 들어가서 카운터에서 한가하게 TV를 보고 있는 늙은 사장에게 열 명이 넘는 인원을 수용할 수 있는 공간이 있는지 물어보았다. 딱 한군데, 그나마 넓은 방이 있다고 해서 허겁지겁 들어가 봤는데, 그 많은 인원들을 수용할 수 있을지 넓이가 조금 애매했다.

노래방 주인은 오랜만에 많은 손님들이 몰려올 것이라는 얘기를 듣고는 기대에 찬 목소리로 "에헤이, 이정도면 충분하죠. 암, 충분하고 말고."라고 당당하게 말했다. 어차피 주변에 다른 노래방은 있지도 않아 보였기에 곧 있으면 손님들이 들이닥칠 것이니 미리 준비 좀 부탁한다고 주인에게 일러줬다. 나는 재빨리 언덕을 다시 올라가서 식당에 있는 사람들을 데리고 와야 했다. 일단 직급이 높은 몇몇을 먼저 노래방으로 안내했고, 이제 식당에 남아있는 젊은 인원들을 끌고 내려오기 위해서 또 다시 언덕 위를 올라갔다. 남아있는 인원들은 다들 만취해서 정신이 나가 있었는데 그 중 몇몇 여자들은 식당 안의 화장실과 길바닥에 토를 하기도 했고 누군가는 그녀들을 달래고 있었다. 우리 팀의 여과장이 보다 못해서 더 이상 버티기 힘들어 보이는 사람들을 집으로 보내기 위해서 택시를 부르기 시작했다. 상황이 이러다 보니 초조함에 침이 말라왔다. 이미 노래방에 도착한 사람들이 기다리고 있을 텐데 막상 식당 앞의 이 난잡한 상황을 마무리하려면 시간이 좀 걸릴 듯했다.

잠시 뒤에 택시가 도착하여 회복이 불가능해 보이는 몇몇 여직원을 택시에 태우기 시작했다. 나와 그나마 정신이 남아 있는 두 명이 맛이 간 사람들을 한 명씩 들쳐 업고는 택시 안으로 밀어 넣으려고 했는데, 그럴 때마다 시체 마냥 축 늘어지는 바람에 허리가 끊어질 듯이 아파왔다. 이렇게 정신없는 와중에 노래방에서 기다리고 있는 박 과장에게서 전화가 왔다. 그는 급한 듯하다가도 차분한 말로 내게 말했다.

"빨리 데리고 온나."

하지만 10분, 20분이 경과되어도 이 운반 작업이 끝나지를 않자, 그쪽에서도 꽤나 불안하고 불편했는지 다시금 전화를 걸어서 내게 신경질적인 목소리로 전화에 대고 소리치기 시작했다. 아마도 젊은 놈들끼리 잡담이나 하고 있다고 생각하고 있을 것이 틀림없었으며, 일부 인원들은 정말로 그랬다. 깨어 있는 젊은 놈들은 술에 취해서 노래방으로 내려갈 생각은 하지 않고 신나게 잡담이나 하고 있었기 때문이다.

이윽고 두 번째 전화를 받았다.

"빨리 와라! 안 오냐!"

마지막 세 번째 전화를 받았을 땐 나도 지쳐서 그동안 마셨던 술은 완전히 깨어 있었다. 참을 수 없다는 듯 박 과장이 외쳤다.

"너, 내일부터 회사에 나올 생각하지 마라!"

왜 나한테만 난리를 떠는지 모르겠다. 궁지에 몰리면 평소 성격이 좋아 보이는 사람도 성질이 나온다는 사실을 깨달았다. 어쨌든 그 순간부터는 나도 사람인지라 열이 뻗치기 시작했다. 정신 못 차리고 비틀거리는 이놈들에게 따귀를 한 대씩 때리고 집으로 돌아가고 싶은 생각이 머리끝까지 들었다. 하지만 그랬다가는 다시금 수많은 입사 원서를 써야할 것 같은 생각이 들어서 그의 노여움을 가만히 듣기만 했다.

그 후로도 한참의 시간동안 조금씩 수습해서 남아 있는 인원들을 데리고 노래방까지 걸어 내려온 뒤, 땀으로 범벅이 된 셔츠의 위쪽 단

추를 한 개 풀어 제치고는 잠시 바람을 쐬기 위해서 밖으로 나왔다. 드디어 한숨 돌릴 수 있었다. 박 과장에게 굳이 언덕 위에서의 난잡했던 상황에 대해서 변명 같은 설명은 하고 싶지도 않았다. 아무 생각이 없었다.

노래를 부를 힘도 나지 않았는데 누군가가 내게 얼른 들어오라는 말을 하는 바람에 다시 노래방으로 들어가서 억지 흥을 돋우기 시작했다. 노래하고 춤추는 사람들의 얼굴에는 젠장할 즐거움이 피어났다.

신이 난 노래방 사장이 추가 시간을 더 얹어주는 바람에 새벽 1시가 되어서야 우리 모두가 노래방에서 나왔다. 새벽 공기마저도 뜨거웠다. 몇몇은 헤어짐의 인사를 하기도 하고 몇몇은 대리운전 기사를 부르고 차가 없는 사람들을 위해서 택시를 불렀다. 노래방과 식당을 이 놈의 언덕을 오늘만 몇 번을 오르내렸던 것인지…….

자기들끼리 이야기를 꽃피우고 있다가 잠시 뒤에는 고 팀장이 무언가 생각이 났다는 듯이 이번에 새로 들어온 신입사원을 회계사들에게 정식으로 소개해 주겠다고 말하면서 나에게 이리로 와보라는 손짓을 했다. 그의 말에 시선이 내게로 몰렸다. 다들 나를 쳐다보면서 내가 팀장 옆에 서기를 기다렸고 나는 그들을 쳐다보면서 공손하게 말했다.

"싫습니다."

그러자 모두가 당황하는 모습을 띄었고 팀장은 다시금 이쪽으로 와보라고 내게 말을 하길래 한 번 더 싫다고 말했다. 단지 이 늦은 시간에 기분이 잡쳐 있는 사람을 와보라고 하기에 거절하는 소심한 반항일 뿐이었다. 그 장면을 목격한 사람들은 아마도 저 놈이 술에 취해서 그런가 보다라는 이해심 어린 눈빛과 동시에 건방진 놈이라는 경멸의 눈빛들을 내게 쏘아붙였다. 밀려오는 짜증은 단지 열대야의 무더위 때문만은 아닌 것 같았다.

7장 오 대리와의 관계

새로운 조직생활과 함께 한 달이 훌쩍 지나갔다. 일은 수월했다. 전표에 도장을 찍어 대는 속도가 점점 빨라지고, 엑셀의 함수들이 익숙해져 가면서 약간은 여유를 갖게 되었다.

오후 2시, 가장 피곤한 시간이 찾아오고 내게 있어서 가장 피곤한 사람인 완벽주의자 오 대리가 보고서로 오랜만에 시비를 걸기 시작했다. 그는 여전히 이따금씩 나에게 업무에 관해 신경질적으로 지적하곤 했는데 그의 그런 모습에 나는 이미 질려 있었다. 하지만 그렇다고 물론 그가 밉기만 하거나 우리가 항상 싸우기만 한 것도 아니었다. 오히려 둘만의 술자리를 갖기도 했으며, 그가 나에게 쏟는 정성에 고마움을 느껴지기도 했다. 가끔씩 나에게 진심 어려 보이는 조언을 해주고 어느 정도는 신경을 써 준다는 그 마음이 느껴졌기 때문이다.

오히려 다른 팀의 동료들은 내가 그 괴팍한 오 대리와 가깝게 지내는 모습을 보고는 놀랐다고 했다. 이 말은 훗날 오 대리가 다른 사람들에게는 나에게 대할 때보다도 훨씬 더 까칠한 성격이라는 것을 알게 된 이후에 이해가 되기 시작했는데 그런 그의 성질 때문에 사람들은 오 대리에 대해서 적개심 혹은 두려움을 갖고 있었던 것이다. 오 대리는 누구에게나 자신의 감정을 솔직하게 전했지만, 그 감정표현은 지극히 서툴렀기 때문에 때때로는 너무나 직설적이거나 싫은 표현도 서슴지 않았을 뿐이다. 게다가 그는 자신이 업무적으로 뛰어난 사람이라는 자부심에 헤어나오지 못해서 점점 모두로부터 고립되고 있었다. 그의 큰 눈은 때로는 사자에 두려움을 느끼는 사슴같이 불쌍해 보이다가도 어느 순간에는 강렬하고 잔인한 눈빛을 띄고 있었다.

그는 한참 동안의 업무적인 잔소리를 마치고는 내게 의외의 말을 건넸다.

"혹시 요즘 업무 외에 개인적으로 하는 일은 없어?"

"주말에 데이트하는 것 외에는 따로 없습니다."

"그래?" 그는 무언가 곰곰이 생각하는 표정을 지어 보이고는 말을 이어갔다.

"평일에도 너무 일에 갇혀 있다가 보면 나중엔 제 풀에 지쳐서 우울해질 수도 있어. 그렇다면 취미생활을 하나 가져보는 건 어때? 나는 요즘 조립에 빠져서 말이야. 미니카하고 로봇 조립 같은 걸 하다가 보면 시간이 가는 줄 모른단 말야."

그러고는 그는 자신이 조립을 완성한 몇 개의 로봇들을 찍은 사진을 내게 자랑스레 꺼내서 보여주었다. 겉으로 드러나진 않았지만 신나 보이는 표정이었다.

"아무튼 한 번 생각해봐."

그는 말을 마치고는 획 고개를 돌려서 다시 일에 집중하기 시작했다.

이럴 땐 그에게서도 인간적인 냄새가 나는 것 같았다. 어쨌든 요즘 들어 나도 무언가 가치 있는 것을 해야겠다는 생각이 들긴 했는데 어느 순간부터는 연애 이외에는 특별히 하는 것 없이 심심하게 살고 있다는 마음이 들면서 청춘에 대한 죄책감까지 느껴졌다.

나는 잠시 하던 일을 뒤로 미루고 인터넷으로 어떤 취미를 가져볼지 고민을 하면서 이것저것 검색해보기 시작했다. 양초 만들기, 낚시, 사진동호회에 대한 내용들이 나왔고, 그 중에서 직장인 밴드가 눈에 들어왔다. 그렇다. 무난하고 평탄한 생활 중에서도 그나마 나에게 감동과 가슴의 울림을 주었던 것은 항상 음악임을 기억해냈다. 나는 한창 유행을 타고 있었던 힙합 음악을 비롯하여 고전적인 발라드와 R&B, 그 외에도 내게는 새로운 장르의 음악을 듣는 것도 좋아했다. 재즈와 시티 팝에 대해서 관심을 갖게 된 것은 나중의 일이지만 말이다. 최근에는 외국 록 음악에 심취하여 7~80년대에 유명하였던 전설적인 애릭 클랩튼과 레드 제플린, 이글스의 현란한 사운드에 빠져 있었다. 그들의 노래는 마치 나를 억압하고 있었던 현실에서의 답답함과 갈등, 이기심과 질투와 같은 것들로부터 해방되기 위한 절규처럼 심장을 때리는 구절이 되풀이되었다. 현실을 벗어나 다른 세상을 느끼기 가장 쉬운 방법은 노래를 듣는 것이었다. 게다가 노래를 들을 때면 나도 누군가에게 음악으로 감동을 줄 수 있는 사람이었으면 하는 생각이 들곤 했다.

결론적으로 내 음악적 재능을 느껴보고 싶어서 기타를 배워 보기로 결정했다. 요즘에는 특정 분야에 관심을 갖는 수많은 사람들이 온라인상에서 모임을 만들어 나갔기 때문에 인천 지역의 기타모임 정도는 손쉽게 찾을 수 있었고, 몇 분이 걸리지 않아서 강의료도 저렴하고 집과의 거리도 그다지 멀지 않은 괜찮은 모임을 찾았다. 소규모 인원을 대상으로 클래스를 운영하는 곳인데 나는 여러 클래스 중에서 주말반 오전 두 번째 타임의 강의로 정했다. 갑작스럽게 구매부서에서 걸려온 전화 한통을 받아 간단하게 응대한 뒤 바로 모임 운영자에게 가입 신청 메시지를 보내고 강의료 2만 원을 입금했다.

잠시 후, 기타를 가르치는 선생님이 장소와 시간의 내용이 담긴 메시지를 보내왔고 간단하게 학습 방식에 대해서 소개해 주었다. 흥밋거리를 찾아냈다는 사실과 함께 새로운 사람들을 만나 볼 생각을 하니 기분이 좋아졌는데 기왕이면 학습생 중에 여자도 대략 두 명 정도는 있었으면 좋겠다는 생각이 들었다.

토요일이 되자 아침 일찍 눈이 떠졌다. 기타 모임의 첫 날이니 어떤 사람들이 기타 모임에 등장할지 몰라서 일단은 외모를 조금 꾸몄다. 짧게 자른 머리를 자연스럽게 보이기 위해서 왁스를 듬뿍 발랐으며, 아직 날이 더웠기 때문에 꽃무늬가 있는 반팔 셔츠에 최근에 구입한 리바이스 청바지를 입었다. 다리가 짧아 보이지 않게 하기 위해서 셔츠를 바지 속에 넣고 살짝 넣었던 셔츠의 윗부분을 다시금 바깥으로 빼서 주름을 주었다. 그리고 날이 더워서 땀이 나면 냄새가 날 수 있으니 작년에 부평 지하상가에서 구입했던 싸구려 향수를 조금 뿌렸다.

20여 분 남짓 지하철을 타고 예술회관역에 도착했다. 6번 출구를 따라서 올라가니 출구 바로 앞쪽에 커다란 거대한 예술회관이 멋지게 서있었다. 그 웅장함 앞에는 넓은 공터가 펼쳐져 있었고 주변에는 다채로운 색을 뽐내는 꽃들과 나무들이 자리 잡고 있어서 왠지 모르게 상쾌하고 평화로운 감흥이 들었다. 날씨도 화창했기 때문에 주변에는 산책 나온 연인들과 공연을 보거나 다양한 문화체험을 하기 위해 회관을 찾은 가족들이 바글거렸다. 그냥 이렇게 좋은 날씨를 느끼며 주변에 드문드문 설치된 벤치에 앉아서 그저 한숨 자고 싶다는 생각이 잠깐 들었지만 새롭게 만날 기타모임의 동료들을 만나고 싶어서 다시금 발길을 돌려 연습실로 향했다.

예술회관을 지나 조금 더 걸어가서 보이는 길의 횡단보도를 건너고 우측에 바로 보이는 좁은 골목으로 들어가니 선생님이 알려주었던 장소가 눈에 보였다. 허름해 보이는 건물에 붙어있는 간판에는 '도레미 연습실'이라고 씌어 있었고 바로 입구를 통해 지하로 내려가는 계단이 보였다. 한 걸음씩 내려가니 점점 정겨운 기타 소리가 들려왔다. 연습실 내부도 바깥의 모습과 마찬가지로 실내의 화려한 장식 따위는 전혀 없는 허름하면서 담백한 모습이었다. 말 그대로 연습만을 위한 용도로 쓰이는 것 같았다. 서너 개 정도의 연습실로 쓰이는 방이 있었고, 바닥과 벽에 따로 페인트칠을 하지 않은 것 같이 회색 빛 기운이 감돌았다. 오른쪽 방에는 텅 빈방에 드럼만이 갖춰져 있었으며, 다른 방에는 통기타와 일렉트릭 기타 몇 개가 나란히 줄 서 있었다. 내 편에는 실내 장식이 화려해 보이는 방보다는 더 마음이 편해지는 분위기가 느껴졌다. 너무 깨끗하고 잘 정돈되어 있거나 장식이 산만하게 붙어있는 공간은 부담감만 더 줄 게 뻔한 것 같았으며 그런 곳이라면 모임을 운영하는 그들이 부담하는 유지비가 더 비쌀 수 있을 것 같았고, 그에 따라서 내가 내는 회비에까지 영향을 미칠 수 있을 것이라고 생각했기 때문이다.

도착하자마자 시계를 보니 정확히 9시 44분이었다. 한쪽 방에서는 아직 앞 타임의 강의가 끝나지 않은 듯, 몇 명의 연주자들이 만들어 내는 어설픈 기타소리와 매끄러운 기타소리가 동시에 들려왔다. 실력 차이가 있어 보이는 여러 소리들이 결국에는 그들이 연주하고자 하는 그 음악의 운율의 흐름으로 타고 아름다운 조화를 이루고 있었다.

아무도 내게 신경을 쓰지 않아서 가운데에 놓인 의자에 앉아서 옆 방에서 들리는 연주에 귀를 기울이고 있는데 잠시 후에 누군가가 계단을 내려오는 소리가 들렸고 이내 나이가 꽤 있어 보이는 아저씨 한 명이 내 옆자리에 앉았다. 슬쩍 쳐다보니, 주름진 얼굴에 숱이 별로 없어 보이는 짧게 자른 머리가 눈에 띄었다. 그가 조그마한 눈으로 나를 힐끔 보고는 말을 걸었다.

"10시 수업 신청하셨나요?" 그가 물었다.

"네, 맞아요. 혹시 선생님이신가요?" 나이가 많아 보이는 게 딱 선생님 같아 보였는데 그건 나의 착각이었다.

"아니요, 저도 수강생입니다. 만나서 반가워요. 기타는 처음이세요?"

"군대에 있을 때, 조금 배워봤는데 다 잊어버렸어요. 기초부터 다시 배워보려고요."

"그렇구나, 저는 저번 달부터 배우기 시작했는데 선생님이 친절하셔서 그 선생님이 가르치는 시간에 따라서 이 시간으로 수업을 신청했어요. 어쨌든 우리 잘 해봅시다."

웃으면서 다정하게 말을 해주는 그에게 호감이 생겼다. 대화를 나누면서 그에 대해서 알게 되었는데 독특한 기 씨 성을 가진 그 아저씨는 놀랍게도 서른일곱의 나이였고 항만공사에서 일을 하고 있는 열정적인 남자였다. 세 아이의 아버지임에도 불구하고 주중에는 회사를 다녀와서 킥복싱을 배우고 주말에는 여기에 와서 기타를 배운다고 했다. 그 유쾌한 성격은 그의 부인과 자녀 세 명과 함께 화목한 가정을 이끌어 나가기에 충분해 보였다. 귀여운 5살 남짓해 보이는 자녀들의 사진을 자랑스럽게 보여주는 모습을 보니, 나도 가정을 꾸리고 싶다는 생각이 은연중에 들었다.

거의 10시 정도가 되자, 또 한 명의 낯선 남자가 우리에게 다가왔다.

"안녕하세요, 두 분 오셨네요." 그리고는 그는 기 씨에게 웃으며 말을 걸었다. "형님 안녕하셨죠?" 둘 사이가 친해 보였다.

새롭게 마주친 그 남자는 매우 마른 체형에 키는 멀대 같이 커서 초라하고 불쌍해 보이는 인상을 주었다. 더욱이 그의 풀린 눈이 그 느낌을 한층 더했다. 그래도 피부가 좋아서 기 씨와는 다르게 다소 젊어 보였다. 우리를 가르칠 기타 선생님이라고 자신을 소개한 그는 외형으로 느껴지는 것처럼 말 수가 많지 않은 조용한 남자였다. 김 선생님은 인사가 끝나고 바로 본론으로 들어가 수업에 대해서 설명하기 시작했다.

"저희 수업은 일주일에 두 시간 정도 진행되고, 일단은 쉬운 곡부터 시작해서 차례대로 배워볼 겁니다. 오늘 두 분 하시는 걸 보고 진도를 빠르게 나갈지 천천히 나갈지는 생각해보도록 하죠.

또한, 이 수업은 단출하긴 하지만 형님과 의찬 씨 두 분이서만 배우게 될 것입니다. 원래 두 분이 더 오시기로 했는데 연락이 따로 없으시네요."

잠시 나를 쳐다보더니 다시금 말을 이어갔다.

"그건 그렇고 의찬 씨는 혹시 기타를 따로 가져오셨나요?"

"아뇨, 기타는 따로 없어요."

"그러면 우선은 연습실에 있는 기타를 가지고 연습을 해보실 텐데, 집에서도 연습하고 계속 기타를 치고 싶으시다면 아마 하나 구비해 두시는 게 좋을 것 같네요. 어떤 기타를 살지 모르시면 제가 이따가 추천해 드릴 게요. 자, 지금 드리는 악보와 코드표 한 장씩 받아 보시구요. 오늘 간단하게 코드 연습 차원에서 연주해 보실 곡은 '개똥벌레'입니다."

그는 말을 마치고는 자연스럽게 기타를 집어 들었다.

"코드도 몇 개 안 들어가서 익히기도 쉬우실 거예요. 그럼 바로 코드부터 하나하나 배워 볼게요."

해서 우리 두 명의 학습생은 그렇게 코드부터 배워 나가기 시작했다. 손가락을 꾸물꾸물 움직이면서 플랫이라고 불리는 기타 지판에다가 손가락을 하나씩 갖다 대면서 외워 나가기 시작했다. 사실 기 씨는 이전에도 동일한 내용을 배웠지만 음악적인 재능이 조금 떨어진다는 사실을 본인조차도 느꼈기 때문에 다시금 처음부터 복습을 해도 괜찮은 흐름이라고 판단했는지 흔쾌히 내 진도에 맞춰서 수업을 듣기로 양보해주었다.

코드를 어느 정도 익힌 다음에는 오른손으로 기타 줄을 튕기는 기타 주법에 대해서 간단하게 배우고, 조금씩 곡을 연주해보기 시작했다. 처음에는 4마디, 그 다음에는 8마디, 마지막으로는 완주하는 순서대로 익혀 나갔는데 수업이 끝나갈 즈음에는 선생님의 연주와 함께 우리 모두가 거의 무아지경이 되어서 미친 듯이 기타 줄을 튕기기 시작했다.

기타 연주는 확실히 매력이 있었다. 모두가 곡의 완주라는 하나의 목표만을 보면서 누군가의 연주가 불안하면 자연스럽게 다른 사람들이 템포를 조금 더 낮춰서 연주해주고, 또 다른 누군가의 연주가 빨라지면 그에 맞춰서 조금씩 빠르게 연주해 나가기 시작한다. 누가 누구를 탓하는 경우는 없고 그저 기타를 튕기는 것을 조금씩 늦추면서 늦어지는 가락 소리를 기다리는 그 시간마저도 즐겁다. 그러다가 흥이 돋기 시작하면 누군가가 연주에 맞춰서 노래를 흥얼거리기 시작했다. 옆에 있던 다른 이도 따라 부르기 시작한다. 음정 역시 누군가는 틀리거나 가사를 틀려 웅얼거리기도 한다. 그래도 역시 끊이지 않고 그 노래를 계속 부르는 것이다. 이런 아름다운 하모니의 축제가 끝이 나면 뿌듯함이 가득한 웃음이 터져 나온다. 환희와 절정에서 폭발하는 그 쾌락과 기쁨에 의한 웃음이고 그래서 이 연주하는 시간이 소중하게 다가왔다. 중간에 왼쪽 손가락 마디가 너무 아팠는데 그 마음을 읽었는지 김 선생님이 굳은살이 박일 때까지는 어쩔 수 없이 참아야 한다고 자상하게 일러주었다.

두 시간은 순식간에 지나갔고 다음 주말에 있을 그들과의 기분 좋은 만남을 기약했다. 집에 가자마자 기타를 구매하기 위해서 인터넷을 뒤졌고 몇 가지 종류의 기타를 알아보았는데 선생님에게 추천을 받은 중저가의 craft기타가 가장 적합한 것 같았다. 24만 원으로 나름 가격이 나갔지만 돈이 아깝다는 생각은 들지 않았다.

8장 여름휴가, 하나와의 여행

무더운 나날이 계속되었지만 한 주간의 여름휴가가 기다리고 있었기에 그 무더위를 기꺼이 참아낼 수 있었다. 나는 휴가기간이 도래하기 2주 전부터 귀엽고 이해심이 가득한 여자 친구 하나와의 여행을 계획했다. 다행스럽게도 휴가기간도 겹쳤고, 목적지로는 가평을 선택했다. 우리에게 꽤나 익숙한 그곳에서 우리 둘만이 만들 수 있는 특별함을 만들어 보기로 했다.

뜨거운 태양에 지쳐 쓰러질 무렵이 되어서야 비로소 여름휴가가 찾아왔고, 약속된 수요일에 그녀를 만나러 가기 위해서 아침 일찍부터 가볍게 옷 몇 벌과 지갑을 챙긴 후, 집 앞 주차장에서 아버지의 2002년식 SM520을 끌고 도로로 나섰다. 차 안의 에어컨을 강하게 틀어놓고 서울외곽순환도로를 따라 시흥IC를 지나고 30여 분을 더 올라가니, 만나기로 서울 한복판의 어느 길목에서 하나가 짐을 한가득 들고 우뚝 서서 나를 기다리고 있었다. 그녀를 태우기 위해서 잠시 차를 멈춰 서고 반가움의 포옹을 했다.

"안녕. 생각보다 일찍 와 있었네?" 내가 말했다.

"응응! 언제쯤 올지 몰라서 일단 일찍 와 있었어. 차타고 오다 보면 정확한 시간에 맞춰서 도착하기는 어렵잖아?"

역시 배려심이 넘치는 여자다. 다시금 차에 타고 보니 네비게이션이 2시간 3분 정도 걸릴 예정이라고 일러주었다. 한참을 가야 할 터이지만 상관없었다. 가는 길에는 피부에 좋다면서 운전을 하고 있는 내 얼굴에 갑작스럽게 미스트를 뿌려 대는 바람에 깜짝 놀라 그녀에게 잠깐 짜증을 내긴 했지만, 그것도 잠시일 뿐, 바로 우리는 다시금 즐거운 분위기를 찾아갔다.

두 시간 동안 뜨거운 아스팔트길을 달려서 미리 예약했던 펜션에 도착했다. 펜션 주변에 꾸며 놓은 화단에는 장미꽃과 수선화, 팬지와 이름 모를 야생화들이 아름답게 조화가 되어 무지갯빛 파도를 만들어 내고 있었으며, 이따금씩 따가운 태양을 바라보고 있는 해바라기 꽃이 활짝 피어 있는 것을 보았다. 펜션 주변은 산봉우리로 둘러싸여 있으며, 메마른 아스팔트의 길이 아닌 부드러운 흙 길이 내 앞에 펼쳐져 있어서 발바닥에 느껴지는 감촉이 부드러웠다. 시간을 보니 어느새 오후 3시가 되어가고 있었다. 이대로 꾸물거리다가 제대로 관광을 하지 못한 채 어둠이 몰려올 것 같았기에 우린 재빨리 인심이 좋아 보이는 펜션 주인에게 인사를 하고 예약한 방 열쇠를 받아서 짐을 풀었다.

그리고 덜컹거리는 침대 위에 누워서 한 주간 만나지 못하여 꿈틀대던 우리의 욕구를 재빠르게 해소하고는 밖으로 나왔다. 주인 할아버지가 근처에 농협 마트가 있으니 필요한 음식들은 거기서 사는 게 나을 거라는 말을 해주었고, 나는 그에게 저녁에 바비큐를 해서 먹을 테니 미리 장비들과 숯을 준비해달라고 부탁한 뒤 마트로 차를 몰았다.

차로 10분 정도 움직이니 농협 마트 간판이 큼지막하게 눈앞에 나타났다. 잽싸게 안으로 들어가서 우리는 바비큐 파티를 위한 각종 고기와 야채, 내일 아침에 간단히 먹을 라면과 같은 식료품을 구입했다. 거기에다가 깜박 잊고 가져오지 않은 칫솔을 한 개 추가시켰다. 하나는 내가 들고 있는 장바구니를 바라보면서 이따금씩 생각에 빠지더니 몇 마디 말을 꺼냈다. "기름기랑 이것저것 닦아내려면 물티슈를 하나 사야하지 않을까?" 또는 "내일 아침에 라면만 먹기는 좀 그러니 참치 한 캔을 더 사는 게 어떨까?"하는 말을 꺼냈고 고추장을 살 땐 큰 통째로 사려던 것을 막고 조그마한 통에 담겨있는 고추장이 있다면서 절약정신까지 보여줬다. 여자의 섬세함과 지혜로움이란!

그렇게 총 12만 원어치의 먹을거리를 구입한 뒤, 두 손에 한가득 들어있는 짐을 먼저 숙소로 옮겨 놓는 작업을 했다.

그러고는 바람을 쐬기 위해서 남이섬이 있는 북한강 근처로 향했다. 그 곳에 내려서는 여유롭게 산책을 하다 보니 수상스포츠를 즐기고 있는 한 무리의 사람들을 보았다. 보트가 빠르게 물 위에서 춤을 추면서 우리 앞을 지나가자 거센 물결이 뿜어져 나왔는데 보는 것만으로도 더위를 충분히 식혀주는 것만 같았다. 조금 더 걸어 가보니, 번지점프를 하고 있는 사람들도 보였는데, 실제로 보니, TV에서 본 것처럼 그렇게 높아 보이지는 않았다.

"번지점프 한 번 해 볼래?"

하나에게 슬쩍 제안해보았다.

"난 별로. 재밌을 것 같은데 무서워서 못 하겠어. 너 하고 싶으면 한 번 해봐."

그녀가 살짝 미간을 찌푸리며 거절의 의사를 보이기에, 내심 한 번의 도전을 하기에도 터무니없이 비싼 번지점프 가격이라 조마조마했던 마음이 안도가 됐다. 우리는 한 시간 동안 구경만 신나게 하다가 다시 왔던 길로 돌아갔다. 돌아오는 길에 잡고 있던 그녀의 손을 잠시 쳐다보니 작고 부드러워서 내가 왠지 그녀의 보호자라는 생각이 들었다.

가볼 곳은 많았지만 시간이 촉박했다. 우리는 바로 차를 끌고 다음 행선지인 아침고요수목원으로 향했다. 신나게 악셀을 밟으며 금방 도착하겠거니 싶었는데 꾸불거리는 도로를 따라가다 보니 생각보다 시간이 걸렸다. 길이 엄청나게 꼬여 있었고 가파른 경사길을 오르다 보니 예상 시간보다 훨씬 지체됐던 것이다. 조심스럽게 운전하니 15년이 넘게 버텨온 이 낡은 자가용이 웅웅거리는 엔진소리를 더 크게 뿜어댔다.

힘들게 우리는 수목원에 도착했는데, 그곳은 놀라울 정도로 굉장히 넓게 트여 있었음에도 불구하고 구경하러 온 관광객이 별로 없어서 매우 한적한 느낌을 주었다. 그 넓은 공간에는 이름 모를 신기한 모습의 나무들과 꽃들이 굽이치는 길을 따라서 빼곡하게 늘어서 있었는데 마치 어릴 때 읽었던 동화 속에 나오는 정원처럼 우아하게 보였다. 꽃들의 향기에 취한 채 우리는 괜찮은 장소를 마주할 때면 사진을 찍으면서 추억을 남겼고, 한 명씩 번갈아가며 서로를 찍어 주다가 가끔씩 지나가는 사람들과 마주치게 되면 둘의 모습이 같이 담긴 사진을 위해서 사진촬영을 부탁했다.

그렇게 우리는 날이 어두워질 때까지 새로운 추억을 만들고는 배가 고파지기 시작해서 재빨리 숙소로 발걸음을 향했다. 도착하니 다행이도 아직 바비큐를 해 먹을 수 있는 시간이었기에 아까 전에 장을 봐 둔 음식 재료들을 꺼내 놓은 뒤에 배정된 바비큐 자리에서 고기를 굽기 시작했다. 안타깝게도 여름날의 무더위와 숯불의 열기가 합쳐진 뜨거움과 우리 주위에서 배회하는 벌레들이 우리의 식사를 방해하고 있었다. 입고 있던 면 티는 땀에 흠뻑 젖었다. 그래도 우리는 야무지게 고기를 굽고 다 익은 고기를 입에 넣기 시작했다. 역시 여행 와서 직접 해먹는 고기의 맛은 일품이다.

고기를 몇 점 먹다가 하나가 방 안에 있는 전자레인지에서 돌려온 햇반을 가져오고 마트에서 소시지와 오징어를 조금 사왔던 터라 불판에 같이 올려놓았다. 배가 너무 고팠는지 우리는 별 말이 없이 계속 음식을 입에 넣기 바빴다. 소주도 3병이나 마셔서 취기와 배부른 느낌이 동시에 찾아왔다. 폭식을 했음에도 불구하고 고기와 오징어가 조금 남아서 플라스틱 용기에 담아 놓고 내일 아침에 라면과 같이 먹기로 했다.

"오빠가 뒷정리만 도와줘. 내가 설거지는 할게."

고맙게도 설거지를 자처하고 나서서 나는 뒷정리를 조금 한 뒤에 잠시 휴식시간을 가졌다. 날이 더운 것만 제외하고는 최고의 기분을 만끽하고 있다는 것에 감사했다. 다른 것들은 바라지 않았다.

잠시 침대에 누웠다. 귀여운 하나는 재빠르게 설거지를 마친 뒤, 잠깐 화장실에서 씻고는 바로 내 옆에 철퍼덕 누웠다. 가만히 누워있는 그녀가 무슨 생각을 하는지는 도무지 알 수 없었다. 알고 싶지도 않았으며, 이 행복한 느낌을 조금 더 갖고 싶어서 아무 말도 하지 않고 한동안 누워있었다. 봉긋 솟은 그녀의 가슴에 손을 올리고 부드러운 감촉을 느끼니 마음이 편안해졌다. 그러다가 다시 옆을 슬쩍 보니 그녀가 희미하게 웃으면서 나를 마주보았다. 그 모습이 귀여워서 살짝 볼에다가 입을 맞췄다. 그게 간지러웠는지 그녀가 킥킥거리면서 웃었다. 한층 더 귀여워서 두 번이나 입을 맞췄다.

이대로 그녀를 안은 채 잠이 들고 싶었지만, 몸에 붙어있는 기름기와 먼지를 제거해야 했으며, 더 중요한 것은 이 아름다운 산골 속에서 느낀 황홀하고 간지러운 쾌감속에서의 잊지 못할 밤에 사랑의 피날레를 이루지 않고 잠이 들어 버린다면 광활한 자연에 대한 예의가 아니라고 생각했다. 창문 밖에는 매미와 여치, 베짱이들이 힘을 합쳐 낭자하게 여름을 연주했다.

우리 둘은 침대위에서 자정까지 버티다가 이내 답답한 마음이 들어서 산책을 나섰다. 시골길이 생각보다 어두웠는데 뜨문뜨문 세워져 있는 가로등만이 길을 비추고 있었다.

"나는 조만간 회사를 관둘 예정이야." 침묵을 깨고 하나가 말을 꺼냈다.

"왜? 회사 일이 너무 힘들어서?"

놀라서 물었다. 그녀가 얼마 전에 내게 말해준 바에 따르면 항상 밤 10시가 넘는 늦은 시간까지 일을 하는 날이 빈번했기 때문에 일에 지친 상태라고 했다. 아무리 야무지고 당찬 그녀였지만 그녀의 여린 몸은 아마도 견디기 힘들었을 것 같았다.

"맞아, 게다가 좀 쉬면서 하고 싶은 일도 있고 해서……."

"무슨 일을 하고 싶은데?"

"모르겠어……. 정말 모르겠어. 그렇지만 아마도 글을 쓰는 게 재밌어서 그 쪽으로 일을 찾아보지 않을까 싶어."

일단 그녀가 일을 그만둔다고 한 그 사실에 조금 기쁜 마음이 들었다. 그렇게 된다면 그녀와 만날 수 있는 시간이 더 많을 것이라는 그저 단순한 생각이 들었기 때문이다.

"그렇구나, 그럼 언제쯤 그만둘 생각인데?"

"아마도 석달 안으로 그만 둘까 봐. 지금은 그렇게 생각하고 있어. 정확하진 않지만 말야."

그렇게 말하면서 그녀는 무언가 생각에 빠진 것처럼 잠시 고민된다는 표정을 지었다. 그러더니 갑작스러운 질문을 꺼냈다.

"의찬이는 앞으로의 계획이 있어?"

"글쎄……."

나야 아직 회사에 적응하기도 바빴다.

"회사를 계속 다니다 보면 생각이 나겠지 뭐. 지금은 회사 일에 집중하고 싶어."

우리는 새벽 늦어서야 잠이 들었기 때문에 다음날은 늦잠을 자서 10시가 조금 넘은 시간이 되어서야 눈을 떴다. 아직 옆에서는 하나가

깊게 잠들어 있었다. 정신을 차리고 시간을 보니 퇴실시간까지는 아직 여유가 있어서 그녀를 깨우지 않았다. 대신 혼자서 슬쩍 옷을 추스르고는 조심스레 문을 열고 밖으로 나왔다. 바로 옆 바비큐 장에서는 어제 타고남은 숯이 재가 되어 바람에 흩날리고 있었다. 다른 방에서 숙박을 하던 한 젊은 커플은 이미 갈 길을 떠난 것 같았고 또 다른 방에 있었던 가족들은 서둘러 갈 채비를 하고 있었다. 아침의 풀냄새가 내 코를 자극했다.

"잘 주무셨어요?"

펜션 주인이 나를 보고는 아침인사를 흘리듯이 건넸다. 그러고는 청소도구를 들고 마당 쪽으로 분주하게 움직였다. 벌써부터 아침 햇볕이 내리쬐는 바람에 바닥은 뜨거운 열기를 내뿜으며 달궈지고 있었는데 그래도 가끔씩은 어깨너머로 살랑 바람이 불어왔다. 맑은 공기를 조금 더 느껴보고자 "호~오, 호~오" 숨을 내쉬면서 팔을 휘저어 보았다. 어젯밤의 격렬한 섹스 때문에 어깨가 뻐근했다. 잠시 그늘에 놓인 의자에 걸터앉아서 오늘 하루의 일정을 머릿속으로 한차례 그려보기 시작했다. 가평에서는 어제 반나절 동안 충분히 구경을 하였으니 여기서 더 오래 머무르는 것보다는 일단 인천으로 다시 돌아가서 하나와 조금 더 시간을 보내는 게 이 무더위를 피하기에는 나을 것이다.

갈 준비를 하기 위해 방으로 돌아와 보니 어느새 하나가 일어나서 TV를 멍하니 보고 있었다. "굿 모닝!" 입맞춤과 함께 이불을 천천히 개면서 생각해 둔 오늘 일정에 대한 생각을 조심스럽게 그녀에게 알려주자, "좋아!"라고 그녀가 외치며 무릎을 쳤다.

우리는 쓰레기를 치워 놓고 아침을 간단하게 때우기 위해서 라면 두 봉지와 참치를 꺼냈다. 그리고는 그녀가 애교 섞인 말투로 "아차." 한 마디를 외치더니 어제 신나게 먹다가 남은 음식을 꺼냈다. 재빠르게 식사를 마치고는 방을 말끔히 정리한 뒤 바로 인천으로 향했다.

입사 후의 첫 여름휴가가 달콤했다.

9장 휴가 복귀 후 새로운 프로젝트 실시

순식간에 여름휴가가 지나갔다. 하루도 빠짐없이 밤늦게까지 술판을 벌이다 보니 기껏 회사생활에 적응하였던 생체리듬이 엉망이 되어버렸다. 특히 늦게 자고 늦게 일어나는 생활패턴 때문에 오랜만에 일찍 일어나니 비몽사몽 정신을 차릴 수 없었다.

회사로 향하는 35번 버스에서 내리고 늘 그랬던 것처럼 산업단지로 걷기 시작하는데 몸이 출근을 거부하는 듯하다. 두 다리가 무겁고 땀이 흘렀다. 아무래도 무더위에 흘리는 땀은 아닌 것 같다. 하지만 어찌 되었든 간에 나를 애타게 기다리는 밀린 업무들을 처리해야 했다.

팀원들이 이제는 내가 조금은 업무에 적응하였다고 생각했는지 크거나 작은 업무들을 한 개씩 몰아주기 시작했다. 업무 인수는 최대한 늦추고 본인의 업무는 빨리 털어버리고 싶어 하는 직장인 고유의 성향 때문에 바로바로 새로운 일거리가 들어왔다. 법무팀의 만물박사 '김 주임'은 다른 회사 사람들도 그런 성향을 가진 건 마찬가지이기 때문에 그저 자연법칙인 것처럼 생각하라고 일러주었다.

김 주임은 3층에서 근무했는데 나보다는 2년 일찍 입사를 하였고 3살 터울의 형이었다. 친해진 지는 얼마 되지 않았지만 그는 남들과는 다른 유별난 점이 보였다. 회사에 대해서는 상당히 비판적이었는데 반면에 또 그만큼 회사가 잘 되는 것을 바라는 마음을 가졌다. 비난은 했지만 결코 이유 없이 비난하지는 않았고, 회사에서 일어나는 일에 대해서 객관적인 시선으로 바라봤다. 게다가 누구와도 관계에서 어느 정도 선을 그어둔 채 누군가의 일방적인 의견들에 치우치지 않는 모습은 마치 외딴 섬과 같은 느낌을 주었는데 그런 그가 내게는 매력적으로 다가왔다. 무엇 때문인지는 모르겠지만 우리는 순식간에 속마음을 털어놓는 사이가 되었다. 점심식사 후에는 단둘이서 이따금씩 만나서 공장 앞에 있는 자그마한 공원길을 산책하며 회사 생활과 개인적인 일들에 대해서 얘기를 하는데 그 시간이 우리만의 '힐링 타임'인 것이었다.

우리는 항상 30분 정도의 소중한 시간을 보낸 후 터벅터벅 사무실로 올라갔는데 헤어지는 지점에서는 누가 먼저랄 것도 없이 "파이팅합시다." 하며 한 손으로 주먹을 쥐며 자그맣게 외쳤지만 역설적이게도 듣는 사람과 말하는 사람 모두가 기운이 빠질 만큼 말에 힘은 전혀 들어가 있지 않았다. 그건 그저 우리 각자를 향해 외치는 처절한 아우성일 뿐이었다.

만물박사가 항상 내뱉는 말처럼 긍정적으로 모든 상황을 받아들이기 위해서 노력했다. 나 역시도 회사에 있는 사람들을 지켜보면서 몇 가지의 사실을 깨달았다. 회사원이 가치 있는 일상을 보내기 위해서는 첫 번째로는 내게 많은 업무가 들어오거나 누군가가 내게 쓴 소리를 한다고 해도 항상 경험을 쌓는다는 마인드로 웬만하면 모두 수용하는 편이 낫다는 것이다. 두 번째로 업무적인 부분에서 나만의 꿈이나 목표가 존재해야 한다는 것을 깨닫게 되었다. 그렇지 않으면 연약한 사람의 마음은 쉽게 흔들리게 되어 순식간에 부정적으로 변하거나 아무 의미 없이 시간만 축내는 돼지로 살아갈 것이 뻔했기 때문이다.

업무에 대한 긍정적인 받아들임의 자세 덕분인지 내가 검토하여야 하는 전표의 양도 한계가 없이 늘어가기 시작했다. 이제는 각 지사에서 사용하는 비용에 대한 전표까지 검토해야 했는데 특히 월말 마감 이후에 나에게 검토해달라고 오는 전표가 A4용지박스 여러 개에 담겨서 들어올 만큼 그 양이 방대했다. 그 많은 것들을 빠르고 정확하게 보는 능력이 필요했다. 물론 내 앞에 놓인 많은 일들을 하다 보면 야간근무를 하는 일도 잦아졌다. 몇몇 고참들은 자랑이라도 하듯 본인들이 젊은 시절에는 새벽까지 근무하는 것은 일도 아니었다는 과거 에피소드들을 입 밖으로 털어놓곤 했는데, 십 수 년이 지난 지금까지도 그들이 해왔던 일들은 효과적인 개선 없이 별로 달라진 것도 없어 보였다.

10월 초 어느 날, 새로운 경험이 또다시 나를 찾아왔다. 월 마감도 마무리되었고 특별히 빠른 시일 내에 처리해야 할 업무도 없었기에 점심시간이 지나고 나서는 나름의 업무 지식을 쌓는 일에 집중하고 있었다. 그때 옆자리에서 특유의 크고 빨간 눈으로 모니터를 응시하고 있었던 오 대리가 내 자리 쪽으로 의자를 돌려 앉은 뒤 우리 팀이 아직 처리하지 못한 과제에 대해서 설명하기 시작했다.

"너가 해줬으면 하는 프로젝트가 있는데 한마디로 전산으로 자산관리 시스템을 구현하는 거야."

"자산관리 시스템이요?" 내가 되물었다.

"음, 간단하게 말해서 너가 하고 있는 감가상각과 자산을 취득하고 폐기하거나 매각하는 모든 일들에 대해서 거의 자동으로 전산처리가 이루어지게끔 시스템을 만드는 것이지. 너가 시스템 구현을 위한 설계를 일정부분 완성해 놓으면서 전산팀에 개발을 요청해서 지속적으로 협의를 해야 할 거야. 이전에도 전임자들이 몇 번 도전했던 일이었는데 나름 사정들이 있어서 완벽히 구축하지는 못했어. 단지 일부 기능들만 몇 가지 구현해 놓았지. 너도 지금 만들어져 있는 시스템에서 내가 말하는 몇 가지 기능들은 본 적이 있을 거야. 아직 남아있는 자료들이 저 뒤편 캐비닛에 '자산관리 시스템 구축의 건'이라는 제목의 파일 철에 있을 거야. 이따가 한 번 자세히 보도록 해. 전임자가 만들어 놓은 것들이니 말야.

어쨌든 이 프로젝트는 꽤나 어려운 일일 수도 있는데, 하면서 너에게도 많이 도움이 될 수 있을 테니 한 번 도전해보는 게 어때?"

나는 알겠다며 고개를 끄덕였다. 그러자 그가 말을 이어 나갔다.

"일단 프로젝트 일정을 수립한 다음, 어떤 식으로 시스템을 구현해 나가겠다는 개략적인 내용들을 포함시켜서 시행 보고서를 한번 작성해봐. 먼저 보고서 초안을 작성해서 나에게 보여주면 내가 검토해볼 테니……. 그럼 한 번 시작해보자."

"알겠습니다. 언제까지 해야 할까요?"

"오후에 회의 시작하기 전까지 먼저 작성해봐. 일단은 담배 좀 피고 오자."

"네네."

그를 따라 건물 뒤편에 있는 흡연장까지 내려가서 프로젝트에 대한 보충설명을 듣고 보고서 개요를 어떤 식으로 잡을지 잠시 머릿속에 떠올린 뒤, 다시 사무실로 돌아왔다. 먼저, 그가 좀 전에 말했던 기존에 작성되었던 보고서들을 참고하기 위해서 캐비닛으로 발걸음을 옮기려 하자, 그가 갑자기 무언가 생각났다는 듯이 힐끔 쳐다보더니,

"아 참, 오늘 팀 회식 잡혀 있는 건 알지?" 무심한 듯 말을 하면서 다시 본인의 모니터로 두 눈을 가져갔다.

나에게 주어진 프로젝트다 보니 아무리 버거운 일이라도 그 일이 흥미진진하게 전개될 것만 같았다. 게다가 선임자들 중 누군가는 이 비스무레한 작업을 시도하다가 포기했다는 사실이 나에게 힘을 더 실어주었다. 회사에서 다른 사람이 하지 못한 일을 한다는 것만큼 내 능력을 인정받는 일은 없을 테니 말이다.

오후 세시가 넘어서야 지나서야 부랴부랴 초안을 작성하여 오 대리

에게 검토 작업을 부탁하였지만 두 번이나 잔소리를 들으면서 전면 수정을 요구하는 바람에 거의 퇴근할 무렵이 다 되어서야 한 장의 보고서를 무사히 완성시킬 수 있었다. 잽싸게 퇴근 준비를 하고 사무실을 나와서 오 대리와 함께 회식장소에 도착했다. 그리고는 내일부터 새롭게 프로젝트를 시작하기 위한 힘을 불어넣기 위해 적당한 눈치를 보면서 고기를 입에 쑤셔 넣었다.

10장 기타 모임, 친구들과의 만남

기타 모임은 매주 꾸준하게 참석했는데 굳은살로 단단해진 내 왼손 가운데 세 개의 손가락이 기타 위에서 춤을 추는 모습이 점점 더 자유롭고 빨라졌다. 이번에 배울 곡은 여수 밤바다로 굉장히 달콤한 노래였다. 한 주간 차곡차곡 쌓인 스트레스와 피로가 이상하게도 한 기타의 울림과 목소리를 통해 몸 밖으로 배출되는 기분이 들었는데 김 선생이 우리가 배울 곡 선택을 기가 막히게 한다는 감탄이 절로 났다. 우리 수업의 총 인원이 선생님까지 포함해봐야 기껏 3명이고, 여성 회원은 한 명도 없다는 사실이 모임 초반에는 나를 슬프게 하였지만, 오히려 연주에 집중할 수 있는 유쾌한 환경이 연출되는 이 트리오가 훨씬 더 괜찮은 조합이라고 느끼게 되었다.

쉼 없이 연주하다가 잠시 쉬는 시간을 가졌고, 분위기 메이커인 기 씨가 흥미로운 질문을 꺼냈다. 김 선생이 기타를 잡게 된 계기와 함께 기타 선생님이 된 이유를 물어본 것이다.

"어떻게 시작했냐구요? 가만 있어보자, 음……."

그는 갑작스러운 질문에 잠시 머뭇거렸지만 이내 쑥스러운 듯 말을 꺼내기 시작했다. "잘 생각이 안 나네요. 별 다른 계기는 없었던 것 같아요. 중학교 2학년 때였던가, 그때부터 기타 연주를 하는 게 즐거웠는데, 계속 기타를 치면서 살다 보니 여기까지 온 것 같아요. 정말로 특별한 이유는 없었던 것 같네요. 그냥 이게 제 삶일 뿐인걸요.

게다가 별로 다른 일은 생각해보진 않았고, 딱히 기타를 치는 것만큼 다른 일을 잘 할 수 있을 것 같지는 않았던 터라 그냥 기타에 집중하기로 했어요. 그러고 보니 좀 단순하게 살아온 것 같네요. 형님은 지금 하시는 일을 하게 된 계기가 있으세요?"

김 선생보다 한살이 더 많은 기 씨에게 질문이 돌아갔고, 나까지 답변이 이어졌다. 우리 같은 회사원이야 어차피 일을 하게 된 동기는 거기서 거기였다. 기타리스트의 수입과 연습량에 대한 내용들에 대해서 조금 더 이야기를 나누다가 다시금 연습을 시작했다. 나는 왼쪽 손가락들로 코드를 잡은 채로 김 선생의 얼굴을 슬쩍 쳐다보았다. 초췌해 보이는 그의 얼굴에는 이제 행복함이 가득해 보였다. 실제로는 평소와 같은 아무 감정 없이 연주에 집중하는 얼굴이었지만, 김 선생을 바라보는 그에 대한 부러움과 존경심이 투영되어서 다르게 보였는지도 모른다.

자연스럽게 좋아하는 일을 한다는 것, 그 속에는 경제적 여유에 대한 불확실성과 다른 사람들과는 조금은 다른 삶을 살아간다는 데에 대한 불안감 외에도 여러 가지 근심과 걱정과 공포가 찾아왔을 터이다. 그럼에도 복잡한 계산에서 벗어나, 그저 순수하게 하고 있는 것에 집중할 수 있었던 그를 보며 돌처럼 단단한 사람으로 느껴졌다. 요즘 세상, 내가 속한 현실에서 조타수가 파도에 신경 쓰지 않고 꿋꿋이 나아가는 일은 거의 없다. 파도가 잔잔한 방향, 편안한 방향, 사고가 날 염려가 없는 방향을 꿈꾸며 수 없이 키를 이리저리 움직여 댄다. 그런 의미에서 김 선생은 더할 나위 없이 순수하고 깨끗하며 어쩌면 성스러운 영혼을 가졌음이 틀림없었다. 나는 문득 그와 함께 길거리 공연을 해 보고 싶다는 생각이 들었다.

기타연습을 마치고 집으로 향하다가는 문득 경제적인 안정감과 가정에서의 행복이 커져가면서 이상하게도 가끔씩 내가 정체모를 우월감에 사로잡혀 있다는 사실을 깨닫게 되었다. 얼마 전 갖게 된 직장과 괜찮은 연인 그리고 신용카드와 새로이 구입한 휴대폰, 점점 부풀어 오르는 내 뱃살이 무의식적으로 그렇게 만들었다. 허나 그 기분도 그럭저럭 괜찮다. 전철의 네모난 창문에 비치는 내 모습을 보면서 가벼운 미소를 짓는다. 좋아, 아주 좋아! 업무상 발생하는 몇 가지 스트레스를 제외하면 지금의 내 컨디션은 최고다. 누군가와의 술자리에서도 더 이상 돈에 대해서도 걱정할 필요가 없었다. 일단 세상에 대한 자부심이라고 일러두자.

저녁 무렵엔 친구들과의 만남이 기다리고 있었다. 마침 여자 친구 하나도 그녀의 친구들과 만남이 있다고 하기에 나와 그녀는 오랜만에 각자의 시간을 주말에 쏟기로 한 것이다.

친구 녀석들의 일정 탓에 저녁식사는 각자 알아서 해결한 뒤 조금 늦은 시간에 모이기로 했다. 약속시간인 저녁 8시가 되어서 만나기로 한 부평 시내의 '엔스펍'이라는 술집으로 들어섰는데, 최근부터 부쩍 칵테일의 맛에 빠져서 내가 약속장소를 이곳으로 잡았는데 가격도 싸면서 분위기도 고풍스럽게 꾸며 놓아 한 잔씩 마시기엔 괜찮은 장소라고 생각되었기 때문이었다. 르네상스 시대의 건축양식 그 어디선가 본 것 같은 화려한 장식들이 테이블과 복도, 카운터에 가득해 보이고 공간이 꽤나 넓은데다가 각 자리마다 넓은 간격이 있어서 편안한 느낌이 들었다. 조명은 인위적이지는 않으나 다소 어둡게 꾸며 놓아서 누군가 술집에 들어서면 내 일행이 맞는지 몇 초간은 쳐다보아야 알 수 있었다. 내부 장식들을 둘러보며 기다리다 보니 녀석들이 한 명씩 입장했다. 나를 포함한 명훈이와 태주, 현범이가 모두 모였다.

서로 간의 반가움을 사내 녀석들답게 욕설과 비난으로 표현하며 테이블에 앉았다. 모두들 배를 채우고 왔기 때문에 안주거리로는 감자튀김 한 개만 시키고 깔루아밀크 두 잔과 럼 콕 한 잔, 갓파더 한 잔을 주문했다. 녀석들 역시 대충 어디선가 마셔보았던 가닥이 있던 터라, 마음에 들어 하는 위스키 또는 칵테일을 선택했고, 개중에 좀 더 칵테일에 대한 지식을 뽐내고 싶어 하는 나와 같은 동네에 살고 있는 명훈이가 실없이 거드름을 피웠다.

"그건 별로야. 차라리 이걸 시켜봐. 내가 늘 마시던 거야." "어때? 맛있지?"

우리는 수개월 만에 만났기에 반가움과 함께 서로의 근황에 대해서 궁금했다.

"태주는 요새 장사 잘되나?" 내가 물었다. 항상 깔끔해 보이는 셔츠 차림의 패션을 자랑하는 태주는 얼굴이 곱상하리만큼 하얗고 귀티가 나 보이지만 겉모습과는 다르게 내가 아는 사람 중에 손에 꼽힐 정도로 열심히 살고 있는 녀석이다. 군포에서 프랜차이즈 치킨집을 운영하고 있었는데, 한때는 그의 매장이 전국에서 매출순위가 5위안에 들어갈 만큼 돈을 많이 벌었다. 그 덕분에 그는 부모님께 작은 집을 선물해 드리기까지 했다. 굳이 그의 단점을 말하자면 유머감각이 떨어지고 자기애가 심해서 거드름을 피우기도 했다. 하지만 완벽한 사람이 어디 있으랴! 그건 그저 녀석의 개성일 뿐이었다.

"요즘 그냥 똑같지 뭐. 근처에 치킨집이 많이 생겨나서 문제긴 해. 경쟁업체들이 늘어가는 건 좋지 않은 신호야. 매출이 줄어드는 것 같아서 계속 차별화 차원에서 신 메뉴를 개발하려고 하는데 생각이 잘 나지도 않고, 프랜차이즈 본사에서도 시비를 거는 것들이 많아서……. 그나저나 너 취업한 데는 괜찮아? 일은 할 만해?"

"그냥 적응 하는 거지 뭐. 나름 괜찮은 것 같아. 그나저나 최근에 여자 소개를 몇 번 받았는데……."

나는 여자 친구 하나에 대해서 길지 않게 자랑했다. 물론 녀석들이 궁금해 하는 그녀의 사진을 보여주기도 했다. 언젠가는 하나를 친구들에게 소개해 줘야겠다고 느꼈다.

“취업했으니 너가 한턱 내야지.”

명훈이가 나이 지긋한 아저씨같이 낮게 깔린 다소 거친 목소리로 외쳤다.

“오케이, 대신 조금씩만 마셔.” 나는 살짝 웃으며 대답했다.

“그나저나 명훈이는 요즘 살 만해?” 태주가 칵테일을 한 모금 마시더니 어딘가 어두워 보이는 명훈이에게 슬쩍 말을 걸었다.

“전혀! 경매는 미친 짓이야. 이 바닥은 워낙 이상한 놈들이 많은 것 같아. 무엇보다도 업무를 하다가 보면 어쩔 수 없이 사람들의 원망하는 눈빛을 볼 수밖에 없는데 그럴 땐 죽을 맛이야. 집을 잃게 된 사람들 중에서는 경매로 낙찰을 받은 집에서 끝까지 버티는 사람들이 있었는데 언젠가는 어떤 아저씨의 딸내미가 내 멱살을 잡고 난리도 아니었어.”

그는 잠시 칵테일로 목을 축이더니 말을 이어갔다.

“순전히 내가 그녀의 집을 뺏는 줄로만 알고 욕이란 욕은 다 퍼붓는다니까. 하도 욕을 많이 먹은 덕분에 오래 살긴 할 거야. 난 그저 위에서 하라는 대로 일을 하는 것일 뿐인데, 결국 사람들이 미워하는 건 나라는 게 참 이상했어.

이런저런 사람들하고 싸우기도 하고 협박도 듣고 하니, 언젠가부터 길거리를 다니기도 무서워지는 거야. 아냐, 거짓말이 아니라 진짜라고! 어쨌든 월급은 많이 주긴 했는데 결국 평생 다니지는 못할 것 같더라고……. 내가 이일 저일 다 해봤지만 사람 사이에 돈과 엮인 일이 가장 힘든 것 같아. 나랑 같이 일하던 사람들도 대부분 나와서 다른 일을 하고 있어.”

짜증 섞인 한숨을 쉬며, 그의 앞에 놓인 럼 콕을 들이켰다.

"돈과 사람이 엮인 일이라면 골치 아프긴 하지. 그럼 그만두려고?" 태주가 물었다.

"아직 모르겠어……. 다른 걸 할 게 없는데? 너네 치킨집에라도 들어갈까?"

"내가 거절할게." 태주가 웃으며 말했다.

명훈이가 몇 년 전 다니고 있었던 전문대학을 다짜고짜 중퇴한다고 하였을 때, 나는 옆에서 강하게 말렸지만 고집이 워낙 센 친구라 그 고집을 꺾지 못하였다. 그는 결국 어떤 뜻이 있었는지는 모르겠지만 학업을 포기하고 경매와 로케이션 매니저와 같은 여러 가지 일을 하면서 돈을 벌기 시작한 친구다. 지금은 예전에 잠깐 다니다가 그만 두었던 경매와 관련된 일을 다시금 하고 있었다. 장난기가 가득해서 항상 반대의 행동을 하여 상대방을 당황케 하는 것을 좋아하는 청개구리 같은 그 모진 성격은 10년이 지난 아직까지도 계속되고 있었다.

함께하고 있는 또 다른 친구인 현범이에게는 하고 있는 일이나 안부에 대해서는 묻지 않았다. 녀석은 눈썹이 짙고 눈이 커서 우락부락할 것 같지만 피부가 지저분하고 몸에 비해 머리가 큰, 소위 말하는 저주받은 비율을 가지고 있어서 본인의 외모가 떨어진다는 것 때문에 굉장한 트라우마를 가지고 있는 친구였다. 하지만 심성이 너무나 착해서 평소에는 아무리 친구들이 놀리더라도 허허 웃어넘기곤 했다. 지금은 직장을 잡지 못한 채 잡다한 물건들의 중고거래를 통해 그 차액으로 용돈벌이 정도만 하고 있었다. 내성적인 성격이라 속내를 쉽사리 비추지는 않았지만 대신, 나와 둘만이 있을 땐 누구보다 내 속마음을 털어놓기 편한 친구이면서 현범이 본인도 하고 싶은 얘기들을 털어놓기도 했다. 나는 녀석의 인성과 배려심에 대해서 항상 존경했다.

얼마 대화를 나누지도 않았는데 벌써 현범이와 명훈이는 각각 깔루아 밀크와 럼 콕 한 잔을 거의 해치워가고 있었다.

"너희는 음미하면서 마실 줄 몰라? 어떤 맛이 나는지, 무엇이 떠오르는지 느끼면서 마셔야지. 하마 같은 놈들." 내가 핀잔을 줬다.

"너나 잘 하시게나." 명훈이의 비아냥이 들려왔다. 어쨌든 한잔 가지고는 부족할 것 같아서 모두가 다른 칵테일로 한 잔씩 더 주문했다.

"태주야, 그래도 올해엔 브라질 월드컵도 있었고 해서 매출 좀 오르지 않았어?" 문득 생각이 나서 내가 물었다. "그때만 잠깐 올랐지, 뭐 거의 다를 건 없어. 바쁘긴 했지." 입에 잔을 가져다 대면서 별거 아니라는 듯이 그가 말했다.

명훈이가 뜬금없이 소리쳤다.

"우리 올해가 가기 전에는 좋은 여자를 만나야 해!" 지겹게 들은 말이었다.

"난 이미 여자 친구가 생겼거든. 너희들이나 잘 해봐."

"너도 곧 헤어질 거야." 명훈이가 빈정대며 말하니, 모두가 웃음을 터뜨렸다. 그때 옆 테이블에 예쁘장하고 20대 초반으로 보이는 세 명의 여자들이 깔깔거리면서 자리에 앉았다. 그 중 한명의 손에는 케이크가 들려 있었는데 아마도 누군가의 생일을 축하해주기 위해서 모인 것 같았다. 그녀들이 스쳐지나가는 순간의 아찔한 향수냄새가 우리의 코를 자극했고, 잠시 동안 우린 모두 멍청이들처럼 그녀들을 멍하니 바라봤다.

"아 참. 명훈아, 너희 누나 결혼한다고 하지 않았어?" 정적을 깨고 내가 물었다.

"아직 멀었어. 아마도 내년 7월쯤으로 대략 잡았는데 정확하진 않아."

"미리 축하한다. 어! 문득 든 생각인데 너가 너희 누나와 친하게 지내는 모습이 부러워. 같이 술 한잔도 하고 그런 것 있잖아?" 내가 진심으로 말했다.

"그러게 말야. 너희 형은 요즘 어떻게 지내?" 생각났다는 듯 명훈이가 내게 물었다.

"내가 좋은 소식이 있다고 말하기 전까지는 변하지 않았다는 걸 알아줘."

"그래? 그래도 조만간 좋은 소식이 있겠지." 명훈이가 중얼거리며 씁쓸한 표정을 지었다.

그 뒤로 여자와 일에 대한 시시콜콜한 농담을 이어가다 보니, 어느새 각자 3잔째 칵테일을 마시고 있었다. 별 것 아니라고 생각했는데 벌써부터 취한 느낌이었다. 분위기 있는 노래가 따뜻하게 퍼졌고, 우린 줄기차게 대화를 이어갔다. 물론 가끔씩 그녀들이 떠들고 있는 테이블에 시선을 두기도 했다. 잠시 후, 태주가 풀린 눈으로 반대편 벽쪽을 멍하니 바라보더니 중얼거렸다.

"여행가고 싶다." 그러고는 한숨을 쉬었다.

"나도." 모두가 공감했다. 우리 같이 미술관이나 영화라든지 또는 뮤지컬 따위에는 관심이 없는, 즉 문화와 예술에 대해서 문외한인 놈들에게 가장 큰 행복을 주는 건 아무래도 여행이었다. 해외는 애초에 생각도 하지 않았다. 그저 가까운 곳이라도 함께 떠나는 여행이 좋았던 것이다.

"어디가 좋을까?"

"제주도도 괜찮고, 어렸을 때 놀았던 경포대는 어때?"

"경포대 얘기도 꺼내지 마라. 거기서 헌팅도 못하고 우리끼리 수박만 깨서 먹었던 우울한 기억밖에 없어!" 명훈이가 아픈 기억이라는 듯 현범이의 어깨를 가볍게 주먹으로 치며, 고개를 저었다.

"그런데 여행 말고는 재밌는 건 없는 건가?" 갑자기 나는 궁금해져서 물었다.

"그럼 뭐가 있는데?"

"그건 나도 모르지. 아마도 우리가 모르는 무언가 있을 것 같은데, 여행도 우리가 항상 갔었던 해수욕장 같은 데 말고 오지체험이나 사막탐험 같은 것도 신선한 즐거움 일 것 같아. 그런데 여행을 가면 항상 좀 허무한 느낌이 들긴 해."

"왜? 다시 집으로 돌아와야 해서?" 현범이가 물었다.

"정답!"

"그럼 아예 그런 곳에서 살던지."

"이봐, 친구. 난 진지하게 말하고 있는 거야."

현범이는 민망했던지 다른 친구들에게 웃어달라는 뜻으로 웃음을 지으며 주변을 슬쩍 쳐다봤다. 하지만 누구도 호응하며 웃어주질 않자, 녀석은 해명의 말을 꺼냈다.

"아니, 나도 진지하게 말하자면 이 현실에서 어떤 즐거움을 느끼지 못한다면 우리를 감싸고 있는 상황 자체를 바꿔볼 필요가 있지 않을까 싶어서 그래. 어차피 여행을 가서도 막상 집으로 돌아올 때나 다른 무언가를 할 때도 행복하지 못하다면 아무런 즐거움이 없이 살아가는 것과 다를 바 없잖아? 요즘은 귀농하는 사람들도 많고, 퇴사하고 다른 행복을 좇아 떠나는 사람들도 많아."

우린 잠시 침묵한 채 생각하는 시간을 가졌다. 현범이에게 딱히 반박할 말은 없었다. 그렇지만 나는 좀 더 지금의 현실에서 즐거움을 찾고 싶었다. 녀석의 말대로 한다면 현실을 도피하는 패배자라는 생각밖에 들지 않았다. 게다가 무엇보다도 나는 내가 앞서 꺼낸 우울한 말과는 다르게 회사에 들어간 후로는 점점 상황이 좋아지고 있다는 느낌이 들었다.

"행복하기 위해서는 뭘 해야 할까?" 명훈이가 중얼거렸다.

"글쎄, 돈을 많이 벌면 행복하겠지."

"진짜 행복할까? 책이나 텔레비전에서는 부자들이 그다지 행복하지 않다고 말을 하잖아. 그리고 얼마인지 기억이 나지 않는데 일정 수입만 넘으면 더 이상은 돈을 아무리 많이 벌어도 더 이상 행복지수가 올라가지는 않다고 어느 책에서 본 것 같아."

"결혼이 답을 알려주지 않을까?" 태주가 대수롭지 않다는 듯 말했다.

갑자기 결혼이라는 단어를 소재로 꺼내 놓는 바람에 우리는 한동안 넷 중에서 결혼을 가장 먼저 할 것 같은 사람부터 늦게 할 것 같은 사람까지 순서를 매겨보면서 낄낄거렸다. 치킨집을 하며 돈을 많이 버는 태주를 일순위로 꼽는 데에는 모두가 동의했다. 열한시까지 각자 한 잔씩 더 마시고 노래방을 2차로 다녀온 뒤 우리는 다음을 기약하며 뿔뿔이 흩어졌다.

행복에 관해 얘기할 때면 답도 없고 의미도 없었다. 살다 보면 알 때가 오겠지. 아니지, 지금 이순간 자체가 행복한 것인가? 어쩌면 난 행복불감증 환자일 수도 있을 것이다.

11장 연말, 헤어짐

가을이 짧아지고 있다는 신문기사를 본 기억이 있다. 희한하게도 그 기사를 본 뒤로부터 더욱 가을이 짧아지고 있다는 것에 대해서 체감하기 시작했다. 어쨌든 가을이 짧아진 건 슬픈 일이다. 두꺼운 옷을 사두어서 겨울을 날 준비를 해야 했기에, 코트도 장만하고 긴 팔 셔츠와 따듯한 소재로 만든 정장바지, 청바지와 니트, 가디건까지 구비해 놓아야 했다. 벌어놓은 돈이 남아나지를 않겠다고 생각하니 겨울의 등장은 내게 여간 달갑지가 않았다. 아마 옷을 구매하는 시기에는 부모님께 드리는 용돈을 조금 줄여야 할 것 같다.

출근길에는 낙엽들과 함께 은행 열매가 마구 쏟아지는 바람에 구린 냄새가 온 거리에 퍼져 있었다. 땅바닥의 노란 손바닥 모양을 한 누런 은행잎들이 지친 출근길을 붙잡으려는 것만 같아 보였다. 그렇지만 은행잎이 꾸며내는 유혹의 손짓을 간단히 뿌리치고는 여지없이 사무실로 들어섰다. 가끔씩 공장 앞에 수북하게 쌓인 낙엽을 쓸어 담으라는 총무팀의 협조 요청 연락을 받는다. 그러면 아침 일찍부터 유니폼을 입은 직원들이 "우린 왜 직접 나와서 낙엽이나 쓸어야 하는 거야?"라며 불만이 가득한 말을 하면서도 이내 로봇처럼 질서정연하게 몇 명씩 그룹을 구성하여 포대에다가 낙엽들을 주워 담았다. 아침부터 상쾌한 노동으로 하루를 시작하는 것이었다.

연말이 다 돼가니 갑작스럽게 들어 닥치는 업무가 생겨났다. 연 결산부터 시작해서 연말에만 한차례 실시하는 업무들이 생각보다 많았다. 년마다 한 번씩만 하는 일이라서 잊어버리지 않도록 철저하게 필기를 해두면서 업무를 배워가며 처리하기 시작했다. 오 대리는 결코 좋은 말로 두세 번 알려주지 않았다. 다시금 질문을 하려 하면, 슬며시 '너 같은 무능한 놈이 있다니.' 하는 눈빛을 내게 보낸 뒤 짜증이 섞인 곱지 않은 말투로 알려주기 시작했다. 어쨌든 정신을 바짝 차리고 한 해 동안의 실적을 정리하고 정리된 내용을 토대로 영업보고서를 작성했다. 차주까지는 사업보고서를 작성하기 위한 재무제표상 내가 맡고 있는 계정에 대해서 금액을 정리하고 세부 내용들을 기록하기 위한 주석 사항을 정리해야 할 것이다. 일처리에 책임감이라는 요소까지 나를 무겁게 짓누르기 시작했다. 30퍼센트의 흥분, 40퍼센트의 긴장감과 20퍼센트의 즐거움, 10퍼센트의 잡념이 합해져서 조금은 어설프지만 그럭저럭 일을 처리한다.

한편, 자산관리시스템 구축 프로젝트는 아직까지 순조롭게 흘러가고 있었다. 오 대리의 조언에 따라서 프로젝트를 세분화해서 일을 진행했는데 토지와 건물 같이 기재된 자산의 수가 적고 실사를 통한 정확한 집계가 비교적 쉬운 계정부터 접근하면서 구축단계를 밟으니 조금은 쉽게 끝낼 수 있을 것으로 보였다.

또한, 이 프로젝트 덕분에 처음 보는 회사 동료들과 자주 접할 기회가 생겼다. 전산팀의 유 대리와는 거의 매일 단둘이서 회의를 하는 덕분에 굉장히 가까워졌는데 무언가 설명해주고 가르쳐 주기 좋아하는 그에게 직장인으로서 필요하거나 연말정산 시 세액공제가 많이 되는 금융상품과 가입하면 좋을 보험, 때로는 연애문제에 대한 조언까지 듣곤 했다. 그 외에도 생산관리 부문의 몇몇 사람들도 알게 되었고 연구개발 부문의 사람들의 얼굴도 익히게 되었다. 그렇다고 억지로 친해지려고 노력하는 친근한 성격은 못 되었기에 업무상 접촉이 있는 사람들을 위주로 거리를 두면서 알아가기 시작했다.

졸린 눈으로 연말 업무의 늪에 빠져서 모니터를 보고 있는데, 팀장이 차갑게 느껴지는 표정으로 나를 회의실로 불러냈다. 대충 나를 부른 이유는 알고 있었다. 팀원들에 대한 인사고과 결과가 나왔고 그에 따른 피드백 면담을 하기 위해서 불러낸 것이다. 평가결과는 S부터 D등급까지 5등급으로 구분되었는데 거의 대부분의 직원들은 중간 등급인 B등급으로 평가되었고 한 해 동안 능력을 월등히 발휘하였거나, 저조한 사람들 일부분만이 그 외의 등급을 받았다. 이 결과로 다음해의 급여 인상과 승진까지의 결과에 영향을 줄 수 있기 때문에 일 년 농사를 마무리하고 수확을 하는 농부의 심정으로 조용히 결과를 기다렸다.

평소 말수가 별로 없고 그저 바라만 보던 팀장이 나에 대해서 무슨 말을 할지가 궁금하긴 했다. 그렇지만 기대하였던 것과는 다르게 면담은 순식간에 끝이 났다. 대충 형식적인 몇 마디가 오고 간 뒤에 그는 단지 이렇게 말했다.

"잘 적응하고 있는데, 다만 좀 더 적극적으로 의견 표출도 하면 좋을 것 같아."

간단했다. 나는 멋쩍은 듯이 주섬주섬 다이어리와 몇몇 서류들을 챙겨서 다시 사무실로 돌아왔다. 적극적인 의견 표출이라는 그의 한 마디가 머릿속을 맴돌았다. 팀원들이 무서운 눈으로 누군가의 실수를 잡아내서 물어뜯기 위해 노리고 있는 하이에나같이 느껴지는 사무실의 분위기속에서 당당한 의견표출은 내 스스로 무대 위에 올라서는 꼴이다. 고마운 팀장의 조언은 당분간 수용하지 않을 예정이다. 대신 말은 줄이되, 귀를 열기로 했다.

며칠이 지나고, 회사에서 정기승진 결과를 발표할 무렵엔 여자 친구 하나가 내게 이별을 고했다. 내 입장에서 보자면 바빠지는 일상,

그 우월감에 취해 그녀에게 신경을 제대로 쓰지 않게 된 사연이 있었다. 게다가 아직 다른 인연들을 더 만나고 싶다는 무책임한 생각이 들면서, 이상하리만큼 그녀와 평생 함께 할 정도의 애틋한 마음은 들지 않았다는 것이 내가 내린 결론이었다. 아마도 이성적이고 상황판단이 빠른 그녀는 나보다 먼저 우리의 관계가 내리막길을 걷고 있었다는 사실을 느꼈을 것이다.

우리는 서울대입구의 어느 카페에서 "잘 지내."라는 마지막 말과 함께 이별을 했고, 헤어지는 이유에 대해서는 구질구질한 얘기조차 나누지 않았다. 이별은 순식간이었다. 만남까지의 시간보다 헤어짐의 시간이 비할 바 없이 짧았다. 이런 느낌은 별로 좋지 않았다. 무엇보다도 일상의 커다란 즐거움이 사라져서 걱정이 되었다. 빠르게 이별의 아쉬움을 잊기 위해서 연말 업무와 기타 동호회에 내 모든 에너지를 쏟아야겠다고 느꼈다.

12장 새로운 업무

빠르게 2014년이 지나갔다. 그리고 연초에 해야 할 업무들이 끝나 갈 시기에는 팀 내의 새로운 업무분장이 이루어졌다. 새롭게 매출관리 업무를 맡았는데 간단히 말하면 거래와 관련된 전표를 검토하고 집계해서 우리 회사의 매출액이 어느 정도인지를 집계하는 일이었다.

우리 팀의 여직원 중에서는 가장 나이가 많았던 최 과장에게서 매출 업무를 배우기 시작했다. 그녀는 40대 중반 정도 나이에 연륜이 있어 보이는 매력적인 웃음을 갖고 있었는데 스무 살 나이에 입사하여 지금까지 이십 몇 년간 우리 회사에서만 일을 했던 터라 상당한 경력의 소유자였다. 듣기로는 여직원들의 군기를 잡는 역할을 도맡아 해와서 몇몇은 눈물을 흘릴 때까지 혼쭐을 내 주었다고도 했다. 보수적인 기업 문화에서 그에 맞는 성격이 잘 보듬어졌기 때문에 어찌 보면 우리 회사와는 찰떡궁합인 사람으로 보였다. 잘 빠진 몸매에 도시여성 같은 외모를 갖고 있었지만 그녀의 고집스러운 성격 때문인지는 몰라도 아직까지 결혼을 하지 못한 노처녀였다. 따라서 팀장을 제외하고는 최 과장 앞에서 결혼과 연애에 대한 얘기는 암묵적으로 금기시되었다.

팀 회의에서 새로운 업무 분장 결과를 고 팀장이 공개한 지 나흘이 지난 날, 일찍부터 최 과장이 작지만 부드러운 목소리로 나를 호출했다.

"의찬 씨. 잠시 나 좀 볼까요?"

"네." 그녀는 대각선 반대편에 자리하고 있기 때문에 나는 그쪽으로 다가가기 위해서 여러 책상들을 돌아서 그녀의 자리에 섰다. 친절하게도 옆에 놓인 작은 의자에 앉으라고 내게 권했다.

"의찬 씨도 입사한 지 이제 반년정도는 되지 않았나요? 어느 정도 회사에 적응은 된 것 같아요? 저기 말인데, 원래 신입사원한테는 사람들이 관심을 많이 갖고 있는 건 아시죠? 몇 개월 되지 않았는데도 주변에서 의찬 씨에 대해서 하는 말을 들어보면 그럭저럭 잘 하고 있다고 칭찬을 많이들 하더라고요." 그녀가 웃으며 말했다.

"저는 한 번도 그런 얘기는 들어본 적이 없는데요." 내가 대답하자 잠시 머뭇거리더니,

"네? 아이고, 의찬 씨가 직접 들었을 리는 없죠. 호호. 직원들끼리 대놓고 칭찬하고 그러지는 않아요. 어쨌든 고생 많이 하는 건 알지만……."라며 재치 넘치는 말투로 답했다.

"그런데 의찬 씨, 요즘 살 좀 찌지 않았어요?"

"삼키로 정도 찐 것 같아요. 과장님처럼 저도 날씬했으면 좋겠네요."

그녀는 다시 기분이 좋다는 듯이 호호 웃었다. 아무래도 호출을 하자마자 업무에 대한 얘기를 늘어놓기엔 미안했는지 일상적인 소재로 부담감을 줄이려는 모습이 보였다. 그리고는 인수인계를 위해 몇 가지 서류를 준비해 놓았는지 본인 앞에 놓인 서류 몇 장을 뒤적거리면서 말을 이어갔다.

"지난번 회의 때 들으셨죠? 매출 업무를 이제 의찬 씨에게 알려줘야 할 것 같은데 오늘은 시간이 별로 없고 조금 이따가는 회의도 가봐야 해서 미안하지만 먼저 간단하게 설명만 해주고 다음 주부터 하나씩 알려주도록 하죠.

우선 의찬 씨가 일을 할 때 전산시스템을 통해 작업하려면 매출관리 부문의 ERP 권한 신청을 해야 하는데, 전산 팀의 이 대리에게 대충 얘기는 해 놨으니 의찬 씨가 오늘 중으로 전자결재로 권한 신청을

해주세요. 방법은 잘 아시죠?

맞아, 매출과 부가가치와 관련된 내용의 매뉴얼을 보셨는지 모르겠지만 기존에 있었던 그 파일이랑 제가 따로 매뉴얼에는 없는 내용을 추가해서 작성해 놨거든요. 그 문서도 같이 드릴게요. 같이 한번 봐주시는 게 좋을 것 같아요. 쉽게 풀어 놓은 내용이라서 한번 훑어보는 데에는 그리 어렵지는 않을 거예요."

최 과장은 업무에 대한 설명을 한차례 쏟아내고는 후련하다는 표정을 지어 보였다. 반면 나는 며칠간 야근이 불가피할 것 같았다.

자리로 돌아가서 최 과장이 말한 매뉴얼을 읽어 보기 시작했다. 생소한 내용들이라 거의 이해가 되지는 않았다. 일을 직접 해 봐야 감이 올 것 같아서 일단은 빠르게 훑어보기로 했다.

그 외에도 매출 업무에 대해서 배워야 할 것들은 산더미였지만 그와 동시에 내가 맡고 있는 자산관리에 대한 프로젝트도 동시에 관리하여야 했다. 프로젝트는 순조롭게 진행되고 있었다. 조금 더 적응된 데다가 비품, 기계장치처럼 조금 더 전산화하기 어려운 자산들에 대해서도 자산 실사와 함께 전산화 작업을 시작했다. 가끔은 자산실사라는 핑계로 사무실을 떠나 새로운 사람들과 회사와 사적인 얘기도 하면서 스트레스도 풀었다. 다만, 프로젝트에 대한 결과를 자꾸만 확인하고 싶어 하는 고 팀장과 오 대리가 자꾸 보고 자료를 요구하기에 중간 결과에 대해서 시시때때로 보고해야만 했다. 회사에서는 성과만이 필요하다는 공식을 누구보다 잘 알았기에 그 기대를 저버리고 싶지는 않았다.

10시가 넘어갈 무렵엔 오랜만에 외근 업무가 있어서 은행으로 향했다. 우리 팀은 현금 인출과 계좌정리 등 온라인으로 할 수 없는 일들을 처리하기 위해서 가끔씩 은행을 찾곤 했는데 큰 금액의 현금을 운반해야 하기 때문에 혹시 모를 위험과 겁 없는 직원이 현금에 눈이 돌아서 현금을 들고 도주를 할 지 모를 염려에 대비하기 위해서 주로 혼자 보내진 않고 두 명이 팀을 짜서 다녀오곤 했다.

얼마 전부터 우리 팀의 이 주임이 나와 동행했다. 그녀와의 친분이 거의 없을 땐 소소한 잡담이나 하면서 은행으로 향했고 은행에서의 업무를 재빠르게 처리하고는 곧장 사무실로 돌아왔다. 하지만 점차적으로 그녀와 가까워지면서 은행 업무를 마치고 오면서 옆길로 새는 일이 많아졌다. 때로는 둘 중 누군가가 "배고픈데 뭐 좀 먹을까?"라며 슬며시 말을 꺼냈고, 그러면 우리는 햄버거나 분식을 사 먹는 잠깐의 일탈을 즐기곤 했다. 그것도 지나가는 누군가가 우연히 보지는 않을까 두려운 마음에 몰래 먹을 것을 사와서는 차를 잠시 정차해두고 빠르게 음식을 해치웠다. 오늘도 여지없이 간단하게 떡볶이와 튀김을 사서 맛있게 먹고는 마치 아무 일도 없었다는 듯 입을 닦고 사무실로 돌아왔다.

점심 식사시간이 되어서는 좀 전에 우리끼리 몰래 먹었던 음식이 소화가 되지 않았기 때문에 맛있어 보이는 식당의 음식들을 입에 넣기가 힘들었다. 그래도 외근을 다녀오면서 분식으로 배를 채웠다는 의심을 받지 않기 위해서 억지로 한 입 한 입 채워 넣었다.

재빨리 점심식사를 마친 뒤, 만물박사와 오랜만에 회사 앞 공원에서 접선했다. 이번 만남은 최근 영업본부로 들어온 신입사원 한 씨도 함께하였다.

우리는 일단 회사 앞 공원의 우측 방향으로 발걸음을 향했다. 쭉 가다 보면 꽤 넓은 공터가 나왔는데 몇몇의 벤치 사이로 나무들이 자리 잡고 있어서 마음껏 서로가 이야기하기엔 안성맞춤인 곳이다. 날이 아직 풀리지 않아서 땅은 딱딱하게 얼어붙어 있었다. 폭이 좁게 나 있는 돌길을 따라 걸어가면서 김 주임은 회사에서 그간 있었던 일들을 꽤 긴 시간동안 털어놓았다.

"저번 주에는 영업 최 차장한테 연락이 왔었는데, 매출채권 관련해서 대리점과의 문제가 생겼다고 말하더라고……. 그 문제와 관련된 법적 검토를 좀 해달라고 내게 요청을 하던데 놀랍게도 그 날 당일까지 검토해달라고 말을 하는 거야. 나도 해야 할 일이 산더미같이 쌓여 있는데 어떻게 하루 만에 그 일을 할 수가 있었겠어? 그래서 오늘까지는 안 되고 내일까지 검토해서 의견 보내겠다고 말했더니 갑자기 다짜고짜 나한테 소리를 치는 거야. 그까짓 것 하는데 뭐가 그리 어렵냐고 말이야. 그래서 최대한 빨리 끝내겠다고 침착하게 설득하니 결국 화만 내더니 끊어버리는 거야. 내 참 황당해서……."

"그래서 어떻게 하셨어요?"

"당연히 그 놈의 의견 따위는 무시하고는 다음날까지 의견 검토해서 보고한 뒤에 검토 결과를 보내주려고 했지. 그런데 우리 팀장에게 그새 또 전화를 해서 나랑 얘기한 것을 가지고 따졌나 봐. 그 망할 팀장이 나를 부르더니, 또 내가 잘못한 것 마냥 뭐라고 핀잔을 주던데 도대체 그 자식은 누구 편인지 원. 너무 화가 나서, 소리를 지르고 싶더라고."

"황당하네요. 앞뒤 사정 듣지도 않고 뭐라고 한다는 건 말이 안 되는 것 같아요."

"뭐, 이런 일이 한두 번도 아니고 그러려니 하고 생각했는데도 동시에 도대체 내가 뭘 잘못했기에 이러지 하는 생각이 계속 들었어. 그래서 다음날 검토한 결과를 보내주면서 한마디 했지."

이 말을 할 땐 김 주임의 눈썹이 갈매기가 되어서 마치 누군가 앞에 있는 것처럼 연기를 하는 듯한 어조로 말을 이어갔다.

"이런 식으로 업무 협조를 요청하지 마라, 나도 해야 하는 일정이 다 있으니 내일까지 해 주겠다는 것 아니겠냐고. 서로 감정 상하게 만들지는 말자고 했지."

"잘 하셨네요." 나는 아주 잘했다는 뜻을 담아서 엄지를 들어올렸다.

"그래도 좋을 건 없어. 어차피 나중에도 똑같은 상황이 오면, 또 이런 일이 벌어질 건 뻔하지."

그는 문득 생각났다는 듯이 말을 이어갔다.

"아 참, 의찬 씨, 내가 부동산 관련해서 관심이 있었던 건 알고 있지? 이번에 대학원을 들어가게 되었어. 아니, 평일에는 다니기 힘든데 금요일 저녁과 토요일 주간에 수업을 들을 수 있는 커리큘럼이 있어서 대학원 등록 원서접수를 했지. 그래서 저번 달에 면접을 보고 왔었는데 최종 합격이 됐어. 회사에는 따로 알리지 않았으니 비밀로 해줘."

"물론이죠, 축하드려요." 같이 동행했던 한 씨도 옆에서 가만히 듣더니 과해 보일만큼 박수를 쳤다.

"이제부터 고생 시작이지. 석사 학위만 취득하면 바로 이 회사랑은 안녕이야. 더 이상 사람들에게 이유 없는 욕을 먹어가면서 의미 없는 일만 하기는 싫어. 의찬 씨도 잘 생각해 봐. 물론 지금 하는 일에 대해서 불만이 없다면 계속 다니는 편이 좋겠지. 본능이 끌리는 대로 할 필요가 있는 것 같아. 그나저나 의찬 씨는 입사 동기들과는 자주 만나고 있어?"

"아뇨, 교육이 끝나고 흩어진 이후로는 거의 안 만나네요. 저도 그렇지만 동기들은 특히 동기애라고는 없는 놈들인걸요. 서로 만나자는 약속 따위는 거의 하지 않아요. 그래서 가끔씩 시간이 되는 동기들 한두 명만 만나서 가볍게 저녁식사만 하고 있어요."

생각해보니 동기들의 얼굴을 안 본 지도 오래 되었다. 그렇다고 특별히 그리 보고 싶지는 않았다. 하지만 회사 내에서 힘든 일이 생길 땐 터놓고 얘기를 해보고 싶기는 했다. 다른 녀석들도 회사에 적응하면서 지쳐 있을 것이 틀림없었다.

"그것 참 안타깝네, 그래도 입사 동기들은 소중한 인연인데. 의찬 씨는 인연을 너무 우습게 생각하지는 마. 각자가 태어나서 우연히 만나서 관계를 맺는다는 건 그리 단순하게 생각할 인연은 아니지. 인연을 맺은 누군가에 대해서 스쳐가는 것일 뿐이라고 생각해서 너무 쉽게 헤어지거나 연락을 받지 않고 무시하는 일들이 많은 것 같아. 그런 걸 생각해보면 차라리 한 사람 한 사람이 소중했던 아주 먼 과거로 돌아가서 살고 싶은 마음이 생겨. 그 당시에는 길거리에도 지금처럼 사람들이 그리 바글바글하지 않았을 것이고, 대부분의 사람들이 다 알고 있는 사이라서 개개인에 대한 인연과 관계가 지금보다는 소중하지 않았을까 하는 생각이 들어. 그만큼 이웃 사람들이나 친구들, 그 밖의 지인들에게도 진심 어린 관심과 위로가 많았을 거란 말이지. 물론 우리 회사처럼 쓸데없는 관심은 필요 없지만 말이야……."

그는 발밑의 얼음을 툭툭 치면서 말을 이어갔다.

"정말 문제야. 괜히 안 좋은 소문이 퍼지고 해서 골치 아픈 일들이 많아. 조금만 더 이 회사를 다녀보면 금방 이해할 거야. 소문을 만들고 퍼뜨리기를 좋아하는 놈들이 이 회사에서 잘 하는 것이라고는 그저 나불대는 일뿐이지. 일을 잘하는 우수한 인재들이 오히려 과묵한 이유를 알겠어? 그들은 굳이 귀찮게 입을 열지 않아도 사람들에게 인정을 받기 마련이기 때문이야. 반대로 생각해 보면, 나불대는 놈들은 다른 사람들을 험담하면서 자신의 존재와 의미를 인정받고 싶어 하는 마음이 있어. 그러면서 나는 내가 험담하는 사람들보다 더 우월한 존재라는 생각을 머릿속에 불어넣으면서 자기위안을 하는 셈이지."

나는 그가 무슨 말을 하는지 이해하기는 힘들었지만 그저 연신 동의한다는 뜻으로 고개를 끄덕였다. 이번에는 그가 신입사원 한 씨를 쳐다보더니 말을 이어갔다.

"한 씨도 동기들 있지? 좋은 인연이라고 생각하고 그 친구들에게 사람 그 자체로의 관심을 가져줘." 그러고는 다시 내게 말했다.

"아, 의찬 씨는 저번에 그 만났었던 여자 친구와는 헤어졌다고 했었지?"

대충 헤어진 얘기가 끝이 날 때쯤엔 만물박사가 그의 손목위에서 은빛으로 빛나는 시계를 쳐다보더니 외쳤다.

"지금 몇 분이지? 오, 이런 점심시간이 벌써 끝나가네. 갑시다! 지옥으로 가는 이 길을 따라서……."

13장 해찬이와 호윤이

3월이 끝나갈 무렵부터는 일교차가 커지기 시작하면서 미세먼지가 기승을 부렸다. 언제부턴가 미세먼지라는 새로운 골칫덩어리가 등장해서 적잖이 생활에 피해를 주고 있었다. 길거리를 지나다니는 사람들은 여기저기서 기침을 해댔고, 하늘은 누렇게 색이 바랬으며 길바닥은 먼지들이 쌓여 곳곳에서 바람에 날리고 있었다. 도시 경관이 영 볼품없게 변하였다.

생각보다 일찍 퇴근하고는 집으로 향하고 있는 중에 해찬이에게 연락이 왔다. 아웃렛 맞은편의 '조끼조끼'라는 호프집에 호윤이와 함께 식사를 하고 있으니 이리로 오라는 것이었다. 호윤이와 마찬가지로 해찬이 역시 어릴 때부터 학창시절을 함께 한 친구였다. 그는 9급 공무원 임용시험을 준비하고 있었다. 벌써 2년간 낙방의 쓴 맛을 보았는데도 불구하고, 여전히 TV에서 하는 드라마나 인터넷에서 굴러다니는 글들을 놓치지 않았다. 친구로서 걱정이 되기도 했지만, 내가 도울 수 있는 건 없었다. 그런 힘든 과정에 서 있는 그는 술을 거의 한 잔도 못하는 녀석인데 왜 갑자기 호윤이와 함께 호프집에 있는지 궁금했다.

집에 가서는 딱히 할 일도 없었고, 어차피 집으로 가는 길 중간에 약속 장소가 있었기에 흔쾌히 가겠노라 말하였다. 20분 후, 약속장소에 도착해서 둘이 착석한 테이블을 찾고 있었는데, "어이!" 외치는 소리가 들려서 고개를 돌려보았다. 호윤이가 나를 보고는 자리로 오라고 손짓했다. 그는 여전히 추리닝의 편한 복장을 입고 있었는데 머리도 며칠 감지 않은 것만 같았다. 간단하게 안부를 묻고 한 명분의 포크와 그릇을 추가로 세팅 해달라고 종업원에게 요청하였다.

"어쩐 일이야. 호프집에서." 내가 물었다. 호윤이가 해찬이를 향해 두 번째 손가락을 까딱 대면서 말했다.

"해찬이가 좋은 소식이 있단다. 너가 말해, 임마."

"뭔데?"

해찬이의 입가에 약간의 웃음이 새어 나오는 걸 봤는데 애써 웃음을 감추고 있었다. 왠지 그 표정이 재수가 없어 보여서 녀석에게 욕을 하고 싶은 마음이 들었다.

"좋은 소식은 무슨……. 내가 지난번에 헬스장에서 손목을 삐끗했다고 말을 했었지? 그게 좀 심하게 통증이 와서 우리 동네에 있는 병원에서 진료를 받았어. 그런데 그 치료가 뭔가 잘못되었는지 통증이 더 커지는 바람에 큰 병원에 한번 가봤지. 그랬더니 거기서는 수술을 받아야 한다는 거야."

"수술?"

"그래, 수술. 큰 수술은 아니고……. 어쨌든 그래서 수술을 받기로 했어. 그 당시엔 손목을 움직일 수가 없어서 괴로워하고 있었는데 누구였는지 기억이 안 나는데 하여튼 누군가가 나와 같은 증상이면 어쩌면 장애 판정을 받을 수 있다는 말을 하는 거야. 그때 공무원 시험의 장애인 전형이 생각나는 거야. 그래서 수술이 끝나고는 다른 병원들 이곳저곳을 찾아가면서 발품을 판 뒤에는 결국 장애인 판정을 받고 장애 등급이 나왔어. 여기 이거 한번 봐봐."

그가 지갑에서 조그만 카드를 꺼냈다. 복지카드라고 적힌 내용 옆에는 녀석의 못생긴 사진이 붙어있었다. 처음 보는 생소하게 생긴 카드였다.

"이게 장애인 복지카드라는 거야. 각종 교통비도 할인이 되고 세금도 혜택 받을 지도 몰라. 나도 정확한 건 모르겠는데 하여튼 여러 면에서 괜찮은 혜택이 많아."

"좋구먼." 내가 중얼거렸다. 그러자 그가 흥분된 어조로 말을 이어갔다.

"가장 중요한 건 뭔지 알아? 장애인 전형으로 시험 접수를 할 수 있다는 거야. 그렇게 되면 훨씬 커트라인이 낮아져서 시험은 붙은 당상이지. 기가 막히지 않아?"

순간 당황스러웠다. 친구가 장애인이 되었다는 안타까운 사실과 그가 그러한 사실에 전혀 슬퍼하지 않는다는 사실이 동시에 내게 충격을 주었다. 녀석에게 물었다.

"너, 장애인이 되는 건데 좋냐?"

"닥쳐! 어쨌든 지금 나에겐 이보다 좋을 수는 없어."

축하해야 할 지, 안타까워해야 할지 몰랐다. 그저 지금 현재의 상황만 보고 판단한다면, 그 결과가 그에게는 더 없이 좋은 것임이 틀림없었다. 하지만 왠지 모르게 씁쓸한 마음이 들었다.

"그럼 지금은 팔목 상태는 괜찮아?"

"물론 문제가 있지. 팔목이 잘 돌아가지 않아서 재활치료를 계속 받아야 해."

듣고 있었던 호윤이가 궁금하였는지 갑자기 입을 열었다.

"그러면 다 나으면 다시 비장애인이 되는 거야?"

"아니 그런 건 없어. 완치가 될 수는 없다고 하더라고."

"어쨌든 너에겐 괜찮네. 올해 공무원 시험은 그럼 합격할 가능성이 커진 건 맞는 거지?"

해찬이가 당연하다는 듯이 두 손을 펴서 양 손바닥을 보이며 어깨를 으쓱했다.

"안 그러면 내가 여기서 맥주를 마시고 있겠냐? 한잔하자!"

20년이 넘게 알아 왔던 해찬이지만 그만큼 기뻐하는 그의 표정을 봤던 것이 언제였는지 기억할 수 없었다. 나는 앞에 놓인 맥주를 벌컥 들이켰다. 목에 낀 미세먼지가 씻겨 내려가는 느낌을 받았다. 친구의 기쁨은 나의 행복이라고 애써 생각하였다. 자꾸 그가 가엾다는 생각이 들었지만 그래도 미소를 지으며 축하의 말을 건넸다.

축하한다. 장애인이 된 걸 축하한다. 젠장!

나는 급히 다른 소재를 꺼냈다.

"호윤이는 세무사시험 준비하기로 결정한 거야?"

"응, 서울에 고시원에서 총무 일 좀 하면서 공부하려고 해. 다음 달부터 안녕이야."

"집에서 안하고 나가서 고생하려고?" 내가 조심스럽게 물어보자, 그 즉시 호윤이는 고개를 젓더니 "집은 싫어, 방해돼."라며 단호하게 말했다.

"하긴, 집중이 안 될 수도 있지. 적어도 2년 정도는 고생하겠구나. 쉬운 게 아닐 텐데……."

걱정이 됐다. 작년 말에 그가 택배 배송업체에서 일을 관두고 세무사 시험을 공부할 것이라고 깜짝 발표를 했을 때 나는 격렬하게 반대했다. 어릴 때부터 워낙 막역한 사이기에 녀석에 대해서는 잘 알고 있지만, 내가 아는 호윤이는 공부에 그다지 머리가 비상한 사람이 아니었다. 공부보다는 사람들을 대하는 서비스 정신이 뛰어났고, 손재주가 좋았기 때문에 다른 일을 선택하는 것이 좋을 것이라고 조언해주었지만 그는 듣지 않았다.

그렇지만 갑작스럽게 세무사라는 타이틀에 욕심을 갖게 된 이유를 듣고는 황당했는데 그 이유인 즉, 그의 사촌 형 중 한 명 때문이었다.

그의 사촌 형은 회계법인에서 일을 하고 있었는데 그 작자가 호윤이에게 세무사 자격을 취득하면 같이 동업을 하자고 제의하였던 것이다. 그러면서 전문직의 좋은 면에 대해서 온갖 달콤한 말로 부풀려서 꼬드기는 바람에 순진한 녀석은 하던 일을 관두고 고행의 길을 떠나기로 선택하였던 것이다. 적성이 맞을 것 같고 너무나도 하고 싶었던 일이었다는 말을 내게 했다면 기쁜 마음으로 열심히 해보라는 격려를 보냈을 텐데, 그가 관심이 있던 것은 돈을 얼마나 벌 수 있는 지와 사회적인 인정이라는 보편적이고 따분한 목표뿐이었다. 결국 그 고집을 꺾지 못했다.

"공부는 어떻게 할 거야? 학원을 다니지 않으면 힘들 텐데. 게다가 너는 비전공자라서 기본 정도는 학원에서 배우는 것이 나을 거야."

"그건 걱정 마. 고시원에서 인터넷 강의를 들으면서 해보려고. 단지 남아있는 돈이 얼마 없어서 걱정이야. 아끼고 아껴서 거지같이 살아야 할 수도 있어."

"돈 필요할 때 연락해라. 난 돈을 벌고 있으니 많지는 않아도 조금은 보태어 줄 수 있어." 나는 진심으로 걱정되어서 말했다.

"됐다. 어쨌든 한번 칼을 뽑았으면 도전을 해 봐야지." 그가 한숨을 크게 쉬었다.

"너도 그냥 나랑 공무원 공부나 하자." 해찬이가 놀리듯이 말했다.

"꺼져. 담배나 피고 오자."

바깥으로 나오니 어둠 속에 잿빛 공기가 깔려 있었다.

"그나저나 세무사 시험은 언제까지 볼 지는 정한 거야?" 내가 궁금해져서 물어봤다.

"그게 무슨 말이야?" 녀석은 담배를 한 모금 빨아들이더니 되물었다.

"기한 말이야. 언제까지나 계속 공부만 할 수는 없지 않아? 금전적인 여유도 있어야 하고."

"글쎄, 일단 내년까지는 해볼 생각인데 중간 중간에 일도 조금씩 해야 하겠지. 공부만 한다 해도 돈이 많이 들어가긴 마찬가지일 테니."

"내년까지만 할 계획이면 빠듯하긴 할 텐데 기왕 하는 김에 죽어라 해 봐."

"오케이!"

나는 그의 눈을 잠시 쳐다보았는데 왠지 자신이 없어 보이게도 초점이 떨려 보였지만, 대답은 단호했다.

14장 선희와의 첫 만남

5월 중순에 접어드니, 그동안 바쁘게 수행했던 업무들을 하나씩 되짚을 수 있는 여유가 생겼다. 그동안 내가 만들어 낸 자산 전산시스템 도입 프로젝트의 성과물과 그 외에 몇몇 쌓아왔던 업무개선과 관련한 보고 자료들을 한 번씩 훑어보았다. 결과물들을 보니 뿌듯한 마음이 들었다. 반면에 회사 밖에서 개인적으로 하고 있던 회계학 공부의 진도는 좀처럼 나아가지 못했다. 이에 대해서는 항상 '내년엔 제대로 해야겠어!' 이렇게 한 번씩 반성하는 시간을 가지며 자기위안을 하기 바빴다.

통장의 돈도 차곡차곡 쌓여갔다. 최근에는 3퍼센트의 이자율을 보장하는 적금 두개를 연이어 가입하였는데, 합해서 매달 70만 원씩 쏟아 부었다. 그건 그리 큰 액수가 아니었는데 남는 돈으로는 나 자신을 위한 투자에 비중을 두어야 하겠다는 나름대로의 전략에 따른 것이었다. 적금과 예금한 금액은 대략 600만 원을 넘어갔다. 부모님에게 매달 돈을 드리는 것 치고는 10개월 남짓해서 꽤 훌륭하게 모았다.

내 몸뚱이와 생활환경이 안정적인 밸런스로 유지가 되고 있다는 것을 느끼니 주변 사람들에게도 관대해지고 나도 모르게 내 몸의 세포 하나하나에서 감돌았던 긴장감과 불안감이 일정부분은 해소되었다.

오월의 햇빛이 구름 장막도 없이 따사롭게 비치고 대지에는 생명의 기운이 활력을 되찾아가면서 직원들은 반팔 유니폼을 입고 다니기 시작했다. 누런색의 동계 유니폼과 하얀색의 하계 유니폼이 뒤섞여서 직원들이 매점 앞 흡연실에서 잡담을 나누고 있는 모습을 보면 마치 먼지가 쌓인 병아리와 하얀 깃털의 암탉들이 옹기종기 모여서 모이를 먹는 것 같았다. 날씨가 좋아지니 사람들의 마음도 평화로운 듯해 보였다.

주말에는 A회사로의 입사 전 나와 인턴생활을 함께했던 동생 성태와 여름옷을 미리 구입하기 위해서 송도에 최근에 지어진 아웃렛을 가 보기로 약속한 터라, 아침부터 내가 가지고 있는 옷들을 체크해보기 위해서 옷장에서 옷들을 꺼내 보았다. 기타 동호회는 오늘 하루 빠지기로 하고 어떠한 옷을 살 지 고민해 봤는데 머릿속에 마땅히 살 옷들이 떠오르지 않았다. 일단은 청바지만 한 벌 사보기로 했다.

그가 12시쯤 집 앞으로 오기로 했는데 약속시간 10분 전에 이미 차를 끌고 와서는 집 앞에 도착했다는 전화를 해서 대충 옷을 입고 내려갔다. 우리 동네에서 식사를 하자니 마땅히 주차를 할 곳이 없을 것 같아서 일단 송도에 먼저 가고 나서 점심을 해결하기로 했다.

화창한 날의 드라이브는 기분이 들뜨게 만들었다. 녀석이 요즘 푹 빠졌다는 클럽에서나 나올 듯한 일렉트로닉 음악을 크게 틀어놓고, 창문을 연 다음 바깥을 하염없이 바라보며 드라이브를 즐겼다. 송도까지는 30여 분의 시간밖에 걸리지 않았는데 차 안으로 들어오는 공기를 느끼면서 달리는 기분이 너무나 상쾌해서 좀 더 차에 있고 싶다고 소리쳤다. 성태는 "나도! 나도!" 하면서 소리를 질러 댔는데 누가 지나가다 보기라도 하였으면 정신이 나간 놈들로 착각했을 것이 뻔했다.

목적지에 도착하고는 재빨리 지하주차장에 주차를 하고 올라가서 괜찮은 음식점부터 찾아보기로 했다. 지하주차장은 몇 개의 건물들이 연결되어 통합 주차장으로 이루어져 있었는데 그 넓이가 어마어마해서 우린 입을 떡 벌릴 수밖에 없었다. 무엇을 먹을지 고민도 하기 전에 주차장에서 올라오자 맥도날드가 보이기에 간단하게 햄버거 세트로 끼니를 때우기로 결정지었다.

햄버거 세트 두개를 주문하여 근사하게 먹어 치우고는 밖으로 나가서 아웃렛 전경을 바라보았는데, 놀이공원 마냥 인공벽돌이 깔린 길이 사방으로 펼쳐져 있었고 그 양쪽에는 커다란 건물들이 고딕 건축양식을 뽐내고 있는데다가 이 넓은 공간이 수많은 사람들로 빼곡하게 채워져 있어서 입이 벌어졌다. 새롭고 깔끔하게 건설된 작은 도시 같았다. 아마도 완공된 지 며칠이 되지 않아서 구경 차 놀러 온 사람들이 많은 것으로 추측해 보았다.

놀란 마음을 뒤로 하고, 잠시 의자에 앉아서 어디서부터 쇼핑을 시작할 지 고민의 시간을 가졌다. 일단 우리가 서 있는 위치와 가까운 동쪽 끝에서부터 서쪽으로 걸으면서 탐험을 시작해보기로 했고 천천히 걸어 다니기 시작했다. 쇼핑몰만 있는 것이 아니라 곳곳에 음식점과 휴식 공간들이 기분 좋게 적재적소에 위치하고 있었다. 배가 불렀음에도 불구하고 우리의 입맛을 다시게 하는 먹거리들의 유혹을 이겨내면서 옷에 대해서 문외한인 우리가 그나마 알고 있는 브랜드나 사람들이 북적대는 옷가게를 위주로 돌기 시작했다. 아마도 손님들이 없어서 한적한 곳으로 들어가고는 그저 옷을 사지 않고 구경만 하고 나온다면, 반갑게 인사하는 종업원에게 미안할 것 같아서 무엇이라도 사 들고 가야 할 것 같다는 생각이 내면에 자리하고 있었기 때문에 사람이 많은 곳으로 들어가고자 하는 우리의 행동 패턴은 아마도 자연스럽게 의식에서 우러나온 행동이었다.

성태에게 무엇을 살 계획이냐고 물어보니 반팔 두벌 정도와 면바지를 살 것이라고 말했다. 하지만 약 30분 정도를 걸어 다니며 다섯 군데의 옷가게를 방문하고 옷을 구경했는데 결국엔 우리 손에 들고 있는 건 아무것도 없었다. 생각보다 가격이 비쌌다. 할인을 많이 해주는 곳이라고 생각해서 여기까지 왔는데 안타깝게도 프리미엄 아웃렛에서 '프리미엄'이라는 단어를 간과하고 있었던 우리의 경솔한 착각 때문에 고가의 제품을 판매하는 브랜드 위주의 이곳에서는 바지 하나를 보더라도 십만 원은 훌쩍 넘어갔다.

"얘들은 도무지 우리 같은 서민들의 주머니 사정을 생각하긴 하는 걸까?" 성태가 허무하다는 표정을 지으며 말했다.

"우리 같이 가난한 놈들은 개의치 않는 거지." 대수롭지 않다는 투로 내가 말해주었다.

"그나마 우리가 알고 있는 브랜드의 옷들이 가격이 좀 저렴한 것 같아. 오히려 사람들이 몰리는 곳들은 들어가면 가격이 더럽게 비싸기만 해. 저것들은 도대체 돈을 얼마나 버는 거야? 아니면 오늘 쇼핑을 위해서 대출을 받은 것인가!"

비련의 주인공처럼 한탄하는 성태의 말투가 재미있어서 나도 억지로 굵은 목소리를 내면서 말을 이어갔다.

"우리가 그냥 거지인 것 같사옵니다. 아는 곳 몇 군데 찾아봐서 완벽하게 마음에 들지는 않더라도 재빨리 하나씩 구입하는 것이 좋을 줄로 알고 있습니다요."

"그렇다. 얼른 가보도록 하자!" 나보다 동생인 주제에 그걸 또 받아주는 모습이 보기 싫었다.

"미친 놈! 형에게 감히."

"형이 먼저 시작했잖아." 녀석이 입을 실룩거렸다.

오후 3시가 다 되어 가는데 여태껏 옷 한 벌 구입하지 못했다. 조금 더 힘을 내어 쇼핑에 박차를 가하기로 했다. 그나마 다른 곳보다는 비교적 저렴한 가게의 위치를 몇 개를 마음속으로 찍어 놓았는데 결국 모두 다 둘러보다가 괜찮은 물건을 찾지 못한다면 찍어 놓은 곳에 되돌아가서 구입할 작정이었다. 이후에도 우리는 이곳저곳 헤매다가 가장 저렴하지만 품질이 나빠 보이지는 않는 가게에 들러, 나는 청바지 한 벌, 성태는 면바지와 면 티를 각각 한 벌씩 구입했다. 정작 한 벌만 구입했을 뿐이지만 웬만한 가게는 다 둘러보았고, 더 이상 값비싼 옷들은 보고 싶지 않았기 때문에 아웃렛 주변의 경관을 둘러보기로 했다. 북쪽으로 조금 걸어가다 보니 이 작은 도시에서 제일 높아 보이는 곳이 보였다. 멋있게 생긴 조각물 윗부분에 사람들이 올라갈 수 있도록 계단이 나 있어서 따라서 올라갔다. 위에는 꽤 넓은 휴식 공간이 펼쳐져 있어서 성태와 나는 캔 음료를 하나씩 들고 잠시 의자에 앉아서 휴식을 취했다.

벌써 하늘이 어두워지기 시작했다. 위에서 아래쪽의 경관을 쭉 둘러보니 다양한 색깔의 조명들이 각양각색의 건물들의 아름다움을 비춰주며 다채로움을 뽐내고 있었다. 우리는 한동안 넋이 나간 듯이 내려 보다가 여기까지 왔으니 기념사진 몇 장을 찍고는 다시 내려왔다.

몇 시간동안 걸어 다녔기 때문에 이미 몸은 녹초가 되어 갔다. 성태가 얼른 동네로 돌아가서 저녁을 먹으며 술을 한잔하자고 졸랐다. 기운이 조금 돌아오자 우리는 집을 향해 발걸음을 옮겼다. 오는 길에는 운전석 옆 자리에서 잠시 잠을 청했지만 너무도 빨리 집 근처로 도착하는 바람에 깊이 잠이 들 수는 없었다. 일단 우리 동네에 그의 차를 주차하고는 괜찮은 저녁 메뉴가 떠올라서 성태에게 말하려는 찰나, 그에게 한 통의 전화가 왔다.

"응, 안녕. 어, 그래. 지금 아는 형이랑 쇼핑 갔다가 막 오는 길이야. 술 한잔? 글쎄……. 괜찮을 것 같은데? 지금 어디 있는데? 응, 알겠어. 일단 얘기 좀 해보고 그리로 갈게."

전화를 끊더니, 성태는 나에게 조심스럽게 말을 꺼냈다.

"형, 내가 저번 주에 같이 일하는 형하고 주안역 근처에 어떤 노래주점에 갔거든. 거기서 주미라는 여자애와 선희라고 하는 걔 친구를 우연히 만났는데 지금 보자고 하네? 괜찮으면 형도 같이 가서 술 한 잔 할래?"

"나도?" 나는 몹시 구미가 당겼지만 먼저 확인해 볼 것이 있었다.

"같이 갔던 그 형님이랑 넷이서 만나는 게 맞는 그림 아니야?"

"아냐, 그날 어떻게 되었는지 설명해 줄게."

성태는 집 앞 주차장 앞의 담배꽁초를 버리는 깡통 앞으로 다가가서 담배를 물더니 말을 이어 나갔다.

"처음에는 나와 같이 갔었던 형과 함께 술을 마시고 있었고 옆 테이블에서는 그 여자애들이 술을 마시고 있었어. 단 둘이서만 술을 마시자니 재미가 없었던지 형이 그녀들에게 합석을 제의했지. 걔네들이 알겠다고 해서 합석을 하게 된 거야. 그래서 나랑 주미라는 여자애는 합석한 이후에 자리에 앉아서 계속 얘기를 하면서 같이 술을 마셨는데, 그녀의 친구 선희라는 애는 옆자리에 있던 그 형이 마음에 안 들었는지 잠시 자리에 앉아 있다가 우리가 술을 마시는 내내 스테이지로 나가더니 춤만 추더라고. 결국 그 형과 선희라는 애와는 아무 대화도, 아무 관계도 없었던 거지…….

그 선희라는 친구는 꽤 곱상한 생김새에 잘은 모르지만 말을 하는 게 재밌기도 한 것 같아서 형에게 소개해주고 싶어."

어차피 저녁에는 성태와 함께 있기로 했기에 가 보기로 결정했다.

"그래? 그럼 가보자. 너 차는 어떡할 거야?"

"글쎄, 일단 두고 가자. 나중에 와서 찾아가면 되지, 뭐."

"오케이, 바로 가자. 배고프다."

전철을 타고 주안까지 가면서 그녀들에 대해서 좀 더 상세히 물어보았다.

"그나저나 나이는 몇 살이라고 하디?"

"스물다섯이라고 했어. 아직 둘 다 대학생이고 지금은 주안에 있는 선희네 집에서 둘이서만 같이 살고 있다고 들었어."

"왜? 부모님은?"

"글쎄, 그건 나도 잘 몰라. 얘기를 해봤는데 뭔가 오늘만 사는 것처럼 즐길 줄 아는 스타일인 것도 같고. 아무튼 재미있는 친구들인 것 같긴 해. 일단 가보자. 나도 주미와는 잘 돼가고 있는 중이라서 오늘 마침표를 찍는 날이 된다면 좋겠어."

"무슨 마침표?"

"솔로 생활의 마침표지." 성태가 해맑게 웃으며 말했다.

약속장소는 '오두막'이라는 이름의 술집이었는데 이름 그대로 통나무 모양으로 이루어진 건물 인테리어를 하고 있어서 마치 전통주 전문점이라는 인상을 심어주었다. 그녀들은 이미 술을 마시고 있다고 했다.

생각보다 손님이 없어서 조용한 분위기에 어두운 조명 때문에 눈을 크게 뜨고 일행을 찾아보았다. 성태가 저쪽이라고 눈치를 줬고 두 여인이 앉아있는 테이블로 향했다.

"안녕하세요."

"안녕하세요. 의찬 오빠 맞죠?" 성태 옆에 앉아있던 여자가 나에게 말을 걸었다. 아마도 보아하니 주미라는 여자가 틀림없었다.

"네, 맞습니다. 주미 씨 맞죠? 옆에는 선희 씨고. 성태에게 얘기 들었어요."

나는 선희라는 이름의 여자 옆에 앉기 전에 살짝 둘의 얼굴을 서서 내려다보았다. 주미는 생각보다 뚱뚱해서 살짝 둔해 보이는 인상이었으며, 쌍꺼풀이 있는 커다란 눈에 검정색 테의 고급스러워 보이는 안경을 썼다. 얘기를 하면서 느낀 건데 그녀는 웃음이 많아서 별것도 아닌 것에도 과하게 웃는 모습을 몇 차례 보았다. 반면 선희는 작고 찢어진 눈에 이목구비가 뚜렷한데다가 피부가 좋아 보여서 예쁜 얼굴은 아니었지만 섹시한 매력을 갖고 있는 여자였다. 그 둘의 옷차림으로 봐서는 별 생각 없이 동네에 마실 나왔다가 별로 할 게 없어서 술집으로 들어온 듯해 보였다. 첫인사를 할 때부터 발랄하고 생기가 넘치는 모습을 보니 영락없는 어린 소녀들이었다.

처음에는 술을 조금씩 마셔 가면서 자연스럽게 서로에 대해서 알아가는 시간을 갖기 시작했다. 한 사람씩 자기소개를 간단하게 하면서 대화를 시작했다. 분위기는 금세 흥겨워졌다.

"어떤 스타일의 여자를 좋아해요?" 선희가 이 질문을 했을 때는 하루 종일 걸어 다녀서 피곤한데다가 술을 급하게 마셨기 때문에 이미 많이 취해 있었다. 물론 사리판단도 못할 정도로 정신이 나가 있지는 않았지만 혀는 꼬일 데로 꼬이고 감정을 숨기지 않고 고민할 것도 없이 당당하게 말했다.

"대화가 잘 되는 사람이 좋아. 배려를 할 줄 아는 사람도 좋고. 어쩌면 얼굴이 더 중요할 지도 모르겠어." 과한 손동작을 섞어가면서 말하니 선희가 웃으면서 답했다.

"솔직하네요. 전 솔직한 남자가 좋은 것 같아요."

"다들 솔직하지 않아? 웬만해서는 말이지……."

"거짓말만 늘어놓는 사람들도 많이 봤어요. 겉으로는 아닌 척하지만, 속을 보면 자기만을 생각하는, 아니 어쩌면 상대방뿐만 아니라 자기 자신도 생각 못하는 파렴치한인 경우가 대부분이죠."

"그렇게 따지면 나도 그런 부류일 수도 있어. 그렇지만 넌 참 매력있어."

"매력 있다는 건 예쁘지 않다는 뜻인가요? 그럼 예쁘다고 말해주세요."

"예뻐, 충분히……."

"충분하다는 말은 무슨 뜻이에요?"

그때 성태가 우리의 대화에 껴들었다.

"안주 좀 더 시켜야 하지 않을까? 부대찌개 하나만 더 시키자. 술도 두 병 시킬게."

"좋아. 그리고 넷이서 술게임도 해보자!"

"오빠들은 나이가 많아서 기억나는 술게임이 있을까요?" 주미가 고개를 흔들며 빈정거리기에 한 번 뜨거운 맛을 보이겠다고 결심하면서 눈을 잠시 감고 게임에 집중할 준비를 하였다. 서로 공통적으로 알고 있는 술게임 몇 개가 있어서 우리는 재빠르게 게임을 진행했고 게임 덕분에 우리 모두가 지금까지 마셨던 술의 배 이상은 추가로 마신 것 같았다. 평소 같았으면 내 주량의 한계를 충분히 넘을 만큼의 양을 마셨지만 이대로 나가 떨어져서 분위기를 망칠 수는 없다는 나의 집념과 두 여성이 주는 즐거움이 나를 술에 강한 남자로 만들어 주었다. 모두가 정신력으로 버티고 있었다. 같잖은 알코올의 힘 따위가 우리의 쾌락과 환희를 멈추게 할 수는 없었다. 도무지 처음 만난 사이라고는 할 수 없을 만큼 우리는 생의 마지막 만찬을 즐기는 것처럼 미친 듯이 즐겼다. 아니, 어쩌면 처음 만난 사이이기에 이 모습이 가능했을 수도 있으리라.

나는 선희라는 여자의 매력에 이미 마음이 사로잡혔고 그녀도 나에게 굉장한 호감이 있었다는 것이 느껴졌다.

우리 모두가 거하게 취한 뒤, 비틀대며 술집에서 나왔다. 성태는 주미를 집까지 데려다준다며 그녀를 부축하면서 버거운 듯한 걸음으로 큰 길 너머로 순식간에 사라졌다. 주미는 사라지기 전에 술에 취해서 도무지 알 수 없는 말들을 혼자 중얼거렸는데, 선희가 말하길, 그녀가 중국말과 영어를 섞어서 중얼대는 것이라고 했다. 나중에 알게 된 사실은 주미는 어릴 때부터 공부를 잘해서 명문 대학의 영문학과에 입학했는데 명문대의 학생이라는 자부심이 실로 엄청났고, 아마도 취할 때마다 외국어를 중얼거리는 건 그 자부심과 오만함이 넘쳐흘러서 만들어진 술버릇이라는 것이다.

나는 선희의 손을 잡고 새벽 밤공기를 맡으면서 한참을 걸어 다녔다. 글쎄, 동네를 몇 바퀴나 돌았는지 몰랐다. 새벽 2시가 다 될 때까지 걸어 다니면서, 술집에서 미처 다 하지 못한 말들을 나누기 시작했다.

“오빠는 전공이 뭐예요?”

“난 뭘 할지 몰라서 경영학을 선택했어. 가장 무난한 데다가 나에겐 별로 쓸모가 없을 것 같은 학문이지. 물론, 회사에서 일할 수 있는 기회를 만들어 준 고마운 존재이긴 하지만 말이야. 경영학이야말로 어쩌면 수익만을 바라는 회사라는 조직이 만들어 낸 망상일 뿐이야. 어쩌면 대부분의 사람들이 회사의 개미가 되게끔 만들어 주기 때문에 경영학이라는 이름보다는 노예학이라는 이름이 더 어울리는 것 같아.”

“상당히 비관적이네요. 평소 생각하는 것도 이렇게 비관적이지는 않겠죠? 아무렴, 어때요?”

그녀는 내 어깨를 톡톡 건드리며 말을 이어갔다.

“전 연극영화과를 전공하고 있어요. 나중에 졸업을 하면 뭘 할지도 아직 모르겠어요.”

“때가 되면 자연스럽게 알겠지. 그래도 연극영화과는 할 수 있는 게 다양하지 않아? 넌 무언가 뜻이 있어서 전공을 선택 했잖아? 그런 면에서는 나보다 훨씬 현명하다고 볼 수 있지.”

"딱히 그렇지도 않아요. 대학에 들어갈 땐 생각이 있었나 싶기도 하고……."

고민하는 그녀의 모습이 귀여웠다.

"남자친구는 왜 없지? 매력적인데."

"나한테 매력적이라고 하지 말라고 했잖아요." 나를 힐끔 쏘아보고는 말하는 모습이 귀여웠다.

"어쨌든 이전에 만난 사람이 있었는데, 거의 같이 살다시피 할 정도로 가까웠어요. 추억도 정도 많이 쌓였는데 사소한 일로 인해서 헤어졌어요. 그때의 상처가 너무 커서 미쳐버릴 것 같은 정신에 헤어 나올 수 없어서 정신과까지 찾아갔어요. 삶이 피폐해지고 나 자신을 컨트롤 할 수가 없었기 때문에 어쩔 수 없이 정신과를 갔는데……. 그렇다고 해서 저를 이상한 여자라고 의심스럽게 보지는 말아주세요."

"그렇게 보진 않아."

"그렇죠? 오빠는 그런 것도 이해할 수 있어 보여요. 물론 재미도 있는 것 같아요." 그녀가 나를 보며 웃었다. 나도 따라 웃었다.

"그렇게 봐주면 고맙지. 궁금하니깐 이어서 말해 봐. 그럼 그렇게 헤어진 이후엔?"

"그러다가 다 잊어버리고 어느 순간부터는 앞으로 연애 따위는 하지 않고 그저 내 인생을 즐기고 싶다는 생각이 들기 시작하면서 주미와 매일 같이 놀러 다니고 남자도 가볍게 몇 번 만나보려고 했어요. 그러다가 오늘 오빠를 만나게 된 거고요. 아 참, 주미와는 어렸을 적부터 친한 친구이기도 하고 제 건강이 걱정되어서 우리 집에서 살고 있는데 그 착한 계집애는 자기도 걱정이 많고 힘들지만 저를 위로해주기도 하고 재밌게 살면서 서로 도와주고 있어요."

"고마운 친구네. 둘이 같이 있는 모습이 보기 좋아."

계속 걷다 보니 다리가 아파서 잠시 쉬기로 했다. 앞에 보이는 건물 구석으로 가서 그녀와 함께 담배를 폈다. 그러고는 땀이 나고 자꾸 걷다 보니 목이 마르기도 해서 시원한 음료수를 사기 위해서 편의점을 들렀다. 내가 조금 더 걷자고 했더니 그녀가 웃으면서 고개를 끄덕였다. 그녀의 얼굴을 살며시 쳐다보았는데 문득 하나가 떠올랐다. 경솔하게 표현해 보자면, 하나를 삶에 있어서 매사에 절제할 줄 알면서 기준에 맞게 사는 모습이 마치 엄격하게 훈련을 받은 셰퍼드라고 한다면, 선희는 그 자유분방한 모습이 들판에다가 풀어놓은 들개 같다는 생각이 들었다.

그리고는 선희와의 연애를 잠시 상상해 보았다. 여러 가지 의미에서 내가 고생을 좀 해야 할 지 모르겠지만 아마도 그녀와 함께 시간을 보낸다면 살면서 더 재미있는 경험을 겪을 수 있을 것 같은 예감이 들었다. 머릿속이 복잡 해졌다. 오늘 밤은 이 여자와 함께 하고 싶었다. 때마침 길 주변에는 모텔들로 가득했다.

"음료수 잘 먹을게요. 전 바나나우유를 너무 좋아하거든요." 그녀가 귀엽게 말하더니 편의점에서 사 온 바나나우유 위쪽 껍질로 감싸진 부분을 빨대로 찍어서 순식간에 절반을 흡입했다. 술과 더위로 인해 목이 몹시 말랐던 것 같아 보였다. 우리는 음료수를 재빨리 해치운 뒤, 조금 더 걷기 시작했다.

"걷는 건 좋은 것 같아요. 전 술에 취하면 항상 동네를 한 시간이건 두 시간이건 걸어 다녀요. 오빠도 걷는 걸 좋아하는 것 같은데?"

"맞아. 산책하면 머리가 맑아져서 기분이 좋아져. 어쩌면 그냥 하염없이 걷는 것이 최고의 운동이기도 한 것 같아."

이런 저런 말을 하다가 어느 샌가 서로 각자의 생각에 빠지기 시작했고 그 이후에는 둘 다 조용히 걸었다. 한 시간을 넘게 걸었는데 둘

중의 누구 한 명도 먼저 집에 가야하지 않을까라고 말하는 사람이 없었다. 그녀도 나와 함께 밤을 보내고 싶어 함이 틀림없었다. 그래서 그렇게 우리가 원하는 곳으로 향하려는 순간, 놀랍게도 내게 참으로 순수한 생각이 떠올랐다.

'지금 그녀와 모텔을 간다면, 두 번 다시 볼 수 없을 것 같아.'

우리는 결국 30여 분을 더 걸어 다녔고 나는 그녀를 집 앞까지 데려다 준 뒤, 택시를 타고는 집으로 향했다. 집에 가면서는 오늘 술자리는 즐거웠다면서 집에서 푹 쉬라는 메시지를 그녀에게 보냈다. 다행이도 잠시 후에 메시지가 도착했다.

'오빠도 잘 가세요.'

15장 더블 데이트

점점 그녀에 대한 마음이 커지기 시작했다. 밥을 먹거나 회사에서 일을 하거나 집에서 휴식을 취할 때와 친구들을 만날 때에도 여지없이 그녀와 연락을 하기 바빴으며 그녀를 만나러 주안역으로 가는 일이 많아졌다. 주로 성태와 성태의 그녀까지 포함하여 네 명이서 만남을 가졌고, 우리는 어디든 돌아다녔다. 성태의 차로 드라이브를 하며 인천에서 갈 만한 곳은 거의 다 가봤다. 차이나타운과 송도, 청라까지 달리며 맛있어 보이는 것들과 유명한 것들을 맛보기 바빴다. 그러면서 나와 선희의 관계는 더욱 가까워졌다. 그런 그녀가 월미도에서 불꽃축제를 하니 같이 구경을 가자고 조르는 바람에 우리 네 명의 낭만적인 젊은이들은 5월 막바지에 이르는 날의 만남을 약속했다.

약속한 불꽃축제의 날이 밝고, 우리는 오후 6시에 만나기로 했기 때문에 오전에는 그동안 자주 참석하지 못하였던 기타 모임을 다녀왔다. 오래간만에 얼굴을 보이는 지라 미안한 마음이 들어서 연습실에 도착하기 전에 기타모임의 가족들을 위해 편의점에 들러 값비싼 커피 세 잔을 샀다. 낡고 익숙한 연습실로 들어서니 내가 좋아하는 기 씨가 여전히 활기찬 모습으로 나를 반겼다.

"여! 오랜만에 왔군. 전씨, 도대체 무슨 일이 있었기에 이제야 오는 거야?"

"별 일 없었는데, 회사 일에 이것저것 바쁘다 보니 죄송해요." 정중하게 답하면서 검정색 비닐봉투 안의 사들고 온 커피를 꺼내서 김 선생님과 기 씨에게 하나씩 나눠주었다. "진도는 형님이 하시던 대로 따라가도록 하겠습니다."

"좋지, 커피는 땡큐. 오! 비싼 커피군." 기 씨가 기뻐하면서 받는 즉시 뚜껑을 열고 목을 축였다.

"그나저나 형님은 아직 운동은 계속 하시나요?" 킥복싱을 배우는 기 씨의 근황이 궁금해서 물었다.

"매일 다니고 있지, 지난번에는 관장님한테 칭찬도 받았어. 실력이 많이 향상됐다고 말이지."

"그거 괜찮네요. 칭찬을 들을수록 운동도 더 열심히 하고 싶어 지지 않겠어요?"

"글쎄, 굳이 칭찬을 들었다고 해서 더 열심히 다니지는 않아. 나는 원래 열심히 다녔어, 동생." 기 씨가 귀여운 표정으로 찡긋 웃으면서 대답했다.

대단한 사람이다. 삶을 즐기지 않고는 불가능한 일이라고 생각되었다. 평소 얘기하거나 기타연습을 하는 것만 보아도 에너지가 넘치는 모습이었다. 긍정적인데다가 열정적으로 살며 화목한 가정까지 꾸리고 있는 기 씨에게 새삼 부러움을 느꼈다. 우리는 오랜만에 만나서 즐겁게 잡담을 주고받다가 김 선생님이 오고 난 이후에는 기타 연주에 몰입하기 시작했다. 언제나 말이 별로 없는 김 선생님은 오랜만에 찾아온 내게 "오랜만이네요."라는 간단한 인사만 남겼을 뿐이었다. 수업은 시작되고 김 선생님이 오늘 배울 노래의 악보를 보여준 뒤 첫 마디부터 가르쳐 주기 시작했다. 간만에 연주를 하자니 손가락이 다시 아파오기 시작했지만, 그래도 기타 실력이 처음 기타 모임에 참석했을 때보다는 월등하게 향상된 것은 분명했다.

두 시간의 연주 시간을 간단히 마치고, 아직은 시간이 한참 남아있었기 때문에 집으로 오는 길에 도서관에 잠시 들렀다. 책을 읽을 생각은 따로 없었고 다만, 도서관에서 책을 읽고 있는 희민이를 오랜만에 만날 생각이었다. 그는 대학을 졸업한 후, 일 년간의 방황과 반년간의 취업 준비 과정을 거쳐 최근에 취업에 성공했다. 남동구에 있는 처음 들어본 이름의 제조업 회사에 들어가게 되었다고 전화로 일러주었기에 직접 그를 만나서 축하의 말을 전하고 싶었다.

도서관 건물 옆 벤치에서 잠시 앉아있으니 그가 멸치 같은 마른 몸을 흐느적거리며 건물 안에서 빠르게 걸어 나오는 모습이 보였다.

"어이, 왔어?" 평소보다 기분이 들떠 있는 표정으로 나를 반겼다. 몰라보게 밝아진 그의 표정을 보고는 취업의 힘이 대단한 듯했다.

"취업도 했는데 뭐 하러 도서관에 왔어?"

"책 좀 볼까 해서 왔지. 다음 주부터 출근해야 해서 여행이라도 다녀와야 하는데 말이야. 나도 여기서 내가 뭘 하고 있는지 모르겠어. 하지만 정작 여행을 갈 돈이 없다는 건 슬픈 일이지."

"여행이 최고지. 일단 커피나 한잔 마시자."

바로 옆에 서 있는 자판기에서 300원짜리 밀크커피 두 잔을 뽑아 들었다.

"축하한다. 회사는 괜찮은 곳이야?"

"자동차 같은 곳에 들어 갈 기초 소재를 만드는 회사로 알고 있는데 괜찮은 것 같아. 재무상태도 나쁘지는 않은 것 같아. 회계쪽으로 지원을 했는데 그 자리는 공채가 아니라 수시채용으로 딱 한 명만 뽑았어. 그래도 다행이도 경쟁자가 많지 않아서 합격한 것 같아."

"네가 면접을 잘 봐서 합격 한 거지. 남동구에 있는 회사라고 했지?"

"응, 그렇게 멀지 않아서 다행이야. 조만간 술 한잔 사 줄게. 입사하기 전에 날 잡자."

"양주로 마셔야겠다."

"뭐든지." 녀석이 실실 웃는 모습을 보니 나도 기분이 좋아졌다. 사실 그 전까지 그를 볼 때면 취업 때문에 불안해하는 표정이 가득해서 항상 위로를 해 주었지만 그와의 만남에서 알게 모르게 불편함을 느꼈던 것이 사실이다.

"취업하면 여자 친구도 금세 만들 수 있을 거야." 내가 말했다.

"아, 참 넌 최근에 만나는 여자가 있다고 했지?"

"맞아. 선희라는 애야. 이제껏 다른 여자들에게서 볼 수 없었던 발랄함과 순수함이 느껴지는 애야. 게다가 무엇보다도 만남 자체가 즐거워서 자연스럽게 관심이 가더라고. 뭐랄까…… 서로에 대한 얘기를 할 때면 마치 소개팅에서의 대화처럼 지극히 형식적으로 말하는 게 아니라 그보다는 훨씬 솔직하게 말하는 것 같은 모습이 좋은 것 같아. 그러니깐 음……. 상대방에 대해서 머리카락이나 발가락 까지도 세심하게 관심을 갖는 느낌이야. 진심으로 알고 싶다는 그 느낌말이지. 게다가 감정을 억지로 절제하지 않고 당당하게 표출하는 편이라서 그런 면은 많이 배우기도 하고."

"굉장한 여자군."

"응." 나는 뜸들이지 않고 대답했다.

고개를 젖히며 웃는 바람에 손에 들고 있던 커피를 조금 흘렸다. 어이쿠! 하면서 입으로 커피가 묻은 흔적을 입으로 핥았다.

커피를 한 모금 마시고 그를 잠시 바라봤다. 나는 나름 직장의 선배로서 그에게 한 마디를 해주고 싶은 마음이 들었다.

"너는 이제부터 직장에 다니면, 매일 일찍부터 일어나서 반복된 일을 위해서 회사로 가게 될 거야. 어쩌면 그런 단순한 생활에 금방 질리게 될 수도 있어. 며칠 하다가 관두는 건 아니겠지?"

"내 걱정은 마라."

그는 착한 녀석이었다. 그렇지만 다소 게을렀다. 때로는 동네 앞 오

분 거리의 장소까지 나올 때에도 귀찮다면서 볼멘소리를 지껄이곤 했다. 특유의 게으름만 고쳤다면 그의 비상한 머리를 잘 활용해서 큰 인물이 되었을 지도 모른다. 어쨌든 그의 게으른 성격이 회사생활에 영향을 끼칠지 염려가 되었지만 그렇다고 그가 중간에 직장 생활을 포기할 것이라고 생각지는 않았다. 힘들게 얻은 열매인 만큼, 그 열매를 잡는 손은 더욱 단단해질 테니 말이다.

"슬슬 일어나자."

"벌써 가려고?" 희민이가 아쉽다는 듯 말했다.

"약속도 있고 해서, 너도 얼른 들어가서 책 읽고 여행 계획도 한 번 짜봐. 입사한 뒤에 후회하지 말고."

"알겠어. 조만간 연락할게."

손가락으로 오케이 표시를 한 뒤, 집으로 향했다. 축제를 가기로 한 약속시간이 조금 남아서 책꽂이에 있는 책을 잡히는 대로 꺼내서 읽다 보니 갑자기 졸음이 쏟아 졌다. 다섯 장을 채 읽기도 전에 성태에게서 집 앞에 도착했다는 연락을 받았다. 우리는 반가움에 하이-파이브를 한 다음 바로 차에 올랐다. 괜찮은 여자와 괜찮은 데이트, 괜찮은 키스와 네 명의 괜찮은 조합이 나를 흥분시켰다. 차를 타자마자, 녀석에게 주미와의 관계에 대해서 근황을 물었다.

"아직 잘 모르겠어. 아니, 어쩌면 관계는 악화되고 있는 것 같아. 이번 주에만 두 번을 주미와 따로 만났는데 그녀와 식당 선택부터 잠자리까지도 의견 충돌이 잦은데다가, 그녀의 뚱뚱한 몸매부터 시작해서 마음에 썩 들지 않는 구석이 있어. 그래서 요즘엔 계속 만나야 할 지 고민하고 있고……." 그가 아쉽다는 표정으로 털어놓았다.

나는 녀석의 고민에 대해서 걱정하면서도 은근히 그 둘이 잘 만나기를 바라는 마음이 들었다. 아무래도 주미가 혼자가 될 경우, 나와 선희의 만남에 걸림돌이 될 수 있을 것이며 게다가 데이트를 할 때에도 둘보다는 넷이 함께할 때 즐거움이 배가 되었기 때문이다. 조금의 이기심을 보태서 나는 성태에게 주미는 괜찮은 여자로 보이니 몇 번 정도는 더 만나보라고 은근슬쩍 부추겼다. 그사이 성태의 차는 만나기로 한 주안역 근처 길거리에 도착했다. 그 곳에는 벌써 선희와 주미가 잔뜩 짐을 들고 서서 우리를 기다리고 있었다.

"안녕!" 선희가 귀엽게 웃어 보였다.

"안녕! 얼른 타." 두 여자가 뒷좌석에 타자, 성태는 바로 내비게이션을 손가락으로 꾹꾹 누르면서 월미도 주차장으로 목적지를 찍은 뒤, 차를 출발시켰다.

"잘 지냈어?" 내가 뒷좌석 여인들에게 물었다.

"응, 그런데 오빠는 낮엔 연락이 왜 이렇게 안 되는 거야?" 선희가 따지듯이 물었다.

"아니, 회사에 있을 땐 연락을 잘 못해. 오늘은 그래도 계속 연락 했잖아?"

"그래, 한 번 봐 줄게." 그러고는 두 여자가 킥킥거리는 소리가 뒷좌석에서 들려왔다.

"오빠, 그리고 놀라지 마! 이따가 가서 먹을 것 좀 준비해 왔어!" 뒤를 돌아보니 선희의 손에는 사각형 모양의 무언가가 가득 담겨있는 봉지가 있었다. 봉지를 흔들어 보이며 그녀가 말했다.

"오! 그건 뭐야?" 성태가 백미러로 슬쩍 보고는 놀란 듯 물었다.

"이거 이따가 월미도에 가서 먹을 거."

"나이스! 최고다, 최고. 어떤 음식이 들어있어?"

"그건 가서 확인해 봐! 우리한테 잘 보여야 줄 거야!"

주미의 귀여운 농담이었다.

"네네. 잘 따르겠습니다." 내가 고개를 끄덕이며 비굴한 표정을 지어 보이며 말하니 그 꼴이 우스웠는지 뒷좌석에서 또 한 차례 웃음이 터져 나왔다.

"그나저나, 생각보다 엄청 차가 막힐 것 같아." 성태의 말 그대로 월미도로 가는 초입에 다다르니 자동차 줄이 끝이 보이지 않을 정도로 길게 서 있었다. 점점 배가 고파져서 우리 모두 말이 줄어들고 몸이 각자의 자리에서 기울어지기 시작했다.

"난 한 숨 잘게." 내가 눈을 좀 붙이려 하자, 뒤에서 선희가 내 머리채를 잡고 흔들었다. "일어나!" 소리치는데 잡고 있던 부분이 아픈데다가 그 큰 목소리에 잠에서 확 깨었다. 잠깐 화가 나긴 했지만 다시금 졸음이 쏟아져서 눈을 붙였다.

그렇게 우리는 몇 마디 하지 않는 조용한 분위기 속에서 막힌 도로 위를 거북이걸음으로 기어갔다. 불꽃축제의 행렬 때문에 차가 막히는 듯 보였다. 그동안 누군가는 꾸벅꾸벅 졸기도 하고, 누군가는 느리게 움직이는 바깥세상을 감상하기 위해 창문 밖을 조용히 바라보았다. 어느새 월미도가 눈앞에 보였다. 이전에 월미도에 차를 끌고 갔었던 기억을 되짚어 보며 내가 성태에게 조언을 했다.

"주차장으로 가면 사람들이 너무 많을 수 있을 것 같아. 그냥 조금 더 직진해서 해변을 따라서 나있는 길에 차를 대는 건 어때? 물론 주차장보다 폭죽이 터지는 곳까지는 몇 분 더 걸어야 하지만 주차 공간은 넉넉할 거야."

"좋아." 성태가 동의하며 곧바로 직진하여 내가 말한 길가에다 차를 주차했다. 우리와 비슷한 생각을 가진 몇몇 사람들도 이쪽 길가에 주차를 하는 모습이 보였다. 우리 모두 차에서 내려 길 넘어 바로 옆에 펴져 있는 넓은 바다를 바라보았다.

"우와!" 서로 외쳐 대기 시작하면서 비린내가 섞인 바다 냄새를 한 움큼 코로 빨아들였다. "좋다!" 선희와 주미는 대략 열 걸음을 걸을 때마다 환호성을 질러 댔다. 그렇게 우리는 바닷가 옆길을 걸어 폭죽이 터질 예정인 월미도 공원까지 다다랐다. 벌써 밤이었다. 어둠에 덮인 검은 바다가 울퉁불퉁한 카펫처럼 위아래로 흔들리면서 파도가 일렁였다. 저 바다 끝 수평선을 보고 있노라면 점점 바다물이 나를 향해 덮쳐 오는 듯한 착각을 불러 일으켰다. 저 멀리 불빛들이 희미하게 아른거리는 영종도도 보였다. 왼편에서 바이킹에 탄 젊은이들이 환호성을 지르는 소리가 들릴 때쯤, 나와 선희는 먹을 것을 좀 더 사가기 위해서 근처의 가게를 들르기로 했다. 성태와 주미는 그 사이에 불꽃축제를 만끽하기 위한 가장 적절한 자리를 살핀 후, 준비해 온 돗자리를 펴 자리를 잡기로 했다.

"오빠, 내가 먹을 것들을 많이 싸왔는데 더 사려고?" 선희가 내게 말했다.

"너희 배 채우려면 좀 더 사야 할 거야. 통닭이랑 떡볶이 2인분 정도만 사자."

"나랑 주미는 그렇게 많이 안 먹어!" 발을 동동 구르며 그녀가 소리쳤다. 나는 그 모습이 귀여워서 웃었다. 그래도 나는 일단 음식이 부족한 것보다는 많이 사가지고 가서 먹다가 남은 것들은 집에 싸 들고 가는 편이 나을 것이라는 생각이 들었다. 결국 그녀의 손을 잡고 끌고 가서 이것저것 맛있어 보이는 것들을 구입했다. 맛있는 것들을 손에 들고 성태와 주미가 있는 곳을 찾아 주변을 두리번거리자 이미 전봇대같이 높게 솟은 공원 조경을 위해 꾸며진 기둥 아래에 자리를 펴고 있었다.

"오! 자리는 괜찮다." 선희가 외쳤다.

"괜찮지? 그나저나 어떤 음식 사 왔어?" 성태가 우리에게 물어보면서 사가지고 온 음식들을 꺼내기 시작했다. 옆에 있던 주미는 우리의 그런 모습이 좋아 보였는지 우리의 사방을 옮겨 다니며 행복이 가득한 얼굴이 담긴 사진을 찍기 시작했다. 오후 내내 준비했다던 도시락에는 유부초밥과 함께 각종 과일들이 담겨있었다. 게다가 도시락 맨 밑 칸에는 소시지와 계란말이가 가지런히 놓여 있었다. "와우!" 나와 성태는 연신 도시락을 향해 외쳤다. 이 정도면 배고픈 하이에나 네 마리의 배를 충분히 채워줄 수 있을 것이다.

돗자리에 음식들을 가지런히 깔아 놓고 이내 해치울 준비를 하고 나자 우리 주변에 폭죽놀이의 시작을 알리는 화려한 조명들이 우리가 조촐하게 돗자리에 앉아 있는 모습을 적나라하게 비추기 시작했다. 바다 위에 몇 척의 보트들이 보였고 그 보트 위에서 무언가에 분주해 보이는 사람들이 있었는데 아마도 시커먼 바다위에서 동동 떠다니며 폭죽을 준비하는 것처럼 보였다. 폭죽이 터지기만을 기다리면서 우리는 각자가 가장 맛있어 보이는 음식을 한 개씩 집어서 서로의 입에 들이밀었다. 쩝쩝거리면서 주미가 입을 열었다.

"오빠들은 불꽃놀이 이렇게 앞에서 본 적 있어?"

"아니, 처음이야. 몇 분 정도 폭죽이 터질까?" 성태가 적절하게 대답했다. 적절하다는 의미는 설령 과거에 불꽃축제를 본 적이 있었다 하더라도, 그녀들과의 첫 경험이라는 의미를 부여하면서 그녀들을 실망시키지 않게 만들기 위해서 필요한 대답이었기 때문이다.

"글쎄, 한 이십 분 정도 걸리지 않을까 싶은데?"

"꽤 오래 걸리네? 소원이라도 빌어야 하나?"

"소원은 무슨, 그냥 감동을 느끼기만 하면 되는 거야." 주미가 불꽃이 솟구치는 장면을 기다리듯이 하늘을 쳐다보면서 별 것 아니라는 식으로 답했다.

"그래도 뭔가 의미를 남겨야 하지 않을까? 첫 불꽃이 터지면 서로의 짝들과 키스하기로 하자."

"유치해!" 성태의 제안에 선희가 손사래를 쳤다.

"그래도 해보자." 나는 이 제안이 몹시 짜릿할 것 같아서 그녀의 어깨를 어루만지며 강요의 의미를 담아서 말했다.

그때 카운트다운을 외치는 소리가 오른쪽 멀리서 마이크를 통해 들려왔다.

"삼! 이! 일! 발사!"

구경하고 있는 사람들의 환호하는 소리와 함께 잔잔한 음악이 나오더니 아까 보트가 있었던 바다 위 그 부근에서 폭죽이 터지기 시작했다. 녹색과 파란색, 노란색과 빨간색으로 이루어진 다양한 색깔의 폭죽들이 작게 솟구치다가 점점 커지면서 바다 위 사방에서 터지고 바다의 잔잔한 물결에 플래시를 터뜨려 주었다. 여기저기서 구경하는 사람들의 감탄사가 들리는 순간 나는 선희와 깊은 키스를 했다. "푸드득, 푸드득, 펑!" 하는 폭죽이 터지는 소리가 세 번 정도 내 귀에 울릴 때가 되어서야 입술을 떼었다. 그녀가 먹고 있었던 치킨 조각이 내 입으로 조금 들어간 것 같았지만 달콤한 키스에 기분이 좋아져서 잠시 그녀를 향해 웃은 뒤 내 앞에 놓인 치킨을 먹기 시작했다. 이미 성태와 주미는 애정 표현을 끝낸 뒤, 유부초밥을 입에 물고 폭죽을 멍하니 지켜보고 있었다.

클래식 음악과 몇몇 장르를 알지 못할 아름다운 멜로디의 선율에 맞춰서 신나게 폭죽들이 불빛을 뿜어 대곤 하였는데 폭죽의 화려함이 절정에 이르려 하자, 두 군데에서 동시에 폭죽이 터져 나오기 시작했다. 하늘 위와 그 아래 두 층에 걸쳐서 연신 재빠르게 폭죽이 터지기도 하고 마치 분수처럼 오른쪽부터 왼쪽으로 연속된 폭죽이 연달아서 불빛을 터뜨리는 모습도 연출했다. 사정없이 터지는 불꽃의 연기가 퍼져 나와 약간의 화약 냄새와 함께 검정색 하늘을 뿌옇게 물들였다. 본래 똑같아 보이는 불꽃들이 막상 자신들의 매력을 뽐을 때에는 다채로운 색깔을 보여줄 뿐만 아니라, 어떤 불꽃은 하늘로 올라가다가 미처 피기도 전에 터져 버리지만 또 다른 불꽃은 훨씬 더 높은 곳으로 도달한 뒤 그 아름다운 모습을 뽐내며 터지기도 했다. 제각기의 불꽃들이 제 모습을 보이는 방식은 서로가 달랐지만, 그 불꽃들이 모여서 완벽하면서도 자연스러운 조화의 불꽃놀이를 만들어 냈다. 가끔은 터지지 않는 불꽃들도 보였지만, 그 마저도 이 불꽃놀이라는 폭죽들의 춤사위에 흥을 더 하기도 하였다.

마지막에는 웅장한 음악이 끝남과 동시에 연달아 무지개 색의 폭죽이 터지면서 축제가 마무리되었다. 그때쯤 우리 네 명은 아무 말도 하지 않고 그저 멍하니 하늘을 쳐다볼 뿐이었다. 피날레 후의 박수갈채가 오케스트라처럼 울리고, 우리는 고개를 흔들며 박수를 치다가 다시금 앞에 놓인 음식에 손을 대기 시작했다.

"최고였어."

"맞아, 불꽃이 여기저기서 터지는 장면이 아직도 아른거려. 불꽃이 춤을 췄어. 불꽃 춤!" 선희가 감탄하면서 두 팔을 흔들어 보였다.

"이전에는 멀리서 폭죽이 터지는 소리만 들어 봤었는데 막상 보니 말이 안 나올 만큼 대단하더라니까. 나중에는 저 불꽃이 터질 때마다 내 마음속 응어리도 터져버리는 느낌이 들었어. 산산조각이 나서 힘없이 떨어지는 잿더미는 내 유골처럼 바다에 조용히 가라앉는 것일 뿐이야. 불꽃의 아름다움이 한 순간이라는 생각이 들어서 힘이 빠지긴 했는데……." 주미가 말했다. 그녀는 늘 자신이 고학력자라는 것을 뽐내거나 내적인 우울함이 강력하다는 것을 보여주려는 말을 많이 하곤 했는데, 동시에 누군가가 본인을 동정해주고, 관심을 가져 주기를 바라는 눈빛을 보내왔다. 때로는 사소한 아쉬움에 있어서도 울음을 터뜨리고는 하였는데 그런 모습을 보일 때마다 성태는 어떻게 해야 할지 몰라서 난감하다는 표정을 지었다.

"너무 우울해지는데?" 그가 얼굴을 살짝 찌푸리면서 주미의 말을 잘랐다.

"그냥 갑자기 드는 생각이 그랬다고, 뭔 말을 못하니?"

"걱정돼서 말한 것뿐이야."

"그런 말투가 아니잖아. 하여튼 빈정대는 듯이 말하지 마."

"빈정대지 않았어! 도대체 왜 그래?"

그 둘이 티격태격하는 사이에 선희가 바닷물을 가까이서 보고 싶다며 바다와 육지와의 경계를 만들고 있는 울타리를 넘어서 파도를 받아내고 있는 바위 위에 앉았다. 나도 불꽃놀이를 보면서 음식들을 집어먹긴 했기 때문에 배가 불러서 소화도 시킬 겸 그녀에게 다가갔다. 바위 위에 앉아있는 그녀의 뒷모습이 왠지 모르게 귀여우면서도 처량해 보여서 그 옆자리에 살며시 앉았다.

"여긴 좀 위험해, 미끄러지면 바다 아래로 떨어질 수도 있어." 조금 걱정이 됐다.

"괜찮아, 이 정도는 헤엄칠 수 있거든."

"물이 차가우니 내가 재빨리 구해 줄게."

"말만 들어도 참 고맙네." 그녀가 웃으며 말했다.

"그나저나 여기서 무슨 생각을 하고 있었던 거야?"

"이런저런 생각. 신기한 건 우리가 우연스럽게 만났는데, 나는 오빠와 이렇게 계속 만날 거라고는 처음엔 생각도 안 했거든. 그 이유는 저번에 말했지? 과거의 연애에 너무 심적 고통이 커서 다시는 연애를 하지 않기로 마음을 먹었다고. 그렇지만 오빠를 만날 땐 내가 그냥 나를 내려놓는 것 같아. 편안한 마음이 들기도 하고……. 물론 우리가 아직 몇 번 만나지는 않아서 그렇게 편하지만은 않지만 말이야."

"난 네가 좋아."

"나도 오빠가 좋아." 정면에서 부딪혀 오는 바다의 내음과 그녀의 저렴하지만 특이하고도 상쾌한 향수냄새가 나를 황홀하게 만들었다. 우리는 긴 시간동안 키스를 했다.

잠시 후, 손을 잡고 울타리를 넘어서 다시 우리의 자리로 되돌아 갔고, 선희는 주미에게 달려가더니 나와 연애를 하기로 했다고 외쳐 댔다.

"야, 이상한 놈 같아. 만나지 마!"

주미가 선희에게 장난스럽게 말하며 나를 보며 웃었다. 성태가 따라서 크게 웃었다. 그러고는 그가 말했다. "우리 이거 정리하고 놀이기구 있는 쪽으로 좀 둘러보자."

남은 음식을 비닐봉지 몇 개에 각각 담아서 그녀들이 집에 가서도 먹을 수 있게끔 만들어 준 뒤, 비어 있는 용기와 병들을 순식간에 정리했다. 돗자리를 휴지로 대충 닦고는 접어서 가방에 넣고 우리는 다시금 바닷바람을 피해서 안쪽으로 이동했다. 불꽃축제는 끝났지만, 아직 뒤편에 있는 놀이기구들과 음식점, 포장마차들은 사람들로 북적거렸다. 주로 가족들과 커플들이 눈에 띄었으며 놀러 온 고등학생들도 꽤나 많이 보였다. 바다 위는 어둠이 깔려 한치 앞도 볼 수 없었지만, 아직 이 넓은 대지 위는 백야처럼 눈부신 대낮이었다.

16장 선희의 사과

6월의 기나긴 장마가 지나가고 중순부터는 매미가 울어 대기 시작했다. 날씨가 따뜻해지면서 동시에 선희와의 관계도 더욱 뜨거워지고 있었다. 우리가 거의 매일같이 만날 수 있었던 이유는 보고 싶어 하는 서로의 감정 때문만이 아니라 일단 회사와 멀지 않은 곳에 그녀가 살고 있었던 데다가 새로운 업무들이 차차 적응됨에 따라서 야근을 하게 되는 빈도가 줄어든 것도 한 몫을 했다. 물론, 그녀가 대학생이었던 까닭에 비교적 만남의 시간에 여유가 있었기도 했다.

월미도 축제를 즐긴 지도 벌써 두 주가 지났다. 어김없이 일찍 업무를 마치고 선희와 저녁식사를 하기로 약속하여 오랜만에 백운역 근처에서 만났다. 하루 동안 서로를 보지 못했음에 반가움의 포옹을 한 뒤, 우리는 저녁식사를 위해 꽤나 맛있기로 소문난 옛날막창이라는 집으로 향했다. 그녀가 괜찮은 여자라고 느꼈던 이유 중 하나는 음식을 가리지 않고 잘 먹는다는 것이었다. 그 덕분에 어떤 메뉴를 고를지 크게 걱정하지 않아도 됐다. 음식에 까다로운 사람과 평생을 함께하는 사람이 있다면, 그 사람은 인내심과 배려가 대단한 사람임이 틀림없었다. 사랑하는 사람과 먹고 싶은 음식을 마음껏 먹는 것만큼 행복한 것은 없기 때문이리라.

선희가 곱창이나 막창이라는 별미를 징그럽거나 맛이 없다고 느끼지 않음에 감사함을 느끼면서 가게로 들어섰다. 식당에는 평일임에도 불구하고 많은 사람들이 자리해 있었다. 주변 가게들은 하루가 멀다 하고 간판이 바뀌었지만 그럼에도 불구하고 오랜 시간동안 이 자리를 지켜온 식당이었는데, 그 이유를 나름 분석해 본 결과로 푸짐하고 맛있는 서브 메뉴에 있다고 보았다.

단지 우리는 막창 2인분을 시켰을 뿐이었는데 갖가지 반찬과 함께 뚝배기 그릇에 넘쳐나는 엄청난 양의 계란찜, 싱싱해 보이는 생간과 천엽까지 가져다주었다. 그 때문에 우리가 마주 앉아 있는 깡통테이블에 벌써부터 음식들로 가득했다. 게다가 가게 한구석에 위치한 가스레인지 옆에는 공짜로 먹을 수 있는 라면봉지가 가득 채워져 있었는데, 혹시라도 음식의 양이 부족하다고 느끼는 사람들을 위해서 셀프로 라면을 끓여 먹을 수 있게끔 하였다. 나는 막창이 불판 위에서 구워지고 있는 동안 라면 한 봉지를 재빨리 끓여서 가져왔다. 보기만 해도 배부른 식탁이 완성되었다. 그녀도 엄청난 양의 음식들을 보고 귀여운 표정으로 입맛을 다시며 더없이 만족했다. 먼저 라면을 한 입씩 먹은 뒤, 노릇하게 익은 막창을 하나씩 입에 넣었다. 고소한 맛이 입안 전체에 퍼졌다.

"오빠, 여기는 자주 와도 괜찮을 것 같아. 내 입맛에 꼭 맞는 것 같은데? 정말이지 2인분만 시켜도 배가 부를 것 같아."

"성태와도 몇 번 와봤던 곳이긴 해. 올 때마다 배가 터지도록 먹었어. 그건 그렇고 소주 한 병만 시킬까?"

"좋아!"

나는 재빠르게 소주를 한 병 시켰다. 우리는 한 잔씩 마신 뒤, "캬!" 소리를 뱉고는 막창을 하나씩 집어 들었다. 그녀는 막창을 입에 넣은 뒤 오물오물 하다가 입을 열었다.

"오늘 아침에 주미가 나한테 얘기하던데, 성태오빠는 주미한테 그다지 관심이 있는 것 같지 않다고 했어. 그러면서 몇 번이고 내 앞에서 우는 거야. 나는 답답해서 어떤 면에서 그렇게 생각을 하냐고 물어봤더니 그저 자기를 대하는 태도에서 애정이 전혀 느껴지지 않는다는 거야. 또, 평소에 연락을 잘 받지 않기도 해서 애가 타는 주미는 그저 답장을 하염없이 기다리는 자신이 그저 망부석 같다는 거야. 억지로 만남을 이어가는 것 같기도 하고 오로지 잠자리만을 위해서 만나는 것 같기도 하다는 건데 주미가 슬퍼하는 모습이 애처로웠어."

나는 성태가 어느 정도 마음이 떠났다는 사실을 알고 있었지만, 둘 사이의 관계에 대해서 간섭하고 싶지는 않아서 애써 모른척하였다.

"그래? 우리가 함께 만났을 땐 성태가 주미를 좋아하는 것 같아 보였는데 내가 잘못 본 건가?"

"나도 잘 모르겠어. 일단 조금 더 시간이 지나봐야 알 것 같아." 선희가 걱정하면서 소주를 한잔 더 입에 털어 넣었다.

"어, 오빠한테만 말하는 건데 나는 술을 많이 마시면 가끔씩 제어가 안 될 때도 있어. 최대한 자제하려고 노력하긴 하는데 혹시나 그런 모습을 보일 수 있으니 이해해줘."

"물론이지." 나는 찡긋 윙크를 날렸다. 그러자 그녀가 웃으며 내 볼을 꼬집었다.

자신의 약점이라든지, 살면서 느꼈던 창피했던 경험과 감정과 같은 모든 것들을 마음껏 얘기하는 그녀의 모습이 놀라웠으면서 한편으로는 고마웠다. 나도 솔직해지고 싶어서 진지한 표정으로 말을 꺼냈다.

"난 감정을 별로 표출하지 않는 사람이거나 혹은 감정에 무딘 사람인 것 같아. 가끔은 네가 그런 나로 인해서 서운한 마음이 들 수 있어. 부모님도 서로에 대한 애정을 말하지 않는 비교적 무뚝뚝한 사람들이라 그런 건지 혹은 카멜레온이 보호색을 띄는 것처럼 살아오다 보니 아픔을 피하기 위해서 그렇게 바뀐 걸 수도 있어. 미안하지만 그 점은 너도 이해해 주었으면 좋겠어. 아니, 이해해주기 보다는 그런 이유 때문에 서운한 감정이 느껴지면 나에게 즉각적으로 말을 해 주었으면

해. 그래야 나도 그런 점에 대해서 깨닫거나 고쳐 나갈 수 있을 테니 말이야."

"좋아. 그 정도야 어렵지 않지. 내가 봤을 때 오빠는 자상해 보이는데 크게 걱정할 필요는 없을 것 같아."

"그렇게 생각해준다면 고맙지. 귀여운 것!" 이번엔 내가 그녀의 볼을 꼬집으며 말했다.

"이따가 사장님이 돼지껍데기를 서비스로 줄 거야. 그것도 한번 맛보면 기가 막힐 거야."

"난 돼지껍데기 좋아해. 지금 달라고 하자. 일단 화장실 좀 다녀올게."

그녀는 화장실로 향했고, 나는 막창이 조금씩 타기 시작해서 불을 줄인 뒤, 소주를 한잔 마시고는 잠시 동안의 허전함을 채우기 위해 남아 있는 계란탕을 퍼먹었다.

그때, 놓고 간 그녀의 휴대폰이 울려서 잠시 쳐다봤다. 어떤 남자이름으로부터 메시지가 온 것 같아서 호기심이 들어서 자세히 들여다보니, 선희에게 어디냐고 물어보는 내용이었다. 분명히 남자 이름이었다. 그저 친구일 법도 했을 터인데 그동안 그녀가 어떤 남자와도 연락하지 않는다는 말을 해왔던 터라 당혹스러움과 함께 배신감이 느껴졌다. 순간 머릿속이 복잡해졌기 때문에 그저 아무 생각도 하지 않으려고 노력했다.

그녀가 화장실에서 돌아왔을 땐 굳이 캐묻지는 않았지만, 그저 그녀의 휴대폰에 누구에게 연락이 왔다고만 얘기해줬다. 그녀에게서 당황하는 표정이 잠깐 미세하게 보였지만 이내 그녀는 표정을 감추고 주미에게서 연락이 왔다고 둘러댔다. 거짓말까지 들었음에도 불구하고 나는 아무 말도 하지 않았으며, 그저 평소와 같이 일상적인 대화를 이어 나갔다. 다만 자리에서 얼른 벗어나고 싶은 마음이 생겨서 나도 모르게 차갑게 말을 건넸다.

"다 먹었으면 일어나자."

우리는 떨떠름하게 자리에서 일어났다. 그녀를 배웅하기 위해 백운역까지 마중을 나가면서 또 보자는 인사와 함께 그녀를 집으로 보냈다. 나는 집으로 돌아오면서 취기가 올라오면서 기분이 몹시 우울해져서 바로 들어갈 수가 없었다. 집 앞에서 계속 서성거렸다. 그러고는 집으로 가는 마지막 횡단보도 앞에 서서 담배를 입에 물었는데 그 순간부터 화가 치밀어 오르기 시작했다. 믿었던 사람에게 배신당한 것만 같은 이런 충격이 실로 오랜만에 찾아왔구나 싶었다. 좋아하는 마음과 미워하는 마음이 부딪혀서 그녀를 계속 만나고 싶다는 생각과 한동안은 보고 싶지 않다는 생각이 동시에 내게 찾아왔다. 몇 시간 전만 해도 기분이 좋았었지만 순식간에 엉망이 되었다. 평소 감정에 크게 동요되지 않는 사람이라고 나 자신을 평가해왔지만 이번만큼은 슬픔과 함께 무기력함이 몰려왔다. 아마도 술기운이 나의 심장을 더 강하게 휘젓는 기분이 들었다.

집으로 돌아온 뒤, 샤워를 하고 옷을 갈아입었다. 어느덧 새벽 1시가 넘어갔다. 조금 전에 생각했던 바를 실천에 옮기기 위해서 장문의 메시지를 그녀에게 보냈다. 집에 잘 들어갔냐는 안부의 말과 함께 그녀에게 왔었던 어떤 남자가 보낸 메시지의 내용까지 보았으며, 그로 인해서 그녀에게 매우 실망을 했다는 내용을 무덤덤한 말투로 지어 보냈다.

그러자 얼마 시간이 지나지 않아 그녀에게 전화가 왔다. 바로 당장 내 집 앞으로 올 테니 잠시만 볼 수 있냐고 묻기에 알겠다고 짤막하게 대답했다. 귀찮은 마음은 뒤로한 채, 간단하게 외출복으로 갈아입고 그녀가 올 때쯤 집 앞으로 나왔다.

잠시 집 근처의 벤치에 앉아서 기다리니 그녀가 택시에서 황급히 내리고는 내가 앉아있는 곳을 향해 걸어왔다. 아까 만났을 때와는 다르게 검정색의 모자를 푹 눌러쓰고 와서 그녀는 살며시 내 옆에 앉았다.

"내일 출근해야 해서 피곤할 텐데 불러내서 미안해." 잠깐의 침묵 뒤에 그녀가 공손히 사과했다.

"괜찮아. 전화통화로 해도 될 텐데 굳이 뭐 하러 왔어?" 나는 억지로 퉁명스럽게 말했다.

"너무 미안해서 만나서 사과해야 할 것 같아서 왔어……." 그녀가 깊게 눌러쓴 모자 아래에서 훌쩍거리는 모습을 분명히 보았다. 그러고는 더듬거리며 말을 이어갔다.

"사실 연락이 왔던 그 남자는 오빠랑 만나기 전에 몇 번 만났었던 사람이야. 지금은 물론 아무런 관계도 아니긴 하지만……. 그동안 연락을 하긴 했는데 사귀거나 하는 관계는 아니고 내가 확실하게 선을 그었더랬어. 그런데 갑작스럽게 연락이 와서 나도 좀 놀랐어. 정말이야, 내 휴대폰에 있는 대화내용을 보고 확인해도 좋아……. 어쨌든 거짓말을 해서 미안해."

그녀가 말을 마친 뒤, 두 손으로 얼굴을 감싸고 울음을 터뜨렸다. 나는 살짝 당황해서 잠시 지켜보고는 그녀의 어깨를 손으로 감싸주었다.

"울지 마. 그럴 수도 있지. 다시는 이런 일이 없으면 되지." 달래어 주니, 더 크게 울음을 터뜨렸다.

놀랍게도 순간적으로 내 옆에서 울고 있는 그녀가 귀여워 보였다. 그와 동시에 오늘 있었던 모든 일은 별일이 아닌 것으로 생각하기로 마음먹었다. 울고 있는 그녀를 꼭 안아주었다.

"괜찮아. 이 일에 대해서는 그만 이야기하자. 우리 음료수나 한잔 마시면서 조금 걸을까?"

"응, 미안해." 그녀를 다독이며 일으켜 세웠고, 쓰고 있던 모자가 비뚤어져 다시금 고쳐 씌워주었다.

"……우리 따뜻한 유자차를 마실까?" "좋아."

귀여운 선희의 얼굴에 흘렀던 눈물을 살며시 닦아준 뒤, 우리는 근처의 편의점에서 유자차와 시원한 초코우유를 하나씩 골랐다. 편의점 앞 의자에 앉아서 음료를 마시면서 잠시 말없이 앉아 있었다. 앞으로의 연애가 좀처럼 평탄하지만은 않을 것 같았다. 그녀는 충분히 매력이 넘치는 여자였지만 그만큼 다루기 힘든 여자라는 직감이 들었기 때문이다. 하지만 그런 생각은 나에게 아무런 걱정거리가 되지 않았다. 이미 그녀를 좋아하는 마음이 멈출 수 없이 커졌으며, 나의 청춘은 그녀에 의해서 일어날 수 있는 모든 결과들을 감수할 수 있다는 자신이 있었기 때문이다. 이전과는 다른 점이 있다면 철이 없이 단순한 성적 욕구에 따르는 연애는 더 이상 하지 않는다는 것이었다.

다시금 장마가 세차게 지나간 6월의 상쾌한 날씨만큼이나 기분이 좋아졌다.

17장 선희, 집으로의 초대

7월 18일, 선희는 그녀의 집에 나를 처음으로 초대했다. 그녀의 집은 주안역에서도 서쪽으로 10분 정도를 걸어가야 했는데 그 인근의 주택가에 자리 잡고 있었다. 꽤나 복잡한 길 안쪽으로 들어가다 보면 있는 4층의 빨간색 벽돌 건물이 눈에 띄었는데 그곳 3층에서 주미와 함께 살고 있었다. 오후 한시가 넘은 시간에 선희와 집 앞에서 만나고는 그녀를 따라 집으로 들어섰다. 엘리베이터가 없어서 계단을 걸어 올라가서 문을 여니 17평 정도가 되어 보이는 평범한 여느 주택의 내부 경관이 눈에 들어왔다.

먼저 그녀가 쓰고 있다고 하는 좌측의 작은 방으로 들어가 보았는데 2층 침대가 방에서 큰 공간을 차지하고 있었고 다양한 장신구들과 조명, 몇 개의 인형과 책, 정체 모를 물건들로 가득해서 공간은 좁아 보였지만 꽤나 아늑했다.

거실에서 정면으로 보이는 방은 안방인 듯 했는데 그 넓은 방엔 의외로 침대와 옷장만이 있었으며, 처음 봤던 방에 비해서는 단출하고 깔끔해 보였다. 그녀의 부모님은 업무 때문에 지방에서 거주하고 있었는데 가끔씩 인천에 올라와서 이 집에 거주할 때만 안방을 이용했기 때문에 지금은 이 방에 별다른 짐이 없는 것이라고 말해주었다. 다만, 그 방은 현재 주미가 머무르고 있었는데 이미 내가 집으로 방문한다는 사실을 선희에게서 전달받았는지 아무렇지도 않은 듯이 "안녕, 오빠."라는 간단한 인사와 함께 본인의 앞에 놓인 노트북에 다시금 머리를 파묻었다.

황토색 장판이 깔려 있고 나무로 만들어진 가구들이 많아서 집 전체가 황토방처럼 따듯하고 아늑한 느낌을 주었지만 평소에 청소를 자주 하지는 않았는지 집구석 곳곳에서 지저분한 느낌이 들었다.

선희는 나에게 근사한 음식을 차려 주기 위해서 불렀다고 했다.

"오빠, 오늘 내가 오빠에게 해 줄 음식은 삼계탕이야. 거실에서 조금 쉬고 있으면 내가 금방 만들어 줄게. 날도 더워져서 몸보신을 할 음식 섭취가 필요해. 먹고 기운 좀 내라고. 괜찮지?"

"나야 너무 고맙지. 그런데 삼계탕이라니, 그 어려운 요리를 할 줄 알아?"

"내가 혼자 산 지가 오래 돼서 음식은 꽤 잘한다고 말했잖아. 걱정하지 마."

"그렇지. 걱정은 안 해. 그래도 도와줄 게 있으면 말해줘."

나는 거실에 있는 TV를 켠 뒤, 바닥에 살짝 누웠다. 누운 채 가만히 있다 보니 활짝 열어 놓은 거실 창문에서 바람이 살랑살랑 불어옴과 동시에 주방에서 달그락거리는 소리와 잔잔하게 들려오는 TV 소리가 자장가처럼 들려오면서 졸음이 쏟아졌다. 눈이 스르르 감기면서 잠을 청하려 하자, 선희의 쾌활한 목소리가 들려왔다. "다 된 것 같아. 이쪽으로 와, 다들." 주미와 나를 식탁으로 불렀다. 우리는 식탁으로 모여서 보니 자리에 놓인 세 개의 큰 은그릇에 맛있어 보이는 닭이 한 마리씩 담겨 있었다. 하얗게 보이는 국물 위에 잘게 썬 파가 곱게 올려 있었는데 그 모양새가 어느 가게에서 파는 음식처럼 그럴싸해 보였다. 나는 이 화려하고 정성스러운 음식을 추억하기 위해서 사진을 한 장 찍은 뒤 국물을 한 숟갈 떠서 맛을 보았다. 굉장했다! 특히 국물이 기가 막히게 잘 우러났다.

"둘이 먹다가 하나가 죽어도 모르겠어. 내 점수는 98점이야!" 내가 감탄했다.

"그럼 나머지 2점은 어디로 갔니?" 주미가 물었다.

"원래 완벽한 100점보다는 조금 덜 주는 게 나아. 다음에 만들게 될 음식이 더 맛있을 수도 있잖아. 그때 100점을 줘야지."

"그 말이 맞네, 맞아." 요리 실력에 대한 칭찬을 아끼지 않는 중에도 주미는 노트북을 굳이 식탁으로 가져와서 무언가의 작업을 하고 있었는데 슬쩍 화면을 보니 게임을 하고 있던 것임을 알았다. 게으르고 예의 없는 여자다.

본격적인 식사가 시작되었고, 준비한 시간이 무색할 정도로 우리는 순식간에 삼계탕을 해치웠다. 몇 가지 밑반찬 중에는 간장게장도 눈에 띄었는데 간장게장의 특유의 짭조름한 맛과 달콤한 맛이 강해서 나 혼자서 3마리나 먹어 치웠다. 내게 음식을 대접해 준 것에 대한 고마움으로 팔을 걷어서 설거지를 하기 시작하자, 마음씨 착한 선희가 나를 도왔으며, 주미는 다시금 방으로 들어갔다.

간만에 몸보신을 해서 그런지 설거지를 마친 후에도 내 몸 안에서 넘쳐흐르는 활력을 느낄 수 있었다. 잠시 식탁의자에 앉아서 몸을 축 늘어뜨리고 있다가 선희와 함께 그녀의 아늑한 방으로 향했다. 방문을 잠그고는 그녀가 자기 방에 있는 물건들을 하나씩 소개해주었다. 기다랗고 하얀 빛깔의 스탠드의 조명을 키고 방의 불을 끄니 아늑한 다락방 같은 분위기가 물씬 풍겼다. 모아 놓은 그녀의 어릴 적 사진도 구경했는데 귀여운 모습의 어릴 때 모습은 지금의 그녀보다 훨씬 말라 보였지만 그 귀여운 표정은 별반 다를 게 없었다. 필요한 물건들만 몇 개가 있는 단조로운 내 방과 비교해 봐도 확실히 여자의 방은 다른 느낌이었다. 추억과 따뜻함이 있는 방이다. 한참을 이것저것 살펴보고는 방안의 침대에 나란히 누웠다.

"여기서 열두 시간을 잘 수도 있을 것 같아. 너무 아늑한 느낌인데?" 내가 말했다.

"나도 내 방을 사랑해. 여기 가만히 누워 있으면 밖에 나가기 싫을 때도 많아."

"나도 밖에 나가기 싫어졌어." 그녀에게로 몸을 돌려 누우면서 말을 이어갔다. "그나저나 다음 학기에는 휴학할 작정이야?"

"아마도 그럴 것 같아. 지금은 굳이 학교를 다니고 싶지 않아."

"부모님께서 걱정하시지 않을까?"

"당연히 엄마, 아빠는 모르게끔 해야겠지. 일단, 집 근처에서 아르바이트 자리를 좀 알아보고 예전에 조금 작성해 두었던 글도 마무리해서 출간해볼까 해."

"정말 글도 썼어? 다재다능하네. 어떤 내용인데?" 놀라면서 내가 물었다.

그녀는 쑥스러운 듯 잠시 망설이더니 천장을 응시하다가 다시금 나를 바라보면서 내게 속삭이듯이 말해주었다.

"불륜에 대한 얘기야. 연인 한 쌍을 대상으로 그린 소설인데 남자가 다른 여자와 일 때문에 출장을 가는 시점부터 시작되는 거야. 그런데 몇 가지 해프닝이 일어나면서 그 남자가 같이 출장을 간 여자에게 미묘하게 호감의 마음이 생기게 되는 거지. 그 여자도 마찬가지로 남자를 좋아하는 마음이 조금씩 생겨나기 시작하고. 전반적인 스토리는 그렇게 흘러가는데 그 안에서 인물들의 심리적인 묘사와 특정한 장소에서의 그들의 대화에 집중해야 하는 부분들을 강조하고자 해. 아직 완성된 것은 아니니 내가 해줄 수 있는 얘기는 여기까지야."

"완성되면 나한테 보여줄 거지?"

"오빠한테 가장 먼저 보여 줄게." 남들과는 다르면서 나름 본인의 삶에 최선을 다하고 있는 여자라는 생각이 들었다. 그녀가 내 볼에 입맞춤을 했다. 나는 그녀의 통통한 볼을 어루만졌다. 그 다음엔 머리를 부드럽게 쓰다듬었더니, 머리를 내 가슴에 대고 비볐다. 그녀의 풍만한 가슴을 비롯한 부드러운 자태가 나를 황홀하게 매혹시켰다. 나는 잽싸게 그녀의 몸 위로 올라가서 키스를 쏟아 부었다. 실로 오랜만에 그녀의 정신과 육체를 애무했다. 이 신비로운 시간동안 만이 유일하게 그녀의 쾌락과 탐욕과 고통에 얽혀 있는 본능 그대로의 표정을 볼 수 있었다. 나는 가늘게 눈을 뜨고 입을 동그랗게 모아서 집중하고 있는 그녀의 표정을 보는 것이 좋았고 그녀도 마찬가지였다. 가끔씩은 무언가에 놀란 표정을 짓거나 넋을 놓은 듯이 소리 없이 웃는 모습을 보여주곤 했는데, 그 모습이 우리 관계의 신선함을 더해 주었다.

그러다가 주미가 중간에 혼자서 게임을 하는 것이 영 지루했는지 방문을 두드리고 들어오려 하는 바람에 이내 우리는 잠을 자는 척하며 인기척을 숨겼다. 이윽고 우리가 자고 있다고 생각했는지 다시금 방으로 들어가는 소리를 들었다. 문을 잠그지 않았더라면 민망한 상황이 연출되었거나 혹은 더욱 흥미로운 장면이 탄생했을지도 몰랐다는 생각이 들었다.

사랑의 춤사위는 우리의 모든 활력을 빼앗아 갔기에 한동안 누워있을 수밖에 없었다. 그래도 그 아늑함을 조금 더 느끼고 싶어서 눈을 감지는 않았다. 가끔씩 손가락만 몇 개를 까딱거리고 있었다. 절묘하게도 뒷부분에 뚫어져 있는 창문에서는 따스한 햇살보다는 우중충하게 구름이 끼면서 부담스럽지 않은 자연의 조명이 방 안으로 스며들면서 우리를 비추어 주었다.

"사실은 말이야……." 선희가 코를 비벼 대더니 말했다. "조만간에 우리 집에서 파티를 열 계획이야. 내가 아는 친구들과 아는 사람들을 부르고, 지방에 사는 친한 친구들 몇몇까지 부르려 해. 그래서 근사하게 칵테일하고 소주랑 와인을 준비하고 맛있는 음식 몇 개를 차려 놓거나 주문하는 거야. 우리가 즐길 수 있는 학창시절 음악들을 틀어 놓고, 밤새도록 술을 마시면서 놀고 싶어. 아마도 다음 달에 파티를 열 수 있을 것 같아. 괜찮으면 오빠도 참석해줬으면 좋겠어. 오빠 친구들이나 지인들을 데려와도 재밌을 것 같아."

황당했지만 재밌는 제안이었다.

"집에 그 많은 사람들을 다 들일 수 있을 것 같아?"

"글쎄, 아마도 가능할 것 같아. 너무 많은 사람들을 부를 필요는 없을 것 같고, 게다가 원래 파티라는 게 사람들이 북적거려야 제 맛이지. 생각만 해도 너무 재밌을 것 같아. 그냥 그땐 모든 걱정들을 다 잊고 즐기기 위한 것뿐이야. 평상시에는 어려운 일일 테니까."

"가능하면 나도 참여하도록 할게. 하지만 사람들이 너무 많아서 시끄러우면 이웃들이 항의하지 않을까 싶어."

그 정도는 걱정거리도 되지 않는다는 식으로 고개를 저으며 말했다. "그런 것쯤이야 괜찮을 거야. 이웃 사람들이랑 사이가 좋은데다가 그렇게 시끄럽지는 않을 것이라고 장담할 수 있어."

집안에서의 파티는 들을수록 생소하게 들려왔다. 그녀는 오드리 헵번처럼 허황된 모습을 꿈꾸고 있는 것일지도 모른다. 아직 선희는 어렸으며 가끔은 엉뚱하지만 생각한 일을 해치울 수 있는 실천력이 충분히 있었다. 그녀의 그런 매력은 내가 그동안 알고 지내왔던 친구들과는 다른 부류임은 분명했다. 그 점 때문에 나는 그녀에게 점점 빠져들었다. 대부분의 사람들은 나이가 들수록 재산과 함께 사회적 지위, 의무와 책임이 하나씩 쌓여감에 따라서 그것들을 잃을까 두려워하기 시작한다. 두려워할수록 점점 소극적이고 자기 방어적으로 변해간다. 이를 사람들은 변했다고 말하면서 잘못된 것 마냥 비아냥대고는 말하지만 이는 지극히도 세상사의 자연스러운 현상이었다. 그것이 보기 싫어도 대부분의 경우가 그렇기에 수긍해야만 한다. 하지만 그녀는 다를 것만 같았다. 그 무엇에도 구속되는 것을 원치 않았으며 단지, 그녀의 현재를 위해서만 살고 있었다. 그녀가 쏟아내는 눈물과 웃음, 성스러운 감정에서 나오는 결정체들은 보석처럼 순수했다.

지금은 다른 것보다 그녀의 체온을 느낄 수 있다는 사실에 감사했다. 함께 누워있는 가장 아름다운 자세로 평생을 하고 싶다는 생각이 들었다. 다른 무언가를 얘기하기도 전에 우리는 서서히 깊은 잠에 빠져들었다.

18장 명훈이와의 만남

바깥에서 들려오는 대화소리에 잠이 깨서 일어났다. 선희는 이미 일어나서 주미와 함께 거실에서 TV를 보고 있었다. 두 여인이 누워있는 모습이 꽤나 평화로워 보였다. 얼마나 낮잠을 잤던 것인지 모르게 창문 밖은 벌써 어둠이 깔리고 있었다. 나는 선희를 불러서 담배를 피우자고 얘기했다. 주방 옆에 좁게 트인 발코니로 가서 창문을 열고 담배에 불을 붙였다.

"잘 잤어? 난 정말 푹 잔 것 같아. 몸이 개운해." 내가 기지개를 켜며 말했다.

"다행이야! 오빠가 요즘 좀 지쳐보였는데……. 내 방이 편하긴 하지? 벌써 밖엔 어두워지고 있어."

"그러게 말이야. 오늘은 정말로 하루 종일 여기서 쉬고 싶은데 명훈하고 약속이 있어서 조금 쉬다가 가봐야 할 것 같아."

"명훈이? 그게 누구야?"

"고등학교 시절부터 만난 친군데 괜찮은 녀석이야. 전문대를 다니다가 자퇴하고 경매와 관련된 일을 이 년 정도 했어. 그런데 일에 회의감을 느낀다고 해서 그 후에는 과일가게에서 수박을 팔기도 하고 방송국에서 로케이션 매니저 일도 했던 한 친구야. 자기가 하고 싶은 일을 찾아다니는 방랑자 같은 놈인데 아직 자기만의 꿈의 종착점은 찾지 못한 것 같아. 그래도 열정적으로 살고 있는 친구지."

"괜찮은 오빠인 것 같아. 그럼 나도 같이 가도 돼?"

"오늘은 좀 그래. 물론 나야 너와 함께하고 싶지만 말이야."

그녀의 뺨을 어루만지며 말을 이어갔다.

"대신에 나중에 자리를 한번 마련할게. 다른 친구들도 다 같이 한번 보자. 내 친구들에게 널 소개해주고 싶어. 그나저나 저녁엔 원래 무얼 할 계획이었어?"

"글쎄, 일단 집 정리 좀 하고 주미랑 노래방이나 갈까 싶어."

"그럼 명훈이와 일찍 헤어지면 연락할게."

"그래. 좋아." 창문 옆에 가져다 놓은 깡통에 담배꽁초를 버리면서 그녀가 말했다. 나는 선희의 볼에 입맞춤을 하고 그녀의 방에서 벗어 놓았던 옷들을 주워 입었다. 잠시 그녀들과 잡담을 하며 TV를 보다가 두 여인들에게 작별인사를 한 뒤 집을 나왔다. 어둠이 깔린 주택가는 외로움이 느껴질 정도로 한산했다. 나는 복잡한 주택 골목을 벗어나서 주안역까지 걸어가면서 목을 축이기 위해서 근처의 할인 마트에서 레쓰비 한 캔을 구입했다. 그리고는 얼른 캔을 따서 입 안에 한 번에 털어놓았다. 달콤함과 청량감이 몸 안에 퍼지면서 기운이 조금씩 살아나는 것 같았다.

이십여 분을 걸려 백운역 인근에 있는 식당을 찾아갔다. '추억의 기찻길'이라는 이름의 이 식당은 숯불로 구운 닭갈비가 주 메뉴였는데, 무엇보다도 양도 많고 매콤한 양념 맛이 은근히 중독성이 있어서 자주 찾는 가게 중 하나였다. 안으로 들어서서 둘러보니 구석 자리에 있는 명훈이가 휴대폰을 만지작거리고 있는 모습이 보였다.

"여어!" 명훈이의 얼굴을 보고는 말을 걸었다. "언제 왔어?"

"나도 도착한지는 한 5분밖에 안됐어. 여자 친구 만나고 왔어?"

"응. 집에 초대해줘서 주안에 있는 그녀 집에 들른 뒤에 바로 온 거야."

오랜만에 만나서 우리는 진한 악수를 했다. 녀석은 원래 마른 녀석이었지만 그 전에 태주, 현범이와 함께 보았을 때보다도 훨씬 말라보였다. 게다가 평소에도 외모를 꾸미지 않는 탓에 가난하고 보잘 것 없는 청년 같은 인상을 주었다. 그는 내가 오기 전에 이미 양념 닭갈비와 소금 닭갈비를 각각 1인분씩 주문했고 역시나 소주 한 병은 이미 테이블 위에 올려져 있었다.

"일단 한잔 받아." 그가 잔을 따라주었다.

"벌써부터 마시는 거야? 안주가 나와야 먹지. 정말 성격 급한 놈이야." 우리는 잔을 부딪치고 가득 찬 소주를 입에 털어 넣었다. 용광로에서 나오는 쇳물을 마신 것처럼 빈속에 뜨거운 기운이 느껴졌다. 내가 말을 이어갔다. "그나저나 요즘은 어때? 무슨 공부한다고 들었는데."

"크으!" 명훈이가 중년의 남자 같이 소주를 들이켜고는 인상을 잠시 찌푸렸다.

"인생 살기 참 힘들어."

풀이 죽은 듯 말하기에 내가 물었다. "뭐가 그렇게 힘들어?"

"돈은 벌어야 하는데 평생을 할 수 있는 일을 찾기는 힘들고. 고민이 많아. 떠나고 싶다."

"네가 늘 말하는 그리스의 그…… 어디였지? 산토리니라고 그랬나?"

"바로 그렇지."

녀석은 항상 그리스를 가고 싶어 했다. 물론 나처럼 그 역시 그가 말한 그곳에 단 한 번도 가본 적이 없었는데, 어떤 점 때문에 그곳이 좋은지에 대해서 예전에 한번 물어보았더니 그는 절벽에 붙어 있는 아름다운 백색의 집들이 마음을 비우게끔 도와줄 것이며 그저 아무 생각 없는 무념무상의 상태로 그 섬의 가파른 절벽 위로 올라가서 살아있음을 느끼고 싶다고 했었다.

"돈 있어?" 내 무심한 한마디에 그가 힐끔 노려봤다.

"한잔 따라 줘, 그래."

그의 잔을 채웠다.

"잘 지내고 있어?" 이번엔 그가 따라주는 술을 받으며 물었다.

"글쎄, 요즘에 내가 IT 학원에 다니고 있거든. 거기서 보안과 관련된 내용을 배우는데 아직은 이쪽으로 취업을 할 수 있을지는 잘 모르겠어."

"몇 개월 정도 배워야 하는 건데?"

"일단 3개월 코스라서 수료한 뒤에는 이곳저곳에 원서를 넣어 볼 거야. 잘 되면 괜찮은 곳에 취업할 수 있는 거고. 아니면 내가 낮에 하고 있는 공장 일만 평생 해야 할 노릇이야. 미치도록 힘들지."

"그러면 낮에 일하고 밤에는 학원을 다니는 거야?"

"그런 셈이야. 하루 종일 정신이 없어. 게다가 학원에서는 과제까지 내주고 있어서 그 과제도 처리하려면 잠을 못 잘 경우가 많기도 하고. 확실히 취업이 보장된다면, 몇 개월간은 학원 수업에 집중할 수 있겠지만 너도 알다시피 그건 불확실한 미래잖아. 그 불확실성이 주는 두려움이 너무 크게 다가와서 가끔은 악몽을 꾸기도 한다니깐?"

"그러게 내가 너 대학 다닐 때 자퇴하지 말라고 했잖아. 혹시 모르지. 대학만 졸업을 하여도 더 괜찮게 살 수도 있었을 텐데." 아쉬움이 섞인 어조로 말을 건넸다.

"그거야 결과론적인 이야기지. 게다가 내가 대학을 중도에 그만 두었던 건 결코 후회하지는 않는다고 말 했잖아. 현 시점에서의 몇 가지의 고난으로 인생에 대해서 최종 결과로 치부해버리고 평가하긴 아직 일러. 과정의 연속일 뿐이니 계속 지켜봐야 하는 거야. 물론 내가 잘 될 거라고는 아직 나 자신도 믿기 힘들지만 말이야."

"지금 네가 힘들어하니 걱정이 돼서 그렇지."

"그래도 썩 나쁘지는 않아. 젠장. 하고 싶은 일을 찾는 게 이렇게 힘들 줄이야." 연거푸 명훈이가 술을 들이켰다.

"나도 살다가 보니 지금은 회사에서 일을 하고 있지만 어릴 때부터 자신이 평생토록 인생을 걸 만한 일을 찾은 사람들이 부럽긴 해. 물론 우리 같은 사람들은 능력이나 열정 같은 무언가가 부족해서 찾지 못했거나 찾았어도 끈기가 없어서 해내지 못한 것일 뿐이야. 점점 찾아 나설 수 있는 나이는 한계점에 다다르고 있는 거고 세상이 복잡해져 갈수록 그 길을 찾기 힘든 것 같아. 항상 경제적인 여건도 고려해야 하니 말이야. 물론 돈을 목표로 일을 하는 사람들도 많긴 하지. 그나저나 지금 공부하고 있는 건 너한테 맞는 것 같아?"

"글쎄, 아직까지는 재밌게 하고 있어. 적성이라는 말이 내겐 사치긴 하지만 그래도 내 적성에 맞는 지는 일을 직접 해봐야 알 것 같긴 해."

그는 말을 마친 뒤, 빠르게 술을 들이켰다. 벌써 소주 한 병을 거의 비워가고 있었다. 날이 더운 데다가 야외에서 소주를 마시다 보니 금세 취기가 올라왔다. 옆 테이블에는 뚱뚱한 남자 세 명이 삼겹살과 함께 술을 마시고 있었는데 소주 6병 정도의 빈 병이 테이블에 깔려 있는 걸로 봐서는 이미 마실 만큼 마신 사람들로 보였다. 추리닝 옷차림을 한 걸 보아하니 집 근처에 나와서 간단하게 마시려는 듯해 보였다. 덩치 큰 사내들이 큰 소리로 웃고 떠드는 모습은 마치 호탕한 장군들이 앉아있는 듯하였다. 그들의 큰 목소리가 우리 귀까지 들려왔기 때문에 대화에 집중하기 위해서는 우리 둘의 목소리를 더 키워서 말을 해야 했다. 가게의 테이블을 꽉 채운 손님들 대부분이 웃고 떠들고 있었다. 이 자리에서의 그들은 무척이나 즐거워 보였다.

"너희 누나 결혼식에 가서 맛있는 걸로 배 좀 채워야겠어. 여자 친구도 같이 갈 수 있다고 한다면 그때 소개해 줄게." 내가 말했다.

"좋아. 축의금 같은 건 괜히 고민하지 말고 대충 조금만 넣어."

그리고는 녀석이 내겐 단골질문이 되어버린 그 질문을 꺼냈다.

"너희 형은 그대로지?"

"항상 그대로야. 형에 관해서는 희소식이 생기면 내가 말해 줄게."

"그래도 너희 형은 어릴 때부터 머리가 좋았잖아. 뭐든 하기만 한다면 잘 될 거야." 그가 위로한답시고 말했다.

"구체적인 희망이나 가능성이 없는 경우는 보통 아무리 머리가 좋다고 해도 잘 되기가 힘들지. 다른 대책을 세워야 할 것 같아."

"어떤 대책?"

"글쎄, 그건 좀 생각해 봐야 하겠지. 예를 들면, 집에서 강제로 독립시킬 수도 있고 아니면 일자리를 주선해 주거나……."

"너희 형이라 내가 뭐라고 조언해 주지는 못하겠다. 난감하구먼……. 너도 고민이 많겠네."

"이미 내성이 생겨서 그러려니 해." 나는 쿨하게 말했지만, 다시금 집안의 문젯거리를 생각나게 해 준 녀석을 원망하고 싶은 심정이었다. 잘 풀릴 것이라는 헛된 망상으로 벌써 수년의 세월이 지났다.

갑자기 울적해지기는 싫어서 술을 마신 뒤에는 노래방을 가자고 제안했다. 그러자 그는 노래를 부르고 싶지는 않다며 그냥 근처 편의점에서 맥주나 한잔 더하자고 하기에, 허겁지겁 식사를 마치고 10분 정도를 걸어서 아웃렛 근처의 편의점에 도착했다.

선희에게 아무래도 늦어질 것 같아서 다음에 만나자고 연락을 했다. 잠시 후, 그녀로부터 노래방에서 주미와 신나게 춤을 추고 있는 귀여운 얼굴의 사진이 내 휴대폰으로 전해졌다.

19장 조직개편

세 달이 지난 후에는 기타 모임을 그만두었다. 그 대신 선희와의 만남에 내 모든 시간과 정성을 쏟았다. 그래도 그 시간들이 전혀 아깝다는 생각이 들지 않을 만큼 우리 둘의 만남은 매번 새로웠으며 놀라울 정도로 신이 났으며, 내 인생의 다시없을 소중한 시간으로 만들어 주었다.

점차적으로 그녀에게 마음과 육체가 다가서게 되면서 누군가를 위해 무엇을 계속적으로 해주고 싶다는 마음이 들게 되었는데 이 느낌은 가족들에게 느낀 감정 이외에 타인에게는 처음이었다. 우리는 일주일에 일곱 번 이상을 만나는 각별한 사이가 됨과 동시에 어디서든 사랑을 속삭였다. 모텔에서도, 길거리에서도, 식당에서도 마찬가지였다. 그녀의 말 한마디 한마디가 어딘가에서 지켜보고 있을 천사의 목소리처럼 느껴지면서 그 말에 귀담아서 듣기 시작하였고, 춤추는 것을 좋아하는 그녀가 춤을 추기 시작하면 나도 따라서 춤을 추었으며 그녀가 나에게 입을 맞추기 시작하면 나는 그녀의 허리를 꼭 안아주었다. 가끔은 그녀가 고집을 피우고 제멋대로의 모습을 보여서 난처한 상황들과 마주하기도 했지만 결국엔 그런 모습마저도 사랑스러웠다. 일요일 저녁에는 내일의 출근을 위해 그녀와의 만남을 뒤로 하였지만 이내 데이트에 지칠 겨를도 없이 그녀가 그리워졌다. 사랑이라는 애매하고 명확치 않은 정의 속에서 나는 나만의 관점으로 이 감정을 사랑이라고 정의했으며, 하루하루가 행복함의 연속이자, 삶의 축복과도 같았다. 이 행복함은 회사생활까지도 웃음으로 승화시켰다.

아무튼 기타 모임은 아쉬움이 컸지만 기 씨와 김 선생님에게는 추후에 다시 찾아오겠다고 약속을 했다. 마지막 기타 연주를 마치며 매주 찾아왔었던 낡은 연습실이 그리워질 것 같기에 실내를 둘러보며 이 멋들어진 공간을 담아 두었다. 그리고 기 씨가 나에게 마지막 인사를 건넸다.

"의찬 씨, 하고 있는 공부도 열심히 하고 기타 연습도 가끔씩 해줘. 꾸준히 하지 않으면 다시 다 잊어버릴 수 있잖아. 물론 기타연주 뿐만 아니라 다른 것들도 마찬가지긴 하지만 말이야. 만약 기타 말고 더 매력적인 악기가 있다면 기타를 잊을 수도 있긴 할 거야. 어차피 정해진 시간 속에서 내가 어떤 것을 연주할지는 선택하기 나름이니깐. 하지만 다른 악기에 한눈팔지 않는 이상은 잊지 말고 가끔씩이라도 연습해야 해. 다음에 만날 땐 멋진 곡들을 같이 합주하자고. 알겠지?"

나는 비록 동호회를 그만 두기 위해서 공부를 한다는 핑계를 대긴 하였지만, 기 씨는 나에게 끝내 주는 조언을 해주었다. 누구나 알고 있지만 실천하기 힘든 그 꾸준함을 그가 일깨워주려던 것이었다.

기타 모임과 작별 인사를 하고 정확히 일주일 뒤에는 성태와 주미의 관계가 완전히 끝이 나버렸다. 예상은 했었지만 그 상세한 이유인즉슨, 성태가 이미 주미에게서 마음이 떠났을 뿐만 아니라 결정적으로 성태가 그의 다른 친구에게 휴대폰을 통해서 주미에 대해서 말로 꺼내기 힘들 만큼의 심한 험담을 했다는 사실을 주미가 알게 되어 버렸기 때문이다.

헤어진 그날 새벽, 일은 순식간에 터지고야 말았다. 그 시점에 나는 선희와 함께 그녀의 방에서 곯아 떨어져 있었고, 주미와 성태는 안방에서 자기들끼리 속닥이면서 노트북으로 게임을 하고 있었다. 한 시간 정도의 시간이 지나고 나서는 성태가 그날도 출근을 했던 터라 피곤함이 몰려와서 졸았던 모양이다. 주미는 성태가 잠들고 혼자 깨어 있어서 심심해하던 차에 그의 휴대폰을 훑어보기 시작했는데 자신에 대한 좋지 못한 얘기들을 성태가 그의 친구에게 문자메시지를 통해 나불댄 내용들을 보았고, 주미는 그 사실에 분노가 치밀어 올랐던 것이다.

나와 선희는 그때까지도 깊은 잠에 빠져 있었는데, 갑자기 현관문 쪽에서 "꺼져!" 하는 소리와 함께 어떠한 물건들이 우당탕 던져지는 소리가 우리를 깨웠다. 방문을 열고 나가 보니 주미가 자고 있던 성태를 깨워서 그의 짐과 함께 내쫓은 소리임을 이내 알게 되었고 주미는 이내 펑펑 울면서 그 잠깐 동안의 있었던 일들을 우리에게 일러주었다. 그러고는 주미는 선희의 집에 있던 독한 술 한 병을 들이켰는데, 그땐 어두웠던 상태여서 어떤 술인지 정확히 알 수는 없었지만 엄청나게 독한 중국술이라는 것을 나중에 선희에게서 듣게 되었다. 잠시 동안의 침묵 이후에 선희는 어쩔 줄 모르며 주미를 달래주기 바빴으며 주미는 연거푸 "개자식!"이라는 말과 "섹스밖에 모르는 멍청한 놈!"과 같은 욕들을 내뱉으며 쫓겨난 성태에게 저주를 퍼부었다. 물론 나는 멍청하게 서서 이 상황을 지켜보는 것 외엔 할 수 있는 것이 없었다.

성태의 잘못은 비난을 받아야 마땅한 것임이 틀림이 없었다. 하지만 녀석은 나와 가까운 사이기도 하고 선희와 알게 된 것 또한 성태 덕분이라는 사실 때문에 나는 그 후로도 어떠한 말조차 할 수 없었고 그저 꾸중을 듣는 어린 아이처럼 그녀들의 이야기를 들어주어야 했다. 재밌는 사실은 그 후에 내가 들었던 그녀들의 얘기들을 성태에게 얘기해 주기 전까지도 녀석은 어떤 이유로 인해서 집에서 쫓겨났던 것인지도 알지 못했다는 것이다.

하지만 가슴 아픈 일들은 총알처럼 빠르게 스쳐 지나갔고, 그 후로는 이따금씩 외로워하는 주미를 위해서 나와 선희는 주미와 함께 셋이서 데이트를 즐기곤 했다. 이 또한 나름의 재미가 있었는데, 몇 주 뒤에 주미가 어떤 나이가 많아 보이는 남자를 만난다는 말을 전해 들었고, 그 이후에는 셋이 함께 하는 시간은 거의 없었다. 모든 것들이 기억에서 희미해질 만큼의 시간이 흘렀다.

평소와 같이 선희와의 데이트를 생각하며 출근하자마자, 사무실에서 이상한 소문에 대한 얘기가 들려왔다. 수년간 변동이 없었던 우리 팀원들 중 누군가는 다른 부서로 전보발령이 될 예정이라는 것이었다. 이 소문이 돌자, 특히 오 대리가 매우 불안해하였는데 아무리 생각해보아도 신입사원인 나를 다른 부서로 보낼 리는 만무하였으며, 차기 팀장으로 예상되는 박 과장이 떠난다면 리더의 부재로 팀이 곤경에 빠질 것이라는 것은 누가 봐도 당연한 사실이었기 때문이다. 상식적으로 생각해 보아도 오 대리 밖에는 팀에서 빠질 사람이 없었다. 왜 그런지 모르겠지만 여직원들은 이런 고민에서는 예외였다. 그 때문에 그 소문이 시작된 시점에 오 대리가 나를 데리고 회사 앞 공원을 걸으면서 본인이 가지고 있는 초조함과 불안감을 토로했다. 그는 지금까지 볼 수 없었던, 상당히 괴로워하는 표정으로 말을 꺼냈다.

"요즘 통 일이 손에 잡히질 않아. 아무래도 슬럼프가 온 것이 아닌가 싶기도 해. 또 다른 이유도 물론 존재하지. 왜 그런지는 너도 알겠지? 너무 신경이 쓰여서 집에서는 잠에 들지도 못해서 와이프가 항상 걱정하곤 하지. 우리 팀에서만 8년을 넘게 헌신했는데 다른 부서로 가게 된다면 아마도 다른 직장을 알아봐야 할 판이야."

그의 식어버린 눈은 땅만 바라볼 뿐이었다. 그리고는 말을 이어갔다.

"물론 한 팀의 인원들이 너무 고정되어 있어도 문제가 있긴 하지.

닫힌 사고방식으로 일을 처리할 수도 있고, 서로간의 갈등이나 감정의 골이 너무나 깊어지게 되면 그 또한 사람 사이의 장벽을 만들 수도 있지. 친분도 마찬가지야. 누군가가 너무 가까이 지내는 것도 문제가 있음은 엄연한 사실이지. 늘 해왔던 방식대로만 편하게 처리하고자 하는 생각을 꺾을 수가 없을 것이고 말이야. 그렇지만 내가 다른 팀으로 방출되게 되면 어찌해야 할 지 모르겠어. 내가 좋아하는 선배들과 동료들과도 멀어져야 하다니……. 두려운 건 내가 선택될 확률이 거의 확실하다는 거야."

씁쓸한 표정의 그를 보았다.

"아직은 모르죠. 연말에 조직개편이 나와 봐야 아는 것 아닌가요?" 나는 걱정하는 표정을 지어 보이며 그를 안심시키고자 말했다.

"그렇긴 해도 솔직히 지금 정황을 보았을 땐 기정사실이긴 해. 내가 이 팀에서 꿈꿔왔던 그림은 이게 아닌데……. 추후에 박 과장님이 팀장이 되면 밑에서 잘 보조하고자 했었어. 그렇게 되면 고 팀장님은 본부장이 되어 있겠지. 팀장님이 조금 차가워 보여도 나에게는 항상 남모르게 따뜻하게 아껴 주었거든. 내가 존경하는 두 분이지. 그분들과 직장생활을 평생 함께 하는 게 내 목표였거든. 그런데 그것마저도 쉽지가 않은가 봐. 내가 꿈꾸었던 회사에서의 미래조차도 불투명한 모습이라니. 어쩌면 내가 너무 단순하게 생각해 왔는지도 몰라. 슬슬 나도 마음의 준비라든지 혹은 최악의 상황에서 이직 준비까지도 생각해 봐야 할 것 같아."

나는 본인의 근심을 솔직하게 털어놓는 오 대리를 보고 조금 놀랐다. 그도 그럴 것이, 항상 강한 사람으로 생각해 왔으며, 자기감정을 잘 털어놓지 않는 남자라는 것을 누구보다도 잘 알고 있었기 때문이다. 그렇게 우리는 공원 끝에서 끝으로 하염없이 걸어 다녔다. 그러다가 임원 한 명이 우리의 맞은편에서 다가오고 있기에 우리는 공손히 인사를 하였다. 마음씨 좋아 보이는 그 임원은 살짝 고개를 끄덕이더니 우리의 뒤편으로 사라져 갔다. 나는 다시 말을 이어갔다.

"그래도 오 대리님이 안계시면 우리 팀도 힘들어진다는 건 누구나 아는 사실인걸요."

"업무 정도야 우리 팀의 다른 인원들에게 업무를 분산하거나 아니면 새로운 인원을 다른 팀에서 데려올 수도 있겠지. 그건 별로 대수롭지 않은 일이야. 대부분의 조직에서도 마찬가지일 거야. 현재 있는 인원들 중에 누가 나간다면 엄청나게 힘들어질 것이라고 예상되지만 결국에는 시간이 지나면서 자연스럽게 그 상황에 익숙해질 뿐이야. 그리고는 나간 사람은 조용히 잊어지게 되는 거고. 가끔씩 야유회 때 술이나 마시면서 추억을 곱씹을 때나 이름이 거론되지 않을까 싶어. 냉정하다고 생각할 수도 있겠지만 조직 입장에서 본다면 당연히 그래야만 하는 것이지."

우리는 사무실로 복귀해야 하는 시간이 몇 분 늦어질 수 있겠지만, 공원 끝까지 조금 더 걷기로 하였다. 몇 분 늦는다고 누군가 욕을 해대지는 않으리라.

"있잖아……." 오 대리가 다시금 말을 꺼냈다. "박 과장님하고 고 팀장님과 함께했던 기억들이 많아. 그들과 함께 밤샘 업무를 할 때도 있었고, 밤새 술을 마실 때도 있었고 여기저기 놀러 다니기도 했었어. 너도 회사생활을 좀 더 하다 보면 기막힌 추억들이 많아질 거야. 네가 어떻게 느꼈을지는 모르겠지만 우리 회사가 좋은 점이 많은 건 사실이야. 업무를 광범위하고 다양하게 해 볼 수 있다거나, 비교적 안정된 사업군에 있는 기업이다 보니 회사가 튼튼하다고 볼 수도 있지. 그런데 회사를 오랫동안 다니게 되는 가장 결정적이 이유는 사람이라는 걸 알아 뒀으면 해. 좋아하는 사람들과 같이 계속 일한다는 점은 엄청난 축복이지. 우리 회사의 좋은 사람들이 많은 건 너도 알지?"

"물론이죠. 조금씩 다른 팀과 다른 본부의 사람들하고도 알아가고 있어요."

"잘 하고 있군. 그렇지만 내가 다른 팀으로 가게 된다면 너와는 더 이상 함께할 수 없다는 게 아쉽긴 해. 난 네가 어느 정도 업무에 전문성을 갖게 되면 우리가 쌍두마차로 팀의 중심 역할을 할 수 있을 것이라고 생각했거든. 더 이상 내가 너를 가르치는 게 아니라 우리가 같이 도와주면서 팀을 이끌어 나가는 거지."

문득, 처음으로 팀에 배치되었을 때, 오 대리와 단 둘이서 횟집에 갔던 기억이 떠올랐다. 그때부터 잘 해보자는 마음이 있었지만 서로의 성격 차이와 몇 가지 업무적 견해차이로 인해서 한동안은 거리가 멀어지기도 했었다. 때로는 그를 원망하기도 했고, 그의 능력을 넘어서서 마구 비웃어보는 것이 목표이기도 했다. 하지만 지금 이순간만은 너무나 약해져서 초라함마저 느껴지는 그를 보면서 조금 더 위로해주고 싶었다. 무슨 일이 있었던 간에 그가 나에게 많은 것들을 가르쳐 준 사람임은 틀림이 없었기 때문이다. 다시금 사무실로 돌아가야만 할 때가 되었고 "힘내세요." 내가 한마디의 격려를 해주었더니 그는 아무 말 없이 미소를 지어 보였다.

오 대리의 고해성사를 들은 이후에도 여전히 그 소문에 대한 수군거림과 함께 하루하루가 유려하게 지나갔다. 약간의 팀 내의 침울한 기운을 제외하면 나의 회사생활은 평탄했다. 선희와의 관계 또한 더할 나위 없었다. 시간은 행복하거나 즐겁거나 평온할수록 더욱 빠르게 우리를 스쳐 지나가고 있었다.

11월이 되자, 작년 이맘때와 같이 직원들 모두가 조직개편과 승진

발표의 기다림에 숨을 죽이는 시기가 도래했다. 특히 우리 팀에서는 누군가가 다른 팀으로 가게 된다는 그 놈의 소문 때문에 2명 이상만 모이게 되면 그 얘기를 하면서 자기들끼리 과연 대상자는 누구일지에 대한 추리를 했다.

얼마 후에는 조직개편에 대한 조용한 기다림과 함께 여지없이 인사고과 결과에 대한 면담이 진행되었다. 고 팀장은 조용히 팀원 한 명씩 불러내어 면담의 시간을 갖기 시작하였는데 이 시간만 되면 그래왔듯이 누구도 말을 꺼내지 않을 만큼 긴장을 했다. 평소 말수가 적은 고 팀장에게 올해는 어떤 쓴 소리를 듣게 될지 궁금했다. 그 쓴 소리는 가끔씩 팀원들의 가슴에 비수가 되어 1년 내내 본인을 괴롭히기도 한다고 누군가 말했다.

팀장이 오 대리를 포함한 몇몇 팀원들을 불러내 면담을 진행한 뒤에는 네 번째로 나를 호출하였다. 수줍은 듯 회의실 의자에 앉아 고 팀장의 날카로운 눈빛에 정면으로 맞서지 않고 불쌍한 표정을 지으며 고개를 살짝 숙인채로 그의 말을 기다렸다. 늘 그렇듯이 인사치레의 몇 마디 후에는 내게 업무와 팀원들과의 관계에 대해서 대단히 상투적인 질문을 던졌다. 그도 충분히 보아서 알 수 있었을 텐데 이를 물어보는 의사가 내심 궁금해졌지만 이내 그냥 그렇다고 대답했다. 분위기가 너무 딱딱한 것만 같아서 살짝 농담을 던져보고 싶다는 생각이 머릿속에 맴돌기 시작했는데 그 순간 고 팀장이 잠시 머뭇거리더니 낮게 깔린 목소리로 나지막하게 말을 꺼냈다.

"미안하지만 자네는 내년부터 인사팀으로 가게 됐어."

20장 퇴사에 대한 고민과 새해의 도래

왜 하필 나인지는 굳이 물어볼 필요도 없었다. 살아가다 보면 가끔은 예상치 못한 결과를 맞이하기도 한다는 걸 알고 있었다. 시키는 대로 해야 하는 곳이 회사였다. 괜히 따지다가는 나에게 미칠 불이익만이 더 커질 수 있기 때문에 당황한 기색만 내비쳤을 뿐이었다. 사무실로 돌아가서는 팀원들도 내게 아쉬움을 표하긴 하였지만 그들은 이미 전보의 대상자가 당신네들이 아닌 나였다는 사실을 인지하는 사람들이었다.

어찌되었든 나는 회계 업무 종사자라는 경력이 끊길 상황이 되었기 때문에 회사를 그만 두던지, 인사팀에서 새로운 도전을 해 보던지 선택의 기로에 놓이게 되었다. 누군가는 나를 위해서 현명한 판단을 위한 조언을 해 줄 것만 같아서 만물박사와 선희, 주변의 몇몇 사람들에게 의견을 물었지만 나와 같은 경험을 해 보지 못한 사람이었기에, 혹은 설령 그렇다 하더라도 심장에 와 닿는 조언을 해줄 수 있는 사람은 없었다.

하지만 이내 결심을 했고, 이 회사에서 조금 더 있어보기로 결론이 났다. 어차피 아직은 쌓아 놓은 내 경력이 미미했기 때문에 이직은 생각보다 힘들 터였으며 인사 업무에 대한 관심도 어느 정도는 가지고 있었기 때문에 사실 그렇게 큰 거부반응은 없었다. 다만, 회사가 내게 뒤통수를 친 것에 대한 뼈아픈 사실은 잊지 않기로 마음먹었다.

도전의 길로 마음먹은 이상, 그 이후부터는 재빠르게 내가 맡을 일과 했던 일에 대해서 인수인계를 준비해야만 했다. 맡고 있었던 프로젝트와 자산관리, 매출과 관련된 업무를 새로 받게 될 담당자들에게 현재까지의 업무 상황과 일을 처리하는 방식들에 대해서 상세히 일러 주기 위해서 간편하게 한 눈에 볼 수 있는 매뉴얼을 작성했다. 그러나 항상 그랬던 대로 업무를 받는 것에는 소극적인 사람들이었다. 아마도 대충 매뉴얼을 훑어보다가 나중에 직접 일을 처리하면서 막히거나 할 때 나에게 다시금 지겹도록 물어볼 것이다. 젠장!

그동안 맡았던 업무들을 모두 인계하고 나니 어느덧 12월도 훌쩍 지나갔다. 생각보다도 알려줄 것들이 많았다. 2015년이 끝나가는 시점까지 업무 인계와 연애, 술만 반복되었다.

새로운 해가 도래하는 시점엔 선희와 나름의 고급 진 레스토랑에서의 식사를 마친 뒤, 근처의 모텔로 들어가서 TV를 켜 놓은 채 제야의 종소리를 기다렸다. 부평역 인근의 모텔을 예약했던 건데 방안에 제법 새것처럼 보이는 안마의자가 있는 모습을 보고 괜찮은 곳을 골랐다고 생각했었다. 나는 안마의자에 앉아 있었고 선희는 침대위에서 뒹굴 거리고 있다가, 잠시 후 TV에서 울리는 카운트다운 소리를 함께 따라 외치고 종소리가 울림과 동시에 우리는 서로에게 사랑한다고 외쳤다. 그러고는 내가 그녀에게 다가가서 진한 키스를 했다. 어쨌든 새해의 새로운 도전도 그녀의 응원과 함께 한다면 거뜬할 것 같았다.

21장 인사팀

예정대로 인사팀으로 내 소속이 변경되었다. 하지만 팀을 옮긴다 해서 회계팀과의 영원한 헤어짐은 아니었던 이유는 같은 사무실 지붕 아래에서 회계팀의 바로 옆에 인사팀이 자리하고 있었기 때문이다. 실제로 내 자리는 원래 앉아 있었던 자리에서 불과 몇 미터를 옮긴 것 뿐이었다.

인사팀의 소속 일원으로서 팀원들과 처음으로 인사를 했다. 이미 그들과는 어느 정도의 안면은 익혀 놓은 터라 간단하게 자기소개를 마치고 나서는 마음 편히 팀원들과 얘기를 할 수 있었다. 인사팀은 나를 포함하여 총 여섯 명으로 구성되어 있었는데 그 안에는 내 교육을 담당했던 뚱뚱한 김 대리도 포함되어 있었으며, 술을 미치도록 좋아하는 술고래 김규진팀장과 항상 피부가 건조해 보이는 임미경과장, 품질관리 부문에서 얼마 전에 인사팀으로 발령받은 신슬지사원까지 있었고 김정미 대리는 최근에 일 년간의 육아휴직을 신청하여 자리에 없었다. 팀장과 뚱뚱한 김 대리, 나까지 세 명이 남자였으며 나머지 세 명은 여자였다. 올해 처음으로 팀장직을 부여받은 술고래 김 팀장은 일주일에 못해도 엿새 정도는 술을 마셨기에 회사에서도 술꾼으로 이름이 자자했는데, 만취한 다음날은 이따금씩 기분이 좋지 않아 팀원들에게 모질게 굴 때가 많았다. 그런 점만 빼면 정말 괜찮은 팀장임이 틀림없었다. 항상 웃으면서 쓸데없는 농담을 해대고는 하지만 업무에 대해서는 프로페셔널 하게도 진지한 자세로 임하는 모습이 보였기 때문에 웃음 속에는 냉엄한 모습이 가려져 있는 사람이었다.

그들과 반갑게 인사를 마치고 나서 뚱뚱보 김 대리는 흡연실에서 나에게 여러 조언을 해주었다.

"의찬 씨, 나랑은 하는 업무가 다르겠지만 서로 도와야 할 때가 많을 거야. 그 말은 즉, 같이 버텨 나가야 할 것이라는 말이야. 그러기 위해서는 선후배 사이라는 생각보다는 동료로 함께 버텨보자."

그렇게 영화 속 한 장면처럼 우린 결의를 다졌다. 그리고 첫 날부터 여유를 부릴 새도 없이 나에게 업무들이 주어졌다. 술고래 팀장이 몇 번이고 나를 불렀고 그는 내가 해야 할 업무에 대해서 설명해주기 시작했다. 알고 보니 작년까지 그가 하던 업무를 내가 물려받게 된 셈이었기 때문에 나에게 직접적으로 업무를 알려줄 사람은 그였던 것이다.

"의찬 씨가 주로 담당할 부분은 직원 교육이야. 무릇 우리 회사에서 시행하고 있는 교육이라 함은 제품이나 기술교육 같이 업무를 수행하기 위해서 필요한 지식에 대한 교육만이 아니라 팀장과 대리, 신입사원 등 각각의 계층에서 알아야 하고 실천해야 할 리더십과 같은 교육도 포함되지. 그 외에도 다양한 교육들이 있는데 네가 아무튼 회사에서 시행하는 모든 교육에 대해서 총괄을 해야 할 거야. 물론 지금은 감이 오지 않을 텐데 앞으로 천천히 알아 가면 되는 거니까. 일단 내가 이전까지 교육 업무를 하면서 만들었던 자료들을 자네한테 보내줄게."

그는 어제도 술을 마셨던 탓인지 그런지 굉장히 피곤한 기색을 보이며 나에게 새로운 업무에 대한 설명을 해준 뒤, 본인의 컴퓨터에서 파일들을 뒤지기 시작했다. 그러더니 몇 개의 파일과 폴더를 골라내더니 내 이메일로 이것저것 보내기 시작했다.

"2월에는 각 부문에서 새롭게 선출된 신임 팀장들을 대상으로 교육을 하거든. 내가 준 파일 중에서 팀장교육에 대한 자료들도 있을 거야. 찾아서 한 번씩 본 뒤에 시행보고서를 작성해 보는 거야. 어렵진 않을 테니 걱정 말고 천천히 만들어 보도록 해. 모르는 내용이 있으면 나에게 물어보고 말야."

새로 만난 팀장은 자율적으로 일을 하게끔 배려해주는 사람으로 보였다. 나에게 일거리를 주고 나서는 잘 해보라면서 음주로 인해 튀어나온 그의 술배가 출렁이도록 껄껄 웃더니, 곧바로 업무 차 누군가를 만나기 위해서 사무실을 떠났다.

그가 떠난 후 넘겨받은 파일을 잠시 훑어보았다. 꽤 오랜 시간동안 교육과 관련된 내용을 살펴봤는데, 결국 교육을 진행하기 위해서는 크게 몇 가지를 준비해야 한다는 것을 알았다. 먼저 교육 일정을 수립한 뒤, 어떤 내용을 교육할지 정하고, 관련된 커리큘럼을 짠 다음, 교육 내용에 맞는 강사와 강의실, 그 외의 비품들을 준비해야만 했다. 간단하게 생각해보면 업무상 복잡하거나 어려운 내용이 별로 없을 것 같았지만 학습생과 강사와의 조율에 대해서 신경쓰면서 괜찮은 학습 내용을 구성해야 한다는 것에 대해서는 상당히 머리가 아플 것이 틀림없었다.

어쨌든 이번 달까지는 팀장이 말한 보고서를 작성해야만 했는데 애매한 OJT 교육으로 내 지능과 지식을 시험하는 것보다는 차라리 바로 업무를 시작하는 이 편이 훨씬 나았다.

자료를 열심히 읽다 보니 어느새 퇴근시간이 되었다. 나는 어떤 조직이든 처음 시작이 중요하다는 것을 알고 있었고, 그렇기에 처음 맡겨진 임무를 성공적으로 마쳐야만 했다. 따라서 만족할만한 첫 결과물을 위해 퇴근을 미루고 조금만 더 자료들을 찾고자 마우스에 손을 대고 깨작거리고 있었는데 어느새 팀장이 자리로 돌아와서 팀원들에게 신이 난 듯이 외쳤다.

"의찬 씨도 우리 팀에 들어왔는데 기념으로 술 한잔하러 가야지?"

팀장의 술자리 제안에 익숙하다는 듯이 어떤 팀원은 조용히 기지개를 켰으며, 조용하게 "네."라고 대답하는 팀원도 있었으며, 어떤 팀원은 아무 말 없이 일을 마무리하고 있었다. 이와 동시에 자리를 한참동안 비우고 있었던 임 과장이 회의를 마치고 자리로 돌아왔다. 그리고 그녀는 내게 며칠 전부터 이미 팀 회식이 약속되어 있었다면서 오늘만 시간을 좀 내달라고 속삭였다. 나는 알겠다고 말하고는 서둘러서 짐을 챙겼다.

주안역 뒤편에 있는 갈빗집으로 회식장소를 결정했다. 꽤 넓은 공간인데다가 돼지갈비 맛도 괜찮은 곳이었다. 나는 김 대리의 차를 얻어 타고 그와 함께 회식장소로 향했다. 김 대리는 벌써 나를 믿을 만한 동료로 받아들인 모양이었다.

"아이고, 피곤하다. 의찬 씨 우리 팀 분위기는 어떤 것 같아?" 김 대리가 시동을 켜고는 잠시 동안의 침묵을 깨고 말했다.

"괜찮은 것 같아요. 특별히 괴팍한 사람도 없잖아요."

"괴팍? 허허." 크게 웃더니, "그렇지. 더 있어보면 사람들을 잘 알 수 있을 거야. 괜찮은 사람들인지는 한 3개월이 지난 뒤에 다시금 판단해 보는 게 나을 수도 있지."

"그게 무슨 말씀이세요?"

"글쎄, 사람에 대한 그리고 팀 분위기에 대한 판단을 조금은 미뤄보라는 거지. 하루아침에 알 수는 없는 거니까. 즐거울 때와 힘들 때도 같이 있어봐야 알겠지. 그나저나 오늘은 집사람 핑계를 대고 술을 조금만 먹어야 할 것 같아. 김 팀장한테 끌려가면 새벽까지는 꼬박 업무 얘기를 들으면서 술을 마셔야 할 판이니 말이지."

김 대리는 얼굴을 살짝 찡그려보았다. 우리는 주안역 방향으로 쭉 빠져나가다가 사거리에서 좌회전을 하고 보이는 갈빗집 건물 뒤편에 있는 주차장으로 들어섰다. 늦은 시간이 아니다 보니 아직 주차할 자리는 많이 남아있었다. 주차장의 끝부분에 차를 댄 뒤 가게 안으로 들어섰다. 예약해 놓은 자리에는 김 팀장과 신 씨가 벌써 자리했는데 돼지갈비 6인분과 소주와 맥주 몇 병을 일찌감치 주문해 놓았다.

"어서 와." 술고래가 씨익 웃더니 앉으라고 손짓했다. 양반다리로 앉아 있는 모습을 보아하니 술로 인해서 튀어나온 배가 더욱 도드라져 보였다. 저 술고래의 배에 그동안 얼마만큼의 술이 들어갔을지 궁금해지기까지 하였다. 나와 김 대리까지 자리에 앉았다. 술고래는 6개의 맥주잔을 자기 자리 앞으로 가져다 놓은 뒤 소주잔의 반 잔 정도가 되는 양의 소주를 맥주잔에 따르고는 그 잔들에 맥주를 3분의 2정도까지 채워 소주와 함께 섞었다. 곧바로 숟가락으로 소주와 맥주가 섞여 있는 한 가운데를 내리쳤다. 거품이 순식간에 잔 속에서 요동쳤다.

"의찬 씨 우리 팀에 잘 왔어." 팀장이 내게 말하면서 먹음직스럽게 섞인 잔들을 우리에게 하나씩 나누어 주었다. 임 과장이 마지막으로 도착했다. 유니폼을 입었을 땐 잘 몰랐는데 평상복을 입은 모습을 보니 40대로는 보이지 않는 수수한 그녀의 외모가 눈에 띄었다. 이윽고, 종업원이 돼지갈비를 가지고 와서 달궈진 불판에 갈비를 하나씩 늘어뜨려 놓았다. '치이-' 하는 소리와 함께 화력이 강한 불판 위에서 고기들이 순식간에 익어갔다.

"우리 팀에 온 이상, 의찬 씨한테 일을 아주 많이 시킬 테니 걱정하지 마."

"처음 들어온 사람한테 그런 말씀 마세요." 술고래의 짓궂은 농담에 임 과장이 질색을 하였다. 모두들 히죽거리며 술고래를 쏘아봤다.

"그나저나 곧 있으면 야유횐데 어디로 갈까?" 이번엔 다른 소재로 술고래가 모두에게 물었다.

"아니, 아직 몇 개월이나 남았는데 무슨 야유회 말씀을 벌써 하세요?"
"하여튼 팀장님은 항상 회식이나 놀러갈 얘기만 하신다니깐, 휴."
몇몇 팀원들이 구박을 하자 억울하다는 표정으로 술고래가 말했다.
"놀아야 일도 열심히 할 수 있잖아. 일하는 것도 노는 거고."
"전주는 어때요? 한옥마을에서 비빔밥도 먹고 하면 괜찮을 것 같은데."
신 씨가 갈비가 익었는지 들춰보면서 무표정으로 말을 꺼냈다.
"전주도 좋지. 그렇지만 되도록이면 가까운 곳으로 가자. 지방으로 멀리 내려가면 술 먹을 시간이 부족하잖아." 이놈의 팀장은 머릿속 90퍼센트 이상이 술로 차 있는 것 같았다.
"그럼 야유회 계획은 이번엔 누가 짜볼까?" 술고래의 이번 질문에는 놀라울 정도로 순식간에 모두가 고개를 돌리고 그를 외면하기 시작했다. 이해는 간다. 1박 2일이나 주는 야유회 일정을 세우기가 쉽지가 않은 일이라는 것을 누구보다도 잘 알고 있었다. 회계팀에 있을 때도 야유회 일정을 기획한 적이 있었는데 무려 7번이나 퇴짜를 맞은 후에야 간신히 승인이 떨어졌었다. 아니, 쉬운 일이더라도 누군가 자진해서 어려움을 감당하려는 모습은 회사생활 동안 본 적이 없었던 것 같다. 그렇게 한동안 정적이 흘렀다.
"제가 해 볼게요." 나는 눈치를 보다가 슬픈 표정과 함께 손을 들었다.
"좋아, 의찬 씨가 해 봐. 어차피 야유회 가기까지 몇 개월 남았으니 천천히 생각해보도록 하고." 술자리에서 갑작스럽게 업무가 생겨나는 짜릿한 순간이었다.
갈비와 술은 순식간에 사라져 갔다. 돼지갈비를 3인분 정도 추가했던 것은 기억나지만 술을 얼마나 시켰는지는 기억이 통 나지 않았을 정도로 많이 마신 것 같았다. 바깥 날씨는 더할 나위 없이 추웠지만 오랫동안 자리에 앉아 얘기를 하고 있는 우리들의 얼굴은 술에 취했기 때문인지 또는 불판의 열기 때문인지는 모르겠지만 시뻘겋게 달아올랐다. 채용 업무와 노동조합과 관련된 몇 가지의 업무 얘기들이 그들 사이에서 오갔다.

그리고 일상에 대한 소재의 얘기들이 새롭게 시작되었다. 이런 저런 얘기들을 하고 있는 와중에 신 씨가 앙증맞은 목소리로 나에게로 대뜸 향했다.

"의찬 씨는 결혼할 생각은 아직 없어요?" 지겨울 만큼 들어왔던 질문이다.

"아직은 생각이 없어요. 좋은 사람 생기고 때가 되면 하겠죠." 신기할 정도로 다른 동료들을 만날 때도 매번 똑같은 질문을 받았기 때문에 대답도 기계적으로 튀어나왔다. 하지만 내가 내뱉은 그 말은 다소 퉁명스러웠다.

"그나저나 신 씨는 키우는 고양이가 몇 마리였지? 잘 크고 있어?" 술고래가 물었다.

"네. 이번에 새로 입양해서 지금은 4마리 키우고 있어요. 아주 귀여워요. 우리 고양이들 사진 좀 보실래요?" 그녀가 휴대폰을 꺼내더니 우리에게 고양이들이 노닥거리는 사진 몇 장을 자랑스레 보여주었다. "키우는데 손이 많이 가긴 해요. 여름에는 집이 비어도 고양이들 때문에 에어컨을 틀어 놓아야만 하고 손질도 해주고 하여튼 손이 많이 가는 애들이에요. 그래도 사랑하는 애들이라 어쩔 수 없죠."

나에게도 휴대폰을 넘겨주면서 사진을 보여주었는데, 나는 슬쩍 보고는 바로 그녀에게 넘겨주었다. 그 모습을 보고는 임 과장이 의아하다는 표정을 지으며 내게 말했다.

"의찬 씨는 고양이를 별로 좋아하지 않나 봐요?"

"네, 별로 좋아하지 않아요."

"왜요?" 이번엔 놀랍다는 표정으로 신 씨가 물었다.

"별다른 이유는 없어요. 그냥 애완동물에 끌리지가 않아요. 키우는 것도 그렇고요."

가끔은 이런 내 태도는 어리석을 정도로 난감한 상황을 만든다. 그저 좋아한다고 한마디만 하면 될 것을 쓸데없는 솔직함으로 분위기를 냉각시켰다. 하지만 어디까지나 의견의 차이에 대해서 말했을 뿐임을 그녀도, 다른 팀원들도 알고 있을 것이었다.

11시가 넘어가는 시간이 되어서야 우리는 자리를 마무리하고 나왔다. 바깥은 추위와 함께 어둠 속에서 싸리눈이 휘몰아치고 있었다. 우리는 추위를 막아내기 위해 입고 있는 코트를 손으로 꽉 조이고 빠르게 걷기 시작했다. 여직원들은 작별인사와 함께 다음을 기약하며 각자의 차로 발걸음을 향했다. 남아있는 김 팀장과 김 대리, 나 이렇게 세 명은 사거리의 맞은편에 있는 호프집으로 재빨리 들어갔다. 우리는 그 곳에서 흘러나오는 이름 모를 재즈 음악들을 들으며 맥주 500cc를 배가 터지도록 마셨다. 자정이 한참 지나서야 호프집에서 비틀거리며 기어 나와 각자의 집으로 향했다. 집으로 돌아올 때 즈음엔 눈이 함박눈으로 바뀌고 어느새 수북이 쌓여 있었다.

22장 교육 업무

한 달여간의 준비가 끝나고 내 첫 임무인 신임팀장 교육 당일이 밝았다. 계획대로 교육준비를 위해 일찍부터 교육장에 들어가서 교육생들이 간간이 먹을 과자와 교육 때 사용할 비품을 뒤편에 마련해 놓고, 조별과제시의 조 편성을 위해 책상을 재배치했다. 책상을 세 개씩 붙여 놓고 의자를 밀어 넣어서 3개의 조별로 띄엄띄엄 앉을 수 있도록 구성했다. 그러고는 컴퓨터로 열심히 만들어 놓았던 교육 자료들이 담긴 파일을 USB를 통해 교육장 노트북에 옮겨 담았다.

첫날엔 사내강사 몇몇이 강의를 진행하기로 하고 이튿날엔 내가 진행하기로 했는데 내 시간에는 몇 가지의 간단한 이론 설명과 함께 조별과제를 해결하는 시간을 가질 예정이다. 준비를 모두 마치고 잠시 자리에 앉아서 쉬고 있으니 대략 8시 20분부터 교육생들이 입장하기 시작했다. 시작 전 사장이 잠깐 교육에 참석하여 개회사를 하기로 예정되어 있었기 때문에 일찍 집합해달라고 요청했었고 감사하게도 교육 전부터 얌전하게 착석하며 사장을 기다렸다.

긴장된 분위기 속에서 교육이 시작되었고, 사장이 조용히 교육장으로 들어왔다. 그는 잠시 교육장을 이리저리 둘러보고는 이윽고 강단에 섰다. 한 회사의 사장답게 근엄한 목소리로 새로이 팀장이 된 교육생들에게 격려와 조언을 몇 마디 하기 시작했다. 현 회사 상황에 대해서 이야기를 하면서 여러분 같은 팀장급 인재들이 회사를 리드해 나갈 주역이니 성실하게 교육을 들어 달라는 격려를 해 주었다. 별 탈 없이 개회사가 무사히 끝나고 그 이후에는 사내강사가 들어와서 강의를 진행하기 시작했다. 그 사이에 나는 교육 중간 중간에 뒤에 들어올 사내강사들이 본인의 강의 시간을 인지하고 있는지 확인전화를 걸었다. 모두가 오케이였다.

교육 준비는 모두 끝났고 그제야 잠시 휴식을 취했다. 이 정도면 성공적인 준비인 셈이었다. 생각보다 신경을 써야 할 것들이 많았지만 잘 해냈다는 생각에 내 자신에 내심 뿌듯해졌다.

둘째 날의 교육은 계획한 대로 내가 직접 강의 진행에 나섰다. 첫 시간부터 사원 따위가 강단 앞에 서서 팀장들을 가르치려 하니 교육생들에게서 웃음이 터져 나왔다. 사실 나도 이 같은 상황이 웃기긴 했지만 말이다. 그렇다고 하더라도 결코 그들이 태도가 불량하지는 않았음은 알아야 할 것이다. 오히려 아들뻘 되는 녀석이 진땀 흘리는 것을 보면서 동정심이 발동해 교육에 집중을 하는 모습을 보이기 시작했다. 오후에는 교육생들이 3개의 조로 나뉘어서 향후 팀장으로서의 목표와 개인의 업무 능력에 대한 장단점 분석 및 마지막으로 이틀간의 교육 리뷰가 진행되었다. 이틀간의 교육은 순식간에 지나갔다.

끝남과 동시에 내 가슴에 쌓여 있었던 걱정들이 사라짐을 느꼈다. 물론 완료 후의 결과보고와 몇 가지 절차가 남아있긴 했지만 주요 행사는 끝났다. 앞으로의 내가 진행해 나가야 할 다른 교육들도 이와 비슷한 과정을 거쳐서 처리해야 할 것이라고 생각하니 그리 나쁘진 않았다. 차라리 사무실에 가만히 앉아서 데이터를 분석하고 무언가를 만들어내는 것보다는 활동적으로 움직이면서 교육을 만들어가는 것이 다행스럽게도 내 적성에 맞아 보였다.

정확히 한 달 뒤인 2월 말에는 신입사원 열세 명이 공채로 입사를 했고 그들을 대상으로 사주간의 입문교육을 실시했다. 교육기간 동안 교육을 진행할 수많은 사내, 사외 강사들을 미리서 섭외를 해야만 했고 그들의 일정에 맞춘 커리큘럼을 구상해야만 했다. 게다가 과거의 신입사원 교육보다 발전된 모습을 위해 새로운 내용들로 구상해야만 했다.

그렇지만 새로 들어오는 애송이들은 회사가 갖고 있는 우리만의 문화에 적응해야만 하기 때문에 어디로 튈지 모르는 이 친구들에 대한 관리가 쉽지 않았다. 말을 잘 듣지 않는 녀석들이 일으키는 말썽은 물론이거니와 서로간의 다툼도 발생하였으며, 내게 면담을 요청하는 녀석들도 종종 있었다. 거기다가 교육을 마치기 전에 퇴사해버리는 경우가 발생하면 굉장히 난처했다. 그나마 다행이었던 것은 나의 입사 동기들만큼 유별나고 말썽부리는 놈들은 없었다는 것이었다.

마지막 날에 거행되는 신입사원들과 임원들이 함께 하는 저녁식사가 무엇보다도 가장 골치 아픈 일이었는데, 나는 임원이라는 작자들과 신입사원들 서로의 어색한 분위기를 녹여 나가기 위해서 별의별 비위를 맞춰 주어야만 했다.

교육 외에도 인사팀에서 내가 맡은 다른 업무들에 점차적으로 익숙해지면서 인사팀의 일원으로 적응해갔다. 교육과 관련된 업무 외에도 다른 팀원들과 협업을 해야 하는 업무가 수시로 닥쳐왔기 때문에 회사에서만이 아니라 집에 와서도 업무를 처리해야 하는 경우도 종종 생겼다. 3월까지는 일 때문에 다른 곳에 신경을 쓸 정신이 없었고 팀원들도 미친 듯이 바빠 보였다.

가끔은 술고래와 뚱뚱한 김 대리간의 업무 스타일의 마찰로 인해서 격렬한 말싸움이 일어났는데, 술고래는 좋게 말하자면 무슨 일이든 해보자는 도전적인 모습을 보이는데 반해 뚱보는 방어적이고 침착한 면이 있었기 때문에 때때로 이들 간에는 갈등이 발생하는 것이 당연해 보였으며 단지 감정적인 싸움으로 번져가지는 않기를 바랐다. 평화노선을 걷고 있는 나로서는 고작 6명뿐인 팀에서 공공연하게 서로를 물고 뜯는 모습을 보고 싶지는 않았기 때문이다.

23장 제주도 여행

선희와 제주도에 놀러가기로 한 날이 찾아왔다. 이번 여행은 얼마 전에 사전계획 없이 선희와 즉흥적으로 떠나기로 한 것이었다. 그저 우리는 "떠나자."라는 말을 했을 뿐이었다.

아침부터 분주하게 옷 몇 벌과 세면도구, 충전기, 그 밖에도 여행에 필요할 것 같은 물건이라고 생각되는 것들을 숄더백에 차곡차곡 쌓아 넣었다. 계란 프라이, 햄과 함께 간단하게 아침을 챙겨먹고는 선희에게 연락해서 10시까지 백운역에서 보자고 메시지를 보냈다. 아직까진 시간이 충분히 남아있어서 집 밖으로 나와서 의자에서 담배 한 대를 피운 뒤 동네를 천천히 한 바퀴 걸어 다니며 소화를 조금 시키고는 다시금 집으로 돌아왔다. 곧바로 샤워를 마치고 내가 아끼는 황토색 셔츠와 청바지를 입으려고 옷을 꺼내다가 문득 제주도는 날씨가 여기보다 훨씬 덥다는 누군가의 말이 생각나서 긴팔 티 한 벌을 여행가방에서 빼고 대신에 반팔 셔츠와 반팔 티 두 벌을 가방에 쑤셔 넣었다. 갈 준비가 완벽하게 끝난 것 같아서 잠시 누워 있다가 9시 40분이 되어서 집에서 출발했다. 날씨가 꽤나 풀린 것 같았다.

역 승강장에 있는 의자에 앉아서 그녀를 기다리다가 혼자 심심해서 이어폰을 끼고는 에릭 클랩튼의 노래를 잠시 들었다. 영혼을 울리는 기타 선율을 듣다 보니 문득 기타 연습을 안 한지 꽤나 오래되었다는 생각이 들었다. 조만간 다시금 기타를 잡아야지…….

잠시 후, 기다리던 그녀에게서 전화가 왔다.

"오빠, 지금 전철 들어서고 있지? 바로 타. 나 거기에 타고 있어."

"오케이!"

열차 칸 번호 5-3에서 타니 정면으로 보이는 의자에 선희가 앉아서 손을 흔들어 주었다. 언제 봐도 해맑은 그녀의 미소를 보며 옆자리에 앉았다.

"그래도 일찍 일어났네?" 내가 대견하다는 듯이 말했다.

"당연하지. 늦으면 비행기 표 날아가는 거 아냐?"

"그렇겠지. 어쨌든 우리가 비행기를 타려면 12시 30분까지 들어가야 해. 그러니 일단 도착한 다음에 거기서 표 끊고 절차 밟고 바로 밥 먹으러 가자."

"좋아. 그런데 거기에 식당이 있을까?"

"당연하지. 기차역에도 식당이 줄을 섰는데 설마 공항에 식당이 없겠니?"

"그렇지? 아! 행복하다." 이 순간 그녀가 나를 살포시 안아주었다. "오빠랑 제주도까지 여행을 가 보다니! 아, 참. 오빠는 비행기 두 번째로 타보는 거라고 했지?"

"응, 맞아. 고등학교 때 수학여행으로 제주도 갈 때 타보고 또 이번에 제주도 갈 때 타보네."

"나도 딱 한 번밖에 타보지 않아서 어떻게 비행기 표 체크하고 짐을 맡기는 지도 모르겠어."

"나도 잘 몰라. 일단 가서 아무나 붙잡고 물어보면 답은 나오겠지, 뭐."

"오빠, 우리 정말 대책 없는 커플인 것 같아." 그녀가 깔깔거리며 말했다. 일단 부딪혀보면 뭐가 되어도 될 것이다.

"그나저나 주미는 잘 지내고 있어? 못 본 지 꽤 된 것 같아."

"나이 많은 웬 아저씨 같은 사람이랑 만났었다는 건 알고 있었지? 언젠가 주미가 만나는 남자라고 소개해줘서 한번 만난 적이 있었는데

난 그 남자가 인상도 그렇고 맘에 들지 않았었거든. 주미한테도 그 남자는 별로인 것 같다고 말을 했었고. 결국에는 둘 사이에 무슨 일이 있었는지는 모르겠지만 그 남자와 헤어졌는데 펑펑 울더라고. 참 나, 나는 오히려 헤어진 게 잘 된 것 같았는데 울고 있는 주미 앞에서 잘됐다면서 기뻐할 수는 없을 것 같았어. 결국, 우린 술 한잔하고 노래방에 가서 이별의 파티를 열었어. 우리 둘이서 엄청 신나게 놀았다고 내가 말 했었나? 어쨌든 참…….”

어이없다는 제스처를 취하고는 이내 말을 이어 나갔다.

“그 이후에는 주미는 한동안 집에서 멍하니 게임만 하면서 지내다가 요즘에는 밖에 나가서 일자리를 구하는 것 같기도 하고, 정확히 뭐 하고 지내는지는 모르겠어. 생각해 보면 나도 문제이긴 하지만 걔는 정말 걱정이야. 이제 곧 있으면 졸업해야 할 텐데 아직 뭘 해야 할지 갈피를 못 잡고 있으니 말이야.”

“아마 급해지면 어떻게든 답을 찾아 나서겠지 뭐. 그러면 주미한테 내 친구들 중에서 괜찮은 녀석을 소개해 주는 건 어떨까? 만약 주미가 살을 좀 뺀다는 조건 하에서…….”

“글쎄, 살을 뺄 생각은 별로 없어 보이던데. 지금은 너무 살이 쪄서 건강상에도 문제가 있어 보이니 어느 정도는 빼야 할 텐데 나도 걱정되긴 해. 맞는 표현인지는 모르겠지만, 결국엔 인과관계가 뫼비우스의 띠처럼 연결되는 것 같아. 살이 쪄서 움직이기가 싫어지게 되니 나태해지고, 나태해지고 나니 아무것도 하기가 싫어지고, 아무것도 안 하니 가만히 먹기만 해서 살이 더 찌고……. 악순환이 연속적으로 이루어지는 거지. 그래도 나는 주미가 괜찮은 상황에 도달할 때까지는 계속 옆에서 도와주고 싶어.”

그러고는 무언가 고민하는 표정을 짓더니 말을 이어나갔다.

"그런데 궁금한 게 있는데 만약 내 친구한테 소개해 줄 친구를 찾는다면 오빠 주변에서 누구를 소개해 주고 싶어?"

재밌는 질문이었다. 하지만 금방 떠오르지는 않았다. 호윤이와 환규처럼 여자 친구가 있는 녀석들은 일단 제외시켜 본다면 희민이가 괜찮을 것 같았는데 그도 최근에 어떤 여자와 연애를 시작했다는 소식을 들었다. 외모를 보지 않는 여자라면 명훈이가 그래도 괜찮을 것 같았다. 나름 성실하게 사는 친구라서 소개해주기에도 적합한 인물이라는 생각이 들었다.

"명훈이. 너도 봤었지? 지난번에 그의 누나 결혼식에서. 같이 술도 한잔했고……."

"맞아. 그 마른 오빠 말하는 거지? 음……. 괜찮은 것 같아."

"암, 괜찮은 친구지. 다만, 그 녀석이 여자를 많이 만나보지 못해서 가끔은 답답할 수 있다는 건 단점이긴 하지만."

작년 명훈이 누나의 결혼식에는 선희가 함께 동행했다. 명훈이의 누나는 고맙게도 우리 동네에 위치한 웨딩홀에서 결혼을 했었는데 결혼식이 끝나고 식사를 하면서 선희에게 현범이와 명훈이, 태주까지 소개해주었다. 그 이후에도 그 친구들과 함께 술까지 한잔 한 적이 있었기에 그녀가 그들과는 어느 정도 가까워졌다고 생각했다.

우리는 부평역에서 인천 지하철로 갈아탄 뒤, 종점인 계양역에 도착했다. 이제 공항철도로 환승하면 김포공항까지 얼마 남지 않았다. 선희는 공항철도를 타고 가면서 창 밖에 보이는 바깥풍경을 멍하니 바라보았다.

"날씨 진짜 좋은 것 같아. 호우! 호우!" 그녀가 흥분해서 두 손을 어깨 위로 올리며 외쳐댔다. 열차 안에서 몇몇 사람들이 쳐다보는 것 같아서 조금은 창피했지만 역시 어디로 튈지 모르는 그녀의 매력이었다.

"호우! 호우!" 나도 곧장 따라했는데 그 꼴이 너무 웃겨서 이내 얼굴을 감싸며 웃어 젖혔다.

잠시 숨을 가다듬고는 내가 말했다.

"그런데 가면 제주도 전체를 둘러보기엔 일정이 너무 빡빡하고, 우린 괜찮은 곳 몇 군데만 돌아보는 게 좋을 것 같아. 일단 공항에서 내리고 네가 예약했던 숙소에 짐을 푼 다음에 차를 렌트하는 거야. 그게 좋을 것 같아. 이리저리 돌아다닐 수도 있고 말이야."

"차를 빌리면 괜찮을까?"

"안될 건 없겠지 뭐. 어차피 2박 3일이니 엄청 비싸지도 않을 거야. 일단 그렇게 하자. 그나저나 혹시 제주도에서 어디 가고 싶은 데는 없어?"

"응. 다른 데는 오빠가 가자는 데로 그냥 둘러보면 될 것 같고, 온천은 한번 가보고 싶어."

"좋아. 그럼 온천도 가보자."

우리는 김포공항역에 도착하여 한참을 지하 통로를 걸어서 공항에 도착했다. 시계를 보니 11시 10분이었다. 조금 넉넉하게 식사를 할 수 있겠다 싶어서 여유 있게 공항 이리저리 구경하며 돌아다녔다. 국내선 방향으로 한참을 걸었는데 역시 공항의 규모는 엄청났다.

비행기에 오르기 위한 몇 가지의 생소한 절차를 마친 뒤, 우리는 간단하게 샌드위치로 끼니를 때웠다.

"가면 흑돼지가 유명하다고 하던데." 선희가 햄버거를 한 입 베어 물며 말했다.

"흑돼지하고 낙지가 또 유명하다고 했었나."

내가 중얼거리자 그녀는 이상하다는 듯 갸웃거리며 나를 쳐다보더니 의문을 품었다.

"아니, 낙지는 들어본 적이 없는데. 낙지야말로 어디서든 먹을 수 있는 게 아니야?"

"아, 맞다. 그런데 TV에서 제주도의 낙지라면 가게가 나왔는데 라면 주문을 하면 바다에서 낙지를 즉석으로 잡아서 라면에다가 넣어서 주는 곳이 있다고 들었어. 그게 제주도 별미인지는 나도 모르긴 한데."

그녀가 무릎을 탁 치며 말했다. "그건 나도 어디서 본 것 같아. 그리고 갈치도 유명하다고 했었어. 맞아!"

"갈치는 별로 좋아하는 음식이 아니어서 다른 걸로 먹자."

"그러지 뭐……. 다 먹었으면 일어나자!"

우리는 샌드위치 세 개를 순식간에 해치운 뒤, 비행기를 타는 통로로 향했다. 기나긴 통로를 빠져나가니 공항 직원이 버스를 타라고 안내했다. 특이한 모습의 버스는 우리를 비행기가 서 있는 곳에 안내했다. 버스에서 내리고는 곧이어 비행기에 올랐다.

"우우우웅–" 엄청나게 큰 소음과 함께 비행기가 천천히 움직이다가 이윽고 활주로에 서자 갑자기 굉장한 제트엔진의 소리를 내더니 급격하게 빠른 속도로 이륙을 했다. 선희에게 창가 쪽 자리를 양보해 주었더니 그녀는 창문에 얼굴을 대고 이륙하는 바깥 장면을 신기하게 쳐다보기 시작했다. 어차피 제주도까지는 한 시간밖에 걸리지 않기에 나는 가만히 앉아서 잠시 눈을 감았다. 옆에서 선희가 모든 게 놀랍다는 표정으로 "우와, 우와!" 떠들어대며 창밖의 모습들을 중계하기 시작했다.

"있잖아, 나는 비행기가 한번 올라가면 그 높이 그대로 유지하는 줄만 알았는데 처음에는 구름 한층 위로 솟아오르더니 조금 있다가 다시 한 번 더 위쪽에 있는 구름을 뚫고 올라 왔어. 아까 전에는 구름 사이로 우리가 사는 땅의 모습들이 너무나도 작게 보였어. 마치 아무 일도 일어나지 않는 것처럼……, 세상이 멈춰버린 것처럼 말이야.
우린 너무 많은 것들에 신경을 쓰면서 사는 것이 아닐까? 돌이켜 보면 아무것도 아닌 것 같은데 왜들 그렇게 갈등을 만들고 시기하고 즐거워하고 기뻐하며 사는지 모르겠어."

"글쎄, 아무것도 아닌 것에 즐겁거나 기쁜 건 바람직하지 않아?" 나는 눈을 감은 채 물었다.

"그렇지 않아. 우리가 즐거움이나 기쁨과 같은 좋은 감정들을 느끼기에 그 뒤에 다가올 불행이나 슬픔이 더 크게 다가오잖아. 오빠와 나도 서로가 즐겁고 행복할수록 혹시 헤어진다면 더 큰 불행으로 다가올 수도 있어."

재밌는 말이었다.

"우린 헤어질 일 없을 테니 불행한 말은 하지 마."

"그냥 내 생각이 그렇다 이거지, 뭐. 뭘 그렇게 따져?"

대화가 멈추고 한참의 침묵에 결국 곯아 떨어졌고, 옆에서 창밖을 쳐다보던 그녀도 구름만 보이는 풍경이 지겨웠는지 잠들기 시작했다. 잠시 시간이 지나고, 승무원이 기내 방송으로 곧 있으면 제주공항에 도착한다고 알려왔다.

"벌써 도착한 것 같은데?"

"빠르긴 엄청 빠르다. 좀 더 구경하고 싶은데."

"그럼 오는 길에도 네가 창가에 앉도록 해 줄게." 그녀를 달래며 머리를 다독여 주었다.

곧 이어서 내려가는 느낌이 들면서 구름장막을 뚫고 쏜살같이 지상을 향해서 하강했다. 비행기가 땅에 맞닿는 긴장되는 순간이 지나고 우리는 비행기에서 나올 수 있었다. 드디어 제주도에 도착했다.

공항 안에 들어선 뒤 짐을 찾는 컨베이어 벨트에 가서 가방을 재빨리 챙기고 공항 밖으로 나왔다. 코가 벌렁거릴 정도로 크게 숨을 들이켰다. 공기부터가 맑아서 피로가 금세 달아났다. 남쪽 지방은 날이 따뜻했다. 아니, 오히려 덥다는 말이 맞는 것 같았다. 제주도의 풍경은 이국적으로 보이면서 나무와 하늘과 땅 마저도 모든 게 생소하게 다가왔다. 금빛 햇빛이 따사롭게 우리를 비춰왔다. 가져온 짐을 이고서 공항 앞에서 줄 서고 있는 택시를 잡아탔다.

"제주도 냄새가 난다." 선희가 택시에서 창문을 내리고 킁킁대며 말했다.

"택시 냄새 외에는 아무 냄새도 안 나는데?"

"호흡을 가다듬고 집중해서 냄새를 맡아봐. 바다냄새가 나지 않아?"

"그러고 보니 조금은 냄새가 나는 것 같기도 하고. 감기가 걸렸나? 냄새를 잘 못 맡겠네."

그녀는 몹시 들뜬 것 같아 보였다. 시내의 도로바닥에서는 자동차 기름 냄새만이 코 안으로 스며들어올 뿐이었다. 아마도 마음으로 냄새를 느끼고 있던 것 같았다.

공항에서 우리가 예약한 호텔까지의 거리는 몹시 가까웠기 때문에 5분도 채 되기 전에 숙소에 도착했다. 택시에서 내린 곳을 둘러보니 주변 시내는 식당들로 가득 차 있었으며, 술집과 나이트클럽까지 보였다. 예약한 호텔 안으로 들어가 카운터에서 체크인을 한 뒤, 6층에 있는 방으로 들어섰다. 발코니가 정면에 트여 있어서 커튼을 치고 나니 제주도 시내가 한 눈에 들어왔다. 게다가 방 안은 단조롭고 깔끔하게 정리가 되어 있었고 넓은 침대에 누워서도 발코니 너머로 밖을 볼 수 있다는 사실이 기뻤다. 선희도 본인이 예약한 방에 꽤 만족하는 것 같았다.

짐을 풀고 그녀가 씻으러 간 사이에 휴대폰을 열어 오늘은 어디로 가야 할 지 알아보기 위해 웹 서핑을 시작했다. 아무래도 섬에 왔으면 바다에 인사를 해야 할 것 같아서 일단은 근처의 해수욕장으로 가보기로 했다. 저녁 식사로는 흑돼지구이를 먹고 싶었다.

대충 정하고는 잠시 뒤에 커다랗게 벽에 걸려있는 TV를 켰다. 채널을 몇 번 돌려보니 어느 채널에서 다큐멘터리 같은 방송이 흘러나오고 있었는데 대략 젊은 사람들이 퇴직한 이후 본인의 새로운 삶을 찾아나서는 모습을 보여주고 있었다. 젊은 녀석들이 웃으면서 회사를 나온 사실에 후회하지 않는다고 말하는데 어딘지 모르게 어두운 모습이 보였다. 그래도 채널을 돌리지 않고 계속 그들을 쳐다보았다. 요즘 우리 회사에서도 젊은 퇴사자들이 많아지고 있는 추세에 대비하기 위해 이것저것 대책을 세우고 있는 상황이기에 아무래도 이러한 내용이 조금은 나에게 도움이 되는 내용이지 않을까 싶었기 때문이다.

선희가 다 씻고 가운만 입은 채 걸어 나왔다. 젖어 있는 머릿결이 그녀를 더욱 수수하게 만들었다. 헤어드라이기로 머리를 말리고 나서 통통하게 살이 찐 그녀의 몸을 침대에 풍덩 던졌다. 그러고는 잠시 TV를 보더니 재미가 없어졌는지 가만히 누워 있는 내 곁에 와서 나를 간질이기 시작했다. 그 모습이 귀엽게 느껴져서 볼에 입맞춤을 한 뒤, 그녀의 머리를 내 가슴팍에 당겨온 뒤 머리를 쓰다듬어 주었다. 잠시 그러고 있으니 졸음이 쏟아졌다.

달콤한 낮잠 후에 우린 호텔 밖으로 나와서 걷기 시작했다. 조금만 걸어가니 렌터카를 대여해주는 곳을 발견했다. 신속하게 가격이 저렴한 차를 렌트하고는 첫 목적지를 골랐다. 기왕 차를 몰기 시작했으니 드라이브를 해 볼 생각으로 너무 가깝지는 않은 월정리 해수욕장을 가는 건 어떻겠냐고 선희가 제안했다.

"좋아!" 나는 들뜬 목소리로 대답하고는 바로 내비게이션을 찍고 시동을 걸었다. 액셀이 조금 빽빽한 느낌이 들었지만 운전하기에 큰 불편은 없었다. 꼬불꼬불하고 고르지 못한 도로를 따라서 내비게이션이 안내하는 곳으로 달려오니 어느덧 날이 어두워지고 있었다. 해변 근처에 차를 주차하고는 해수욕장 근처까지 걷기 시작했다. 해안가에 다가갈수록 검정색 밤하늘 아래 끝없이 펼쳐진 바다가 은빛으로 빛났다.

"오! 이런. 굉장해!" 우리는 진심어린 감탄사를 쏟아내며 그저 하늘과 맞닿아 있는 바다를 번갈아 바라보았다. 시원한 바람의 소리와 파도가 일렁이는 소리가 잔잔하게 조화를 이루어 내 귀에 들려왔다. 그리고는 이내 적막함의 소리가 들려왔다. 넓게 펼쳐진 바다는 별들을 뿌린 하늘과 몇 개의 저 멀리 있는 배에서 나오는 밝은 빛을 비추고 있었다. 바다라는 이름을 가진 그의 거대함과 웅장함, 조용하면서 엄격한 모습이 나를 순식간에 압도했다. 밤의 어두움과 바다의 침묵, 이 둘의 조화가 나를 더욱 두려움에 가득 찬 난쟁이로 만들었다. 더 이상 바다에 맞설 수 없음을 느껴서 이내 몸을 돌려 선희의 손을 잡고는 해변을 걷기 시작했다.

우리는 해변을 따라 한참을 가다가 고풍스러워 보이는 외관의 어느 기념품 가게에 들어가서 향수와 기념이 될 만한 것들을 두 개씩 구입했다. 제주도를 찾아온 이 순간을 영원히 기억하고 싶어 하는 사람들로 가게가 붐볐다.

그리고는 저녁식사를 할 장소를 찾으며 한동안 거리를 좀 더 걸어다녔다. 원래는 흑돼지를 먹을 계획이었지만 이 근방엔 흑돼지를 파는 괜찮아 보이는 가게를 보지 못했기 때문에 다음을 기약하고는 다른 메뉴를 찾아보기로 했다. 바다에서 불어오는 바람이 좀 더 강해진 것 같았다. 결국 바다가 보이는 어느 삼거리에 위치한 사람들이 가득

찬 횟집으로 저녁장소를 선택했다.

가게 안엔 관광객으로 보이는 사람들이 많았는데, 그 중에서도 가족들이 함께 여행을 온 경우가 대부분이었다. 기왕 제주도를 온 김에 평소에 먹어보지 못한 회를 먹어 보는 게 현명한 선택일 테다. 그렇기에 우리에겐 생소한 갈치 회와 딱새우를 주문했다. 사실 나에게 회는 거기서 거기일 뿐 오직 초장 맛에 의지해서 먹기 때문에 그 특유의 맛을 느끼지 못한 채, 단지 부드러운 식감만을 느낄 뿐이었고, 선희의 말을 빌리자면 하여튼 달콤하고 독특한 맛이라고 했다. 아마 그녀도 회 맛을 제대로 느끼지 못하는 게 틀림없었다.

잠시 뒤에는 택시를 타고 올 걸 하는 후회가 들었다. 돌아갈 대 운전을 해야 해서 술을 마시지 못했기 때문이다. 여행을 떠나면 나를 묶어 두었던 다른 모든 것들을 잊어버리고 단지 먹는 것과 자는 것과 같은 삶의 근본적인 것에만 집중을 할 수밖에 없었다. 따라서 먹는 것은 그만큼 중요했다. 적어도 내겐 그랬다.

배를 채우고 나와서 한 시간 정도 해변을 좀 더 거닐면서 먹은 걸 소화시키고 다시금 차를 몰고 호텔로 돌아왔다. 방으로 들어가기 전에 편의점에서 간단하게 숙소에서 먹을 맥주와 과자를 샀다. 밤이 되니 거리는 아까보다 좀 더 사람들로 붐볐다. 우린 방으로 기어 들어와서 내일은 더 멋진 볼거리와 먹을거리를 만끽하자는 다짐과 함께 맥주를 몇 모금 마시다가 이내 잠이 들었다.

다음날엔 얼마나 피곤했는지 몇 시간 잔 것 같지 않은 기분으로 일어났다. 고개를 돌려봤는데 아직 선희는 깊은 잠에 빠져 있었다. 나는 그녀가 깨지 않게 창문을 살살 열고 발코니로 나가서 담배를 피웠다. 오늘은 어디로 향할까? 일단 무조건 남쪽으로 향해야 할 것이다. 샤워를 한 뒤에서야 선희를 깨우고는 나갈 채비를 마쳤다. 시계를 보니 아직은 체크아웃을 할 시간이 남았다.

원래 그녀가 2박 3일간 호텔을 예약했지만 생각보다 넓은 제주도 땅에서 숙소와 멀리 떨어진 곳으로 떠나게 된다면 다시 호텔로 돌아오기는 힘들 것 같아서 둘째 날의 예약은 취소했다. 남쪽에서 다시 숙소를 찾기로 계획을 변경하였던 것이다.

체크아웃을 하고 거리로 나와서 간단하게 끼니를 때우고는 차를 끌고 남쪽으로 달렸다. 심심한 길로 지나고 싶지는 않아서 서쪽 해안가로 이어진 도로를 달렸다. 선희는 어제와 오늘 아침에 음식을 짜게 먹었는지, 옆에서 계속 페트병에 담긴 오렌지 주스를 들이켰다. 창문을 내리고 크게 한차례 숨을 몰아쉬었다. 구름도 없는 화창한 날에 선선한 바람이 불어오는 날씨와 모든 게 자유라고 느껴지는 이 흥분감이 기가 막히게 조화를 이루었다.

우리는 서쪽 해안가를 따라서 30여 분쯤 남쪽으로 내려가다가 낮의 강렬한 햇살이 비추는 바다를 가까이서 보기 위해서 몇몇 사람들이 차를 세워놓은 간이 주차장을 보고는 차를 멈춰 세웠다. 그러고는 차에서 내려 바다가 바로 옆으로 보이는 아기자기하게 꾸며져 있는 산책로를 따라서 걸었다. 탁 트인 광경이 눈이 부시게 다가왔다. 내 앞의 하얀 모래알 색부터 저 멀리 수평선의 짙푸른 색까지 환상의 그라데이션이 펼쳐졌는데 그 사이에는 옅은 하늘색과 약간의 민트 색깔도 포함하고 있었다. 바다를 파란색이라고 정의를 내린다는 건 황당하기 그지없는 흑백논리를 내뱉는 것과 다를 바가 없었다. 단지 아름다운 미역과 해초들이 넓은 바다에 검정색으로 군데군데 점을 찍었을 뿐이었다.

"오빠, 이리로 와봐. 여기서 사진 좀 찍자."

선희의 사진을 몇 장 찍어주고는 반대로 그녀가 내 사진을 몇 장 찍어 주었다. 이전에 사진을 잘 못 찍는다고 그녀에게 몇 번 혼이 났었는데 문득 여자에게 사진을 찍어줄 댄 무조건 연속촬영을 하고 많은 사진 중에서 괜찮은 것을 고르는 편이 낫다는 뚱뚱한 김 대리의 말이 생각나서 연속촬영으로 설정을 변경한 뒤, 수십 장의 사진을 찍어 댔다. 계속 찰칵하는 소리가 뿜어져 나오는 게 민망했던지 선희가 주변 눈치를 보다가 소리쳤다.

"오빠, 그냥 한 장씩 찍어!" 내가 무시하고 계속 셔터를 눌러 대니 그녀가 내 엉덩이를 발로 세 번이나 걷어찼다.

다시금 걷기 시작했고, 이내 조그마한 정자가 보여서 우린 잠시 걸터앉았다. 또다시 말없이 바다를 한참 동안 바라보았다. 몇 분이나 지났을까. 하염없는 바다 속으로 내 정신과 영혼이 빨려 들어갔다. 머리와 팔과 다리, 가슴과 엉덩이, 내 몸 전체에 힘이 빠져나가며 아무 생각도 없어지고 아무 감각도 느껴지지 않고 내 몸이 가벼워지면서 바람이 내 몸뚱이를 잡고 먼 곳으로 날려버릴 것만 같았다. "으흠~" 나는 기분 좋게 탄식했다. 그러고는 내 어깨에 기대고 있는 그녀에게 속삭였다. "선희야, 시를 한번 읊어 볼래?"

"지금은 시상이 떠오르지 않는데? 일단 기다려봐."

그러더니 정자에 앉아서 잠시 골똘히 생각하고는,

"들어봐, 제목은 의찬이의 하루야."라며 시를 읊기 시작했다.

하루를 얌전하게 살아가는 의찬 씨의 하루.

눈물은 다 말랐는지 숨기는 건지 모를 의찬 씨의 눈

바다처럼 외로운 걸까?

바다처럼 감정이 없는 걸까?

아니면 바다처럼 감정을 숨기는 걸까?

저 제주 바다보다도 맑은 것처럼 에메랄드빛이 찬란하게 빛나는

의찬 씨의 눈

초롱초롱한 의찬 씨의 눈

밤하늘 아래에서도 초롱초롱하게 빛나리!

나는 열심히 시를 읊는 그녀의 모습이 재밌어서 박수를 쳤다. 그리고 시에 대한 답례로 정자위에 올라가서 몸을 흔들며 이름 모를 춤을 보여주었다. 그녀도 나를 보며 이내 똑같은 춤을 따라서 추었다. 신나게 추고 신나게 웃었다. 주변 사람들이 한동안 우릴 보고는 따라서 웃기 시작했다. 즐겁다면 응당 춤을 추어야 했다.

아무래도 얼른 남쪽으로 내려가서 제주도가 숨기고 있는 신비로운 광경들을 조금 더 보기 위해서는 차에 올라타야 했다. 사실 한라산에 오르고 싶은 마음이 굴뚝같았으나, 이번 일정에서는 아무래도 무리였다. 대신 용머리해안을 목적지로 설정한 뒤 다시금 시동을 걸었다.

오후 네 시 정도가 되어서야 목적지에 도착했다. 차에서 내려 용머리해안으로 보이는 바위들로 가득한 곳을 향해 걸어가는데 길 중간에는 기념품 가게와 몇몇의 식당들이 보였다. 좀 더 걸어서 해안에 도착했다. 오늘 하루 종일 바다를 보아왔고, 다시금 멋들어진 해안과 바다를 보러 왔다. 사실 용머리해안의 코스에서 특별한 건 없었다. 그저 해안가를 따라서 걷는 게 전부였다. 하지만 여기까지 온 동안은 보지 못했던 늠름하고 경이롭게 이루어진 바위들은 새로웠다. 깊어 보이는 바다를 옆에 두고 조마조마하게 바위를 타고 걸어 다녔기 때문에 선희에게 계속해서 조심하라고 일러주었더니 그녀는 너나 조심하라고 외치면서 펄쩍펄쩍 뛰어다녔다. 못 말릴 여자다.

사암층 암벽은 수없이 오랜 기간이 만들어 놓은 걸작이었다. 각기 다른 색깔을 뽐내는 암벽의 층들은 마치 나이가 가득 찬 노인의 주름살을 보여주고 있었다. 보고 있자니, 현명한 자연이 좀 더 겸손해지라고 말을 하는 것 같았다.

중간에 기가 막힌 바위가 우뚝 서 있는 곳에 앉아서 쉬는 시간을 가졌다. 귀신이 들린 것처럼 멍하니 암벽과 바다를 바라봤다. 몇 번이고 맑은 바다 속으로 빠져드는 상상이 내 머리를 어지럽게 했다. 자연의 품으로 돌아가는 것이다. 먼지 같은 나의 업적을 뒤로 남기고, 위스키처럼 독한 현실도 뒤로 남기고, 그저 파란 하늘 위에 서서 세상을 바라보고 싶었다.

선희에게 외쳤다. "마침내 해탈의 경지에 이르렀어. 무엇도 필요하지 않고, 무엇도 중요하지 않은 것 같아. 그냥 살거나 죽거나 이런 풍경들을 바라보고 싶을 뿐이야."

"드디어 미쳤군 그래." 그녀는 강한 바람을 한 차례 맞고는 몸을 웅크리며 중얼거렸다.

"그나저나 바람이 너무 세게 부는 것 같아."

나는 걸치고 있었던 셔츠를 그녀에게 입혀주었다.

"사진 한번 찍어줄 테니 저 앞에 서 봐." 사람들이 많이 몰려 있는 곳이 사진을 찍기 좋은 곳이었다. 우리는 잠시 대학생으로 보이는 연인들이 사진을 찍는 걸 기다렸다가 그 자리에 가서는 몇 차례 사진을 찍었다.

해안을 다 돌고 나서는 유쾌한 오솔길을 따라서 다시금 주차장으로 향하는데 길가에 커다란 조랑말 한 마리가 가만히 서 있었다. 우리가 말이 서있는 자리의 옆을 지나갈 땐 귀여운 그 녀석이 돌아서더니 기다란 꼬리를 젖혀 두고는 바닥에 오줌을 갈기기 시작했다. 재밌고 신기한 광경을 정면으로 잠시 바라보고는 이내 발걸음을 옮겼다. 중간에 선희가 크게 깨달았다는 듯이 내게 말했다.

"이제껏 우리가 제주도에 와서 크게 놀랐던 건 평생 보지 못했던 식당이나 어떤 건물과 같은 인공물이 아니었어. 그저 늘상 조용하게 우리 곁에 함께 있었던 것들의 다른 모습에 감탄했을 뿐이었다는 걸 알아?"

좀 더 빠른 걸음으로 저녁을 먹기 위해 차에 잽싸게 돌아왔다. 하지만 저녁을 먹기 전에 먼저 해야 할 일이 있었으니, 우리가 묵을 숙소를 찾는 일이었다. 이번에는 호텔이나 모텔보다는 답답하지 않은 펜션을 택했다. 차를 타고 펜션을 찾아 남쪽 어딘가를 쭉 돌아다니다가 어떤 좁은 길목으로 들어섰다. 자그마한 공장과 정체 모를 건물, 몇 개의 시골집을 지나니 깜깜한 어둠 속에서 저 멀리 조명이 아름다운 펜션이 눈에 띄었다. 좀 더 가까이 다가가니 마치 크리스마스를 맞아서 꼬마전구들을 예쁘게 장식해 놓은 것처럼 건물 외부의 알록달록한 색깔의 불빛이 선명하게 우리를 반겼다. 잠시 후, 건물 뒤편에 차를 세워 두고는 펜션 안으로 들어가니 나이가 꽤 들어 보이는 아저씨가 우리에게 인사했다.

"어떻게 오셨어요?"

"안녕하세요. 혹시 남은 방 있나 해서요." 내가 답했다.

"네, 괜찮은 방 있죠. 두 분이서 오신 거죠?"

"네. 혹시 가격은 어느 정도 하나요?"

"하루 묵으실 거면 8만 원입니다. 1층으로 방을 드려도 괜찮죠?"

"좋아요. 그나저나 오늘 여기서 자는 사람들은 많나요?"

"아뇨, 비수기라서 그런지 방은 두 개만 찼어요."

내가 숙박비를 지불하자 주인아저씨는 우리에게 퇴실시간과 함께 몇 가지 규칙을 알려 주면서 방 열쇠를 나에게 건네주었다. 그리고 그는 봉고에 타더니 순식간에 사라졌다.

방에 짐을 풀자마자 선희는 침대에 벌러덩 몸을 눕혔고 나는 잠시 방을 둘러봤다. 굶주린 배를 채워 주기 위해서 우리는 즉시 움직여야 했고, 흑돼지구이를 맛보기 위해 근처 식당으로 발걸음을 향했다. 한참을 걸어서 괜찮아 보이는 흑돼지구이 전문점을 찾아 들어갔는데 오래되어 보이는 건물에 테이블은 몇 개 없는 작은 식당이었다. 그렇지만 저녁 7시가 넘어선 시간에 앉을 자리가 없을 정도로 사람들이 가득했다. 붐비는 사람들을 헤집고 들어가서 구석에 비어 있는 자리에 앉았다. 잠시 메뉴를 고르면서 있으니 옆 테이블에서 돼지고기를 굽는 달콤한 냄새가 코를 자극했다. 생각해보니 아침 겸 점심식사 이후로 몇 개의 간식 외에는 아무것도 먹지 못했다. 많은 양을 줄 것으로 예상되는 흑돼지 한 근과 냉면 두 그릇을 주문했다. 음식을 기다리는 사이 내가 말을 꺼냈다.

“아쉽게 못 가본 곳이 좀 많긴 해. 아니 어쩌면 대부분의 유명한 장소는 가지 못한 거지. 한라산하고 성산일출봉 같은 곳 말이야. 그래도 괜찮아?”

“다음에 또 가면 되지. 그래도 우린 많은 것들을 봤잖아. 난 너무나 만족해.” 긍정적인 그녀가 고맙게도 긍정의 답변을 해주었다. 나도 사실 이번 여행은 대만족이었다. 괜히 유명하다는 곳들에 욕심을 내다간 애매하게 소비되는 시간만 늘어나고, 그렇게 되면 충분히 그 자체를 감상하고 즐길 수 있는 여유가 사라졌을 것이기 때문이다.

“나도 만족해. 더할 나위 없을 만큼, 다음에는 더 좋은 데를 가보자. 해외도 좋고, 팔도강산을 누벼 봐도 좋을 것 같고.” 웃으며 내가 말했다. “너는 살면서 꼭 가보고 싶은데 있어?”

“음……. 딱 한군데 있긴 해.”

"어딘데?"

"오로라! 천상의 커튼! 사진으로 본 적이 있는데 마치 뭐랄까……. 알록달록한 천사의 치맛자락 같았어. 한번 손을 뻗어서 잡아볼 수만 있다면……. 엄청나지 않아? 그 장엄함과 화려한 모습을 사진으로만 봐도 손이 떨리는 거 있지!"

그녀는 말을 하면서 손으로 오로라를 잡는 시늉을 했다.

"그건 나도 보고 싶긴 해. 그런데 그것도 캐나다나 알래스카나 북유럽에서 때에 맞춰서 운이 좋아야 볼 수 있다고 하더라고."

"희귀하니까 더욱 소중한 경험이 될 거야."

오로라에 대해서 떠드는 사이, 종업원이 밑반찬과 두툼해 보이는 돼지고기를 가져왔다. 소주 두 병을 추가로 주문했다. 밑반찬 몇 개를 집어먹더니 선희는 음식이 맛있다는 듯 감탄사를 연발했다.

"여기서 바로 온천으로 가야 하니 술은 너무 많이 마시면 안 돼, 알겠지?" 내가 말했다.

"그런데 거기 괜찮을까?"

"노천탕이라고 하던데. 혹시 노천탕 같은데 가본 적 있어? 야외에 있는 온천 같은 곳 말이지."

"당연히 안 가봤지. 친구들한테 얘기만 들어 봤거든. 정말로 가보고 싶어. 우리 얼른 먹고 나가자."

그렇지만 눈앞에 놓인 음식들은 해치우고 가야만 했고 그리 늦은 시간은 아니었기에 우리는 다시금 고기에 손을 대기 시작했다.

"너는 요즘 걱정거리 같은 게 있어?" 소주를 한 잔 입에 넣고 내가 물었다.

"글쎄, 슬슬 졸업 준비를 해야 하는 것 빼고는 별로 없어. 알잖아, 원래 걱정 같은 건 별로 안하는 성격이라는 걸. 그리고 졸업을 하면 취업도 해야겠지. 취업하면 정말 오빠한테도 맛있는 거 많이 사 줄게! 매번 오빠가 많이 사주면서도 생색 한 번 내지 않는 걸 보면 너무 고마운 거 있지."

"말만이라도 고마워, 아마 다 잘 될 거야. 이력서나 자기소개서 같은 걸 써야 할 일이 생기면 내가 최대한 도와줄게."

"고마워, 그런데 오빠는 따로 걱정하는 게 있어?"

"나? 음……."

"없어? 하나도 없어?"

"굳이 있다면 불안감 같은 게 있어."

"그게 뭔데?"

"항상 있어왔던 거라서 별로 신경을 쓰진 않는데, 현실에 만족하지 못하는 것! 이를테면 내가 가진 능력으로 평생을 먹고 살 수 있을지에 대한 막연한 걱정이랄까……. 학교를 다닐 땐 무슨 일을 해야 할지와 그 일에 대해서 만족할 수 있을지에 대해서 걱정하고, 막상 취업을 한 뒤에는 이 일을 하면서 평생을 버틸 수 있을지에 대한 걱정을 하게 되는 것 같아. 누구나 갖고 있을 걱정이긴 하지만 나는 좀 심한 편인 것 같아. 그래서 뭔가 작은 행복에도 만족할 줄 아는 사람들이 부러워. 정말 부러워."

"지금은 그래도 안정된 직장을 다니고 있잖아?"

"그래서 어느 정도는 지금 삶에 만족하고 있어. 그래도 그런 것 있잖아, 어쩌다보니 회사를 나오게 되면 어떻게 될지, 이대로 살아도 괜찮을지……. 가끔은 역마살이 낀 멍청한 방랑자 같다는 생각이 들 때도 있어."

나는 선희의 눈치를 살피고는 다시금 말을 이어나갔다.

"그래도 다행스럽게도 이런 걱정은 많이 없어지긴 했어. 너와 함께 있다는 게 너무 행복한걸!"

그녀는 살짝 미소를 띠고는 이내 아무 말이 없었다. 나는 분위기가 침울해진 것을 감지하고, 건배를 제안했다. 그 후에는 화제를 돌려서 서로의 서운한 점에 대해서 털어놓기도 했다. 우리의 대화는 어느 연인과 다를 바 없었다.

돼지고기는 추가로 주문할 필요가 없었다. 양이 충분했기 때문이다. 비빔냉면은 이미 말끔하게 비웠고 물냉면은 조금 남았다. 오겹살은 거의 다 해치웠지만 이 정도면 남은 술에 알맞은 양이었다.

"손 좀 올려봐." 선희가 갑자기 자기의 오른손을 식어버린 불판 위로 펴 올렸다. 의아한 마음과 함께 나도 손을 올렸다. "아니 왼팔." 나는 오른팔을 내리고 왼팔을 다시 들어올렸다. 서로가 올린 손에는 작년에 서로가 사다준 팔찌가 반짝거리고 있었다.

"손목에 있는 팔찌가 우리의 상징이야. 이 상태로 사진을 찍을게." 손 위에 휴대폰을 가져다 대고는 사진을 찍었다.

"사진을 왜 찍어?"

"일단 찍은 사진은 오빠한테도 지금 보내 줄게. 우리가 만약에, 오빠와 나 둘 중에 한 명이 그럴 일은 없겠지만……. 헤어지자는 말 대신 이 사진을 상대방에게 보여주기로 하자. 어때?"

"그러지 뭐. 그런데 사진을 왜 보내? 만약 그런 일이 있으면 말로 하면 되잖아."

"말로 하기엔 미안할 수 있으니 그렇지." 황당한 제안에 얼떨결에 승낙은 했지만 헤어질 일은 없을 텐데 별 요상한 것을 다 한다고 생각했다. 불판에 오래 앉아있다 보니 우리는 얼굴이 빨갛게 달아올랐다.

문득 시계를 보니 9시가 다 되어가고 있었다. 우리는 얼른 자리를 마무리하고는 밖으로 나와 가게 앞 의자에 앉아서 담배를 입에 물었다. 조금만 큰 길로 걸어가면 택시를 잡을 수 있다고 종업원이 말해 주었기에 잠시 쉬다가 두 블록을 걸어가서 택시를 잡았다. 밤의 적막함과 택시 안의 안락함이 자꾸만 눈을 감기게 했다. 옆에서 창문 밖을 보고 있는 선희의 손을 잡고는 잠깐 눈을 감았다.

우리는 한 시간 정도 온천욕을 즐기고는 불어버린 몸을 이끌고 펜션에 도착했다. 돌아올 때쯤엔 이미 온몸에 힘이 다 풀려서 축 늘어졌다. 다행이도 목욕탕을 다녀왔기 때문에 다시 씻을 필요는 없다는 사실이 내 피로를 덜어주었다. 우리는 침대에 몸을 팽개치고 TV를 보다가 이내 깊은 잠에 빠졌다.

마지막 여행 날이 밝았고 들어오는 햇살에 눈이 부셔서 잠이 깼다. 9시였다. 선희가 나를 등지고 자고 있는 모습을 보고는 누운 채로 그녀의 뒤에서 다가가고는 한번 껴안았다. 혼자 깨어 있으니 심심해서 좀 더 잠을 청했지만 그러기엔 너무도 몸이 개운해서 더 이상 눈이 감기지 않아서 다시 침대를 박차고 일어나서는 간단하게 세수를 하고 밖으로 나왔다. 일단 건물 뒤편으로 가서 우리와 여정을 함께 하고 있는 차의 상태를 확인해보고 조금 걸을까 싶었는데 이내 화장실이 급해서 바로 들어갔다. 귀엽고 게으른 여인은 40분 정도 지나서야 일어났고, 우리는 아침부터 한바탕 침대 위에서 사랑을 나눴다. 그녀는 웬일인지 침대 위에서 늑장을 부리지 않고 이내 씻으러 들어갔다. 집으로 돌아가야 할 시간이 되어서 기분이 한층 우울해졌다.

대략 11시 정도에 우리는 펜션을 떠났다. 2시 편으로 비행기를 타야 하니 시간적 여유는 아직 충분했다. 일단 렌터카 업체에 차를 반납하기 위해서 북쪽으로 향해야 했는데 이번에는 해안도로가 아닌 목적지까지 스트레이트로 뻗어진 내륙 도로를 통해 올라가 보기로 결심하고는 차에 짐을 싣고 무겁게 출발했다. 볼거리는 별로 없었지만 훨씬 빠르게 목적지에 다다랐다.

차를 반납하고 공항에 도착하니 비행기가 뜨려면 아직까지는 1시간 30분 정도의 시간 여유가 있었다. 우리는 배를 채우기 위해서 이리저리 공항 안을 돌아다녔는데 갑자기 선희가 내 어깨를 두드리더니 외쳤다. "오빠, 저기 고기국수 맛있어 보인다. 먹자!"

우리는 국수로 배를 채우고 공항 내 의자에 걸터앉았다.

"제주도, 잠시 안녕!" 선희가 인사했다.

"올 땐 날아갈 듯 기뻤는데 다시 돌아갈 생각을 하니 맥이 빠지는 것 같아."

"맞아. 다시금 바쁘게 달릴 일을 생각하니 미칠 것 같아. 아르바이트도 가야하고 졸업 작품 준비도 해야 해서 바빠질 것 같아."

"그래도 오늘까지는 쉬니까 최대한, 있는 힘을 다해서 놀자. 인천에 올라가서도 놀아 보자!"

"그렇게 말하니까 우리가 못 놀아서 환장한 사람 같아." 선희가 피식 웃으며 말했다.

"사람은 놀기 위해서 태어난 존재야."

떠날 시간이 되어 비행기에 올랐고 우리는 순식간에 김포공항에 도착했다. 전철을 타고 집으로 돌아가면서 그녀에게 정리된 오늘의 계획을 말해주었다.

"선희야, 일단 나는 집에 가서 짐을 좀 풀어 놓고 잠깐 쉬다가 연락을 줄게. 너도 집에서 쉬고 있어. 이따가 저녁에 맛있는 거 먹자."

"오케이, 우리 집에서 재료 몇 개 사가지고 맛있는 것 좀 해먹을까?"

돈가스. 돈가-스! 금방 만든 부드럽고 바삭바삭한 돈가스가 문득 생각났다.

24장 인사공청위원회

시간이 흐르면서 좀 더 많은 업무와 프로젝트를 수행하고 회사 내에서 흐르고 있는 기가 막힌 소식들을 접하게 되면서 몇몇 사람들의 어리석은 부조리와 한편으로는 그 어리석음을 자행할 수밖에 없는 근본적인 이유를 이해할 수 있게 되었다. 그리고 이런 것들을 이해시켜 준 계기 중 하나에는 인사공청위원회라는 회사 내의 공적 조직이 있었다.

인사공청위원회는 우리 회사의 각 본부에서 2명의 위원을 선발한 뒤, 인사팀에서 각종 인사제도를 시행하기에 앞서서 그 제도의 시행 필요성과 시행 전 보완할 부분에 대해서 그들의 의견을 사전에 들어보고자 구성된 위원회이다. 술고래의 지시 하에 나는 3월부터 간사역할로 위원회에 참석하기 시작했다. 내가 주로 하는 일은 단지 매월 열리는 위원회 정기회의에서 논의될 안건을 정리하고 필요 자료들을 위원들에게 배포하고 회의일정 등을 수립하는 일종의 보조자 역할이었다.

3월 24일 오후에 개최된 인사공청위원회 정기회의는 처음으로 내가 참석하는 회의라서 어떤 위원들이 어떤 얘기들을 할지에 대해서 궁금함이 앞섰다. 우리 팀의 뚱뚱한 김 대리와 함께 회의를 위한 몇 가지 준비들을 마치고 위원들을 기다렸다. 하지만 사전에 회의 일정과 장소를 통보했음에도 불구하고 회의를 시작하기로 한 시간까지 모인 인원은 13명의 참석인원 중 고작 7명뿐이었다. 나와 뚱뚱한 김 대리는 부랴부랴 아직 참석을 하지 않은 인원들에게 전화를 돌리고 그들에게서 곧 도착할 것이라는 응답들을 받아냈다. 시작부터 미적지근한 참석률을 보여주는 이 위원회 자체가 위원들의 입장에서 보면 그들이 인사팀을 돕기 위해서 억지로 참석을 강요당한다는 생각이 잠재적으로 존재했기 때문에 회의에 늦장을 부리는 일이 빈번하게 생기거나 혹은 그들에게 다른 볼 일이 생기면 쉽사리 불참석을 하는 경우를 흔하게 볼 수 있었다.

위원들이 어느 정도 모였을 때 이번 회의의 안건을 정리한 서류를 위원들에게 배포한 뒤, 미리 넉넉하게 사 놓은 음료수까지 나눠 주었다. 위원들이 다 모인 후에는 영업의 유 차장과 연구개발의 최 부장이 오랜만에 인사팀장과 만나서 함께 격렬하게 잡담을 나누게 되면서 회의는 좀 더 늦게 시작했다. 먼저 이번 회의에서 얘기해 볼 안건에 대해서 뚱뚱한 김 대리가 차례대로 설명하기 시작했다. 안건에 대한 설명이 끝난 후에는 각 위원들이 의견을 내놓기 시작했다. 나로서는 기록하는 일이 다소 버거웠는데, 안건에 대한 관련 내용을 잘 알지 못할 뿐만 아니라 여기저기서 정신없이 떠들어대는 통에 뭐라고 말하는지 잘 들리지가 않았기 때문이다.

식은땀 나는 회의가 끝나고 오늘 처음 알게 된 위원들과 간단하게 인사를 했다. 아직 내가 누군지 모르는 위원들이 많았고, 반대로 내가 모르는 사람들도 대다수였다. 영업의 허 부장과 생산의 김 과장, 고객서비스 부문의 정 차장은 인상이 푸근해 보였다. 나머지 위원들은 나에게 무관심 하거나, 경계하는 눈빛을 보내왔다. 괜찮다. 어차피 천천히 알게 되면 되는 것이다.

폭풍 같았던 위원회가 끝나니 벌써 퇴근시간이 훨씬 지나 있었다. 빌어먹을 회의록은 내일 쓰기로 결정하고 서둘러서 퇴근을 했다. 집에 도착해서는 간단하게 저녁 식사를 하고 운동을 해야겠다는 결심이 어쩌다 생겼는지 집 근처에 있는 공원을 몇 바퀴 돌기 위해서 추리닝으로 갈아입고 집을 나섰다. 몹시 피곤했지만 갈수록 저질스러워지는 내 몸뚱이를 개선해나가기 위해서는 운동을 해야만 했다.

헉헉대면서 두 바퀴째 뛰고 있을 때, 민수에게서 전화가 왔다. 녀석은 강남에 살고 있는 대학시절 나와 친했던 몇 안 되는 동갑내기 동기였다. 지금은 은행원으로 일하고 있는 앞길이 탄탄한 청년이고 이 년 정도 교제한 여자 친구와의 결혼식이 얼마 남지 않았다고 들었다.

"여보세요."

"어, 뭐하고 사냐?" 민수가 차분한 목소리로 물었다.

"그냥 일하면서 살고 있어. 아, 그리고 결혼 축하한다."

나는 한참을 달렸던 터라 거친 목소리로 대답했다.

"어, 4월 16일에 강남에서 할 거야. 그때 보자."

"왜 이렇게 멀리서 해?"

"너에겐 멀지만 나한테는 가깝거든. 어쨌든 하다 보니 그렇게 됐어."

그가 말을 이어갔다.

"그나저나 넌 결혼 안하냐?"

"돈 없어서 못해. 네가 돈 좀 대주든가." 나는 되는대로 말을 내뱉었다.

"돈 생기면 대 줄게. 일단은 결혼식에서 보자고."

"알겠어. 결혼 준비 잘 하고."

이런! 소중한 주말에 귀찮게도 강남까지 가게 생겼다. 녀석과는 친하긴 했었지만 그가 비교적 부유한 집에서 살아오면서 학업에도 충실했던 엘리트 친구라는 점은 나와 상반됐다. 항상 나를 보면서 안타깝다는 시선을 보내왔었기 때문에 때로는 재수가 없는 놈이라고 생각됐다.

"그래. 아마 중석이와 호영이, 주은이도 온다고 했으니 걔네들이랑 그날 같이 밥 먹으면 될 거야."

"……그때 보자." 내가 머뭇거리다가 답하고는 전화를 끊었다.

녀석의 마지막 말 한마디가 내 몸에 작은 떨림을 주었다.
주은이가 온다고 했다.

25장 민수의 결혼식

민수의 결혼식 당일, 나는 아침 일찍 일어나서 강남으로 떠날 준비를 했다. 사실 민수와 통화를 한 이후부터는 주은이를 만난다는 생각에 조금은 흥분된 마음이 계속되었다. 미리 선희에게는 토요일엔 친구 결혼식에 다녀온다고 말을 전했다.

아침부터 깨끗하게 샤워를 했는데 평소 쓰지 않던 바디로션과 폼클렌징까지 사용하니 얼굴은 반지르르 했고 몸에서는 좋은 냄새가 풍겨져 나왔다. 샤워를 하고 나서는 오늘 입고 나갈 적당한 옷을 고르려고 보고 있는 와중에 나보다는 두 살 어린 대학 동기 중석이에게 연락이 왔다. 이 녀석은 최근 공공기관에 입사해서 정읍으로 내려가서 근무를 하게 되었는데 주말마다 거기는 심심하다며 서울까지 그 먼 거리를 올라오는 집념이 강한 놈이었다.

"형! 집이야?" 활기 넘치는 반가움이 가득한 어조가 휴대폰을 통해 들려왔다.

"응. 서울 올라왔어?"

"당연히 그래야지. 어제 저녁에 왔어. 오늘 민수형 결혼식이잖아. 알고 있지?"

"안 그래도 준비하고 있어. 강남은 너무 멀다."

"알겠어. 어쨌든 이따가 예식장에서 봅시다."

전화를 끊고 다시 옷장으로 가서는 가장 깔끔해 보이는 캐주얼 정장을 골라서 입었다. 배가 조금 나와 보였지만 티가 나지 않게끔 하기 위해서 셔츠를 바지 밖으로 꺼내 입었다. 하늘색 셔츠에 회색 바지가 조금 튀어 보이긴 해도 괜찮을 것 같았다. 로션을 바르고 머리를 완벽하게 정돈하기 위해서 왁스를 듬뿍 퍼서 머리에 골고루 발라 주었다. 준비를 마치고는 잠시 누워서 한숨을 돌리며 휴대폰으로 결혼식장의 정확한 위치를 확인해 보았다. 대략 한 시간 정도는 족히 걸릴 것 같아 바로 일어나서는 옷매무새를 다시금 가다듬은 다음 출발했다.

강남역에서 내려서 불편한 구두로 십 분 정도를 터벅터벅 걸어가니 드디어 민수의 청첩장에 적혀 있는 예식장이 눈에 띄었다. 일단 건물 일층에 있는 현금인출기에서 십만 원을 찾았다. 축의금을 오만 원으로 할까 했지만 그랬다가는 아마도 뒤에서 지껄일 것이 뻔했다.

어쨌든 3층에 올라가서 민수의 이름이 적혀 있는 홀로 들어갔다. 예식장은 역시나 생에 가장 중요하고 특별한 날을 충분히 축복해 줄 수 있을 만큼 그 모습이 휘황찬란했다. 붐비는 사람들을 헤집고 나가서 신랑 측 축의금을 받는 사람에게 다가서는데 친한 동생인 호영이가 불쑥 나타나서는 내 어깨를 쳤다. 잘생긴 외모를 뽐내며 멀쑥하게 회색빛깔의 정장을 입고 있었다. 녀석은 몸매도 호리호리하여 정장을 입은 모습이 꽤나 멋있어 보였다.

"형! 지금 온 거야?"

"응, 오랜만이다. 그나저나 너 요즘 운동해? 몸이 좋아 보여."

"그렇지 않아. 술만 마셔서 나도 배가 엄청 나왔어. 옷에 가려져서 안 보이는 것뿐이야." 그가 손사래를 쳤지만 나와 비교해보면 뚱보와 홀쭉이였다. 나는 풀이 죽어서 내 볼록한 배를 자꾸만 만졌다.

"민수형하고 인사는 했어?"

그가 물어보기에 민수가 어디 있는지 잠깐 둘러보다가 식장에 들어가는 입구 앞에서 친척들로 보이는 사람들과 인사를 하고 있는 모습을 보았다.

"아직." 간단하게 답하고는 일단 축의금을 내고 방명록을 남겼다.

"형, 홀 안으로는 들어가 보지 않았지? 우리가 신랑 측 뒤편으로 테이블 자리를 맡아 놨으니 그쪽으로 오면 돼."

"그럼 중석이가 곧 온다고 했으니 중석이 데리고 그쪽으로 갈게." 내가 말하자 알았다고 하며 호영이가 먼저 안으로 성큼 들어갔다.

나는 민수가 친척들과 인사를 마칠 때까지 기다렸다가, 잠시 혼자 서있을 때 다가갔다. 모범생 같이 보이는 작은 눈에 뿔테 안경을 낀 모습에 곱슬머리와 여드름 꽃이 피어난 지저분한 피부가 트레이드 마크였던 그였지만 결혼을 앞두고 외모 관리를 많이 하였는지, 깔끔해진 피부와 단정하게 정리한 헤어스타일을 보고 있자니 녀석의 변화된 모습에 감탄을 금치 못했다.

"의찬이 왔구나? 왜 이렇게 살이 쪘냐?"

만나자 마자 내 자존심을 깎아내렸다. 재수 없는 녀석, 주은이만 아니었으면 결코 오지 않았을 것이다.

"살찌니 귀엽다고들 많이 그러더라고. 그래도 요즘 조깅을 좀 하고 있어. 그나저나 결혼 축하한다. 너의 그 가엾은 얼굴로도 결혼을 할 수 있다는 걸 보고 자신감이 많이 생겼어."

민수가 웃더니 조금 이따가 다시 보자고 말했다.

잠시 화장실에 들러서 다시금 옷을 고쳐 입고 나오니 중석이가 헐레벌떡 계단으로 올라오고 있었다. 그는 내게 가볍게 손을 올리고는 재킷 안주머니에 있었던 축의금 봉투를 꺼내면서 내게 얼마를 했냐고 넌지시 물어보기에, 나는 열 장이라고 말해 주었다. 그랬더니 그가 가져온 축의금 봉투에서 만 원짜리 지폐 다섯 장을 꺼내서 주머니에 쑤셔 넣었다. 아마도 내가 낸 금액과 맞추었던 것이다. 줏대 없는 놈이라고 생각하며 그와 식장 안으로 들어섰다.

안에는 사람들이 북적거려서 정신이 없었다. 호텔이라서 그런지 모르겠지만 평소에 보았던 예식장과는 다르게 신랑과 신부가 입장하는 길 양측에 원형 테이블이 깔려 있었다. 중간에 대학시절 보았던 몇몇 낯익은 얼굴들이 눈에 띄어서 대충 아는 척을 했다. 신랑 측으로 가서 두리번거리다가 호영이가 앉아있는 테이블을 발견했는데 그의 옆에는 그토록 보고 싶었던 주은이가 다소곳하게 앉아 있었다. 다가가서 그녀와 반갑게 인사한 다음 자리에 앉았다. 이윽고 결혼식이 시작되었고 무난하게 몇 가지 결혼식의 일반적인 절차들이 진행되면서 신랑과 신부가 차례로 입장하기 시작했다. 나는 축가는 어떤 노래를 누가 불렀는지, 주례사는 얼마나 길었는지, 민수와 신부가 눈물을 흘렸는지에 대해서 전혀 집중해서 볼 수가 없었다.

내겐 아무것도 기억이 나지 않을 정도로 딱 한 군데에 신경이 집중되어 있었기 때문이다. 작은 얼굴에 귀여운 단발머리를 하였으며 작고 밝게 빛났지만 어딘지 모르게 슬퍼 보이는 눈, 귀엽고 조그마한 입을 가진 주은이가 단정한 모습으로 결혼식을 바라보고 있었다. 그녀는 신랑과 신부를 지켜보기도 하고, 우리의 잡담 소리에 살며시 미소를 짓는 모습도 보았다. 나는 그녀를 몇 차례 쳐다보았고, 그녀도 나를 몇 번 바라보며 얘기했다. 알고 지낸 지 10여 년이 넘었지만 여전히 그녀는 아름다웠고 나를 설레게 했다. 대학시절 누구보다 순수했고 만날 때마다 행복을 주는 그녀를 좋아했었다. 그 당시 순수했던 나 역시 그녀에게 좋아하는 마음에 짓궂은 장난을 치기도 하고, 가끔은 그녀와 함께 다른 친구들과도 즐거운 시간을 보냈지만 정작 좋아하는 내 마음을 고백하지는 못했다. 다시금 군 제대를 한 이후에 용기를 내보려고 했지만 그녀는 이내 다른 남자와 만나기 시작했다. 게다가 슬프게도 그 연애는 계속되었다. 그 후, 내 무능력함과 겁쟁이 같은 초라한 모습을 몇 년이고, 몇 번이고 비난하고 좌절감을 느꼈다. 진정으로 누군가를 좋아하는 마음은 다른 사람과의 만남으로 잊혀지는 것이 아니었다. 그저 평생 그 마음을 감추고 살아가는 것뿐이었다.

결혼식은 별 특별할 것 없이 무난하게 마무리되었고, 잠시 뒤 나온 고급스러워 보이는 콩알만 한 양의 식사를 마치고 우리는 자리에서 일어났다.

호영이는 그가 가지고 온 가방을 집고 일어나면서 우리에게 제안했다. “오랜만에 만났는데 이대로 가긴 좀 그렇지. 여기 근처에서 커피 한잔하고 가자.” 나와 중석이, 다행스럽게도 주은이까지 흔쾌히 알았다고 답했다.

그렇게 우리 넷은 예식장을 나와서 큰 길의 맞은편에 있는 카페로 들어갔다. 깔끔하고 넓은 공간인데다, 테이블 사이사이의 공간도 널찍했다. 사람들이 별로 없는 조용하고 고급스러운 곳이었다. 네 명이 앉을 수 있는 구석의 테이블에 자리하고는 카운터로 가서 커피를 주문했다. 잠시 뒤, 중석이와 함께 커피를 양 손에 들고 테이블로 가져왔다.

“민수형이 벌써 결혼할 줄이야. 신부와는 얼마나 만났다고 했지?” 중석이가 커피를 나눠주며 말을 꺼냈다.

“아마 2년 정도 만났던 걸로 알고 있는데. 정확히는 모르겠어. 나도 요즘 만나지를 못해서 말야.” 민수와는 같은 강남에서 살면서 가끔씩 그와 만난다는 호영이가 답했다.

“형은 인천에만 있지 말고 서울에도 가끔씩 놀러 와. 서울에 오지를 않으니 우리가 이렇게 오랜만에 보는 거잖아.” 호영이가 웃으며 내게 말했다.

“너가 인천에 좀 오면 되지 않겠어? 주은이는 여기까지 얼마나 걸렸어?”

"나는 한 시간 조금 넘게 걸린 것 같아. 버스 타고 왔거든. 오빠는 잘 지냈어?"

주은이가 귀여운 목소리로 내게 물었다.

"그냥 그럭저럭 일만 하고 있어. 너는 어떻게 지내?"

웬만하면 그녀에게 질문을 자주 하고 싶었다. 그래야지만 질문에 답하는 그녀의 얼굴을 부담 없이 좀 더 볼 수 있는 명분이 생길 수 있었던 것이다.

"작년부터 수원에서 계속 일하고 있어. 나도 별 일은 없는 것 같아."

"디자인 회사에서 근무하고 있다고 그랬지?" 호영이가 주은이에게 물었다.

"어, 맞아. 작년 5월부터 일하기 시작했어." 주은이가 대답했다.

"서울에는 자주 와?" 이번엔 가만히 커피만 마시고 있던 중석이가 주은이에게 물었다.

"가끔씩 친구들 만날 때나……."

그때, 호영이가 끼어들었다. "아니면 남자친구를 만날 때. 맞지?"

"뭐, 자주 만나지는 않아." 대충 얼버무리는 그녀를 보고는 여러 생각이 들었다. 남자친구를 만나고 있다는 가슴 아픈 사실과 동시에 한편으로는 남자친구에 대해서 얘기를 꺼내고 싶지 않아 보이는 그녀의 모습을 보면서 조만간 헤어지게 되지 않을까 하는 괘씸한 기대감이 내 머릿속에 자리 잡았다. 좋아하는 마음이 한 사람을 잔인한 존재로 만들고 있었다.

"호영이는 회사 잘 다니고 있어? 얼마 전에 이직했다는 새로운 회사에서는 적응하기 괜찮아?" 내가 호영이에게 물었더니 중석이와 주은이는 몰랐던 사실이라는 듯이 호영이를 쳐다보았다.

"아직 4개월 정도밖에 안됐는데 그래도 적응은 잘 하고 있는 것 같

아. 작은 회사이다 보니 사장님이 직원들 각자에게 신경을 많이 써주는 게 보여서 만족하면서 다니고 있어. 나한테는 따로 업무와 관련된 공부를 해보는 게 어떻겠냐고 해서 지금은 학원도 다니고 있어."

"오! 괜찮은데? 그런데 그 회사에서는 무슨 일을 하고 있는 거야?" 평소 호영이와는 따로 연락을 하지 않는 중석이가 질문했다.

"지금은 조그만 무역상사에서 일을 하고 있어. 수출 관련된 일을 돕고 있어. 그나저나 그 일이 엄청나게 복잡한 거야. 아직은 잘 모르는 것들도 많아서 그냥 다른 사람들이 하는 일에 보조 같은 역할을 하는 거지."

"그런데 이직은 왜 하게 된 거야? 연봉 때문에?" 중석이가 커피를 쭉 들이켜면서 관심이 많다는 표정으로 물었다.

"글쎄……. 일단 전에 다녔었던 회사는 연봉이 너무 낮았었던 게 가장 큰 이유야. 게다가 거기서 계속 몸담고 있기에는 앞날이 불안하다는 생각이 들더라고. 언젠가 부터는 나 스스로가 봐도 그저 아무런 생각이 없이 컴퓨터만 두들겨 대고 있는 모습이었던 거지. 그게 어찌 보면 능력이라고 할 수도 있겠지만 뭐랄까, 알게 모르게 허무함이 느껴졌어."

호영이는 씁쓸하다는 듯이 말을 이어 나갔다.

"하여튼 돈이 일 순위라는 건 부인할 수 없는 사실이야. 게다가 지금 다니고 있는 회사에서 새로운 분야에 다이빙해서 일도 하고 공부도 하고 있는데 썩 만족하면서 다니고 있어. 나름 재미도 있고 말이야."

"그렇지만 공부도 하면서 회사 일도 해야 하다니 엄청 힘들겠어."

"그래도 해야지."

"시간이 빠른 것 같아. 벌써 누구는 결혼도 하고 말이야."

나는 일 얘기에 지루함이 느껴져 화제를 돌렸다.

"그러게, 다음은 누가 결혼할까?"

중석이가 말하니 서로가 얼굴을 둘러보면서 마음속으로 각자 생각하는 순위를 떠올리고 있었다.

"아무래도 나이순으로 가지 않을까?" 주은이가 말했다.

"아니지, 오랫동안 만나고 있는 주은이가 제일 먼저 갈 것 같은데?"

"아직 모르겠는데?" 호영이의 떠보는 말에 그녀는 답했다.

"대학 시절이 좋았는데……." 뜬금없이 중석이가 중얼거렸다.

"그렇지, 대학 시절이 좋았는데. 그 좋았던 시기의 추억들은 별로 없는 것 같아. 그땐 제대로 공부를 했어야 했거나 제대로 놀았어야 했어."

호영이의 말에 중석이가 정색하며 말했다.

"넌 제대로 놀았잖아? 내가 봤을 땐 그런 것 같던데."

모두가 웃었고 호영이는 아니라는 듯이 고개를 강하게 저었다.

"그나저나 민수형 신혼집은 구했을까?"

"내가 듣기로는 대치동에 있는 아파트에 집을 구해서 산다고 하던데."

"역시! 부르주아는 달라. 나 같은 사람은 백날 벌어봐야 집 한 채 장만하기도 힘들 텐데. 집안이 잘 사는 것도 능력이라니까. 민수형은 얼굴만 봐도 여유로워 보이잖아."

젠장, 틀린 말이 아니라고 생각하니 씁쓸한 기분이 들었다. 주은이만 없었더라도 쌍욕을 퍼부었을 것이다.

커피를 거의 다 마셨을 땐, 누군가가 앞으로는 정기적으로 모임을 갖자고 말을 꺼냈고 모두가 환호하며 알겠다고, 누구 한 명 빠지지 말라고, 멀리 살고 있어도 오라고 외쳐 댔다. 글쎄, 아마도 정기적으로는 모이기 힘들다는 사실은 서로가 잘 알고 있지 않을까 싶었다. 현대인들은 너무 바빠서 다른 이들과의 만남이 힘들거나, 다른 이들과의 만남이 힘들 정도로 바쁜 척을 하거나, 이 둘 중 하나에는 반드시 포함되는 존재라는 생각이 들었기 때문이다.

한 가지 놀라운 점이 있었는데 나의 어설픈 감각으로 느낀 건, 주은이가 나를 쳐다보는 시선을 몇 번이고 느꼈다는 것이다. 분명했다. 그리고 나 역시 마찬가지로 그녀에게 시선을 던졌다. 눈이 마주칠 때 얌전한 그녀의 눈은 나에게 무엇인가를 말하는 것처럼 아무 말도 없이 그저 나를 바라보았다. 그럴 때면 그녀의 눈이 무슨 말을 하고 있는지, 다른 친구들이 없을 때 나에게 하고 싶은 말은 무엇인지, 나에 대해서 어떻게 생각하는지, 그것들을 몹시 알고 싶었다. 내가 모아 놓은 돈의 절반을 바치더라도 그녀의 생각들을 알 수만 있다면 기꺼이 지불할 용의가 있었다.

잠시 동안 오늘 결혼식에 참석하지 못한 다른 친구들의 근황에 대해서 얘기를 나누다가 보니 훌쩍 시간이 지나 이제 다들 집으로 돌아가기 위한 눈치를 보기 시작했다.

카페에서 일어나서는 역으로 향했다. 돌아가는 길이 주은이와 같은 방향이라서 전철을 타고 이십여 분 정도 둘만의 시간을 보냈는데 일상적인 대화가 아닌, 오랜만에 만난 친구사이의 대화 따위가 아닌, 다른 이야기들을 하고 싶었지만 그녀의 남자친구와 나의 여자친구에 대한 보이지 않는 족쇄와 마음에 대한 불확실성이 쌓여서 만든 비윤리적 사고와 비겁함이 한데 어우러져 나를 겁쟁이로 만들고 말았다. 단지, 그 짧은 시간동안 서로의 것들을 포기하고 만남을 가질 때의 그 행복한 모습을 상상했을 뿐이었다. 단지 상상만으로, 그녀의 눈빛만으로 만족해야만 했다.

"오빠, 잘 가."

"다음에 꼭 보자."

우린 가볍게 인사하고 헤어졌다. '꼭' 이라는 말에 담은 나의 뜻을 어렴풋이라도 알게 되었을지, 내 눈빛이 말하는 것들을 읽었을는지……. 만약 그런 내 마음의 울림을 느꼈다면 그것에 대해서 인지하고 있는 것만으로도 충분했다. 아직 모든 것들을 확신하기엔 남은 날들이 너무 많았다.

26장 인사혁신 프로젝트

7월의 뜨거운 햇볕과 대지에서 반사되어 올라오는 열기에 쥐포처럼 익어 버리는 것을 피하기 위해서 출근하는 사람들 몇몇은 미니 선풍기를 얼굴에 대고 있거나 부채질을 해댔다. 어떤 이들은 옷이 덮고 있는 속살에 바람이 통하게끔 옷소매를 잡고 사정없이 흔들었다. 항상 지겨울 만큼 반복되는 출근길을 걸어 사무실까지 도달했다. 계단을 타고 재빠르게 올라오니 온몸에서 땀이 흘러내렸다.

유니폼을 입고 익숙한 자리에 앉아서는 다이어리에 오늘 하루 무슨 일을 할지에 대한 리스트를 나열해 보았다. 다가올 대리급 교육 준비와 조직문화 개선활동, 최근에 개정된 채용법률에 대한 검토, 그 외에도 팀장이 오더를 내렸던 보고서 작성 따위의 일들이 있었다. 이 많은 일들을 오늘 다 할 수 있을지도 모르겠지만 일단 오늘의 할 일을 적는 공간에 기록해 두었다.

오전에는 교육 준비의 일환으로 외부강사 섭외를 위한 교육 컨설팅 업체 담당자와의 미팅을 가졌다. 담당자가 오면 교육예산의 절감을 위해서 예정된 교육에 대한 강사비와 추가적으로 부담되는 교육 운영비를 조정하는 협상을 한다. 말이 좋아 협상이지 간절한 상황에서는 회사가 힘든 상황이라는 것을 최대한 어필하면서 구걸 아닌 구걸을 하기도 했다. 미팅 후에는 법률검토와 보고서 작성을 위해 기본 구조를 짠 뒤에 내용을 보충하기 위한 자료조사를 시작했다.

중간 중간에 건조한 피부의 임 과장이 월간 실적보고를 작성하기 위해 교육 부문에 대한 전월 성과에 대해서 상세히 물어보기에 그녀의 옆에 앉아서 30분 정도를 설명해줘야 했다. 그 다음에는 신 씨가 OA

프로그램의 기능에 대해서 몇 가지를 물어보기에 몇 차례 답해주었다. 정신이 없었다. 바쁘게 오전 업무를 처리하다 보니 점심시간이 된 줄도 몰랐다. 점심식사 시간을 알리는 종소리가 울리자, 유니폼을 입은 직원들이 물소 떼처럼 식당으로 향했다. 나는 조금 늦게서야 식당에 도착했고, 음식을 담아서 식탁에 앉을 땐 명훈이에게 연락이 왔다.

"드디어 취업했다! 고기 사줄 테니 이따가 저녁때 보자."

고기 생각을 하며 오후 6시 정시에 맞춰서 퇴근하기 위해 오후 일과를 바쁘게 마무리하고 있었는데, 불안하게도 퇴근시간 30분 정도가 채 남지 않았을 때 술고래가 임 과장, 김 대리와 함께 나까지 회의실로 호출했다.

회의실에 옹기종기 앉은 우리들의 표정이 그리 밝지 않았다. 하루 종일 업무의 반복에 지쳤고, 업무 막바지에 이르러 갑작스럽게 호출한다는 것은 공동으로 작업해야 하는 무언가 큰 과제를 부여해 줄 것이 틀림없었기 때문이다. 팀장은 우리를 이 시간에 불러낸 것이 미안했다는 듯이 장난스럽게 우리에게 말을 건넸다.

"오늘 다들 뭐해? 다 같이 술 한잔할까?"

잠깐의 침묵 뒤에 내가 한마디 했다.

"약속 있습니다."

"그렇군." 잠시 안타깝다는 표정을 짓더니 그가 말을 이어나갔다.

"내가 이 시간에 급하게 부른 이유가 궁금하지?" 술고래는 자신의 뚱뚱한 몸을 자리에서 일으킨 다음 회의실 앞에 비치된 화이트보드 앞으로 다가섰다.

"사실 오늘 말해줄 프로젝트는 급하게 위에서 오더가 떨어진 것도 있고 어차피 해야 되는 일이기도 한 부분이기도 해. 오늘은 일단 우리가 해야 하는 일에 대해서 대략적으로 설명만 할 예정이라서 그리 오래 걸리지는 않을 거야."

여기까지 말하면서 술고래는 화이트보드 상단에 'HR제도 혁신'이라는 단어를 작성한 다음에 말을 이어 나갔다.

"음……. 다른 회사들도 마찬가지이기도 하고, 우리가 인지하고도 있었지만 승진적체 현상이 심화되면서 고정적인 인건비 지출이 많아지고 있어. 우리 회사의 부장과 차장이 전체 인원의 40퍼센트가 넘는다는 건 우리나라가 현재 고령사회에 진입한 것처럼 심각한 거지. 향후에 새로운 인력들을 적극적으로 유입해서 인적경쟁력을 강화하고자 할 경우에도 기존의 인건비에 대한 부담이 걸림돌이 될 수 있기도 하지. 또한, 몇몇의 중요한 인사제도는 시행된 지 십 수 년이 지났음에도 불구하고 시대에 따른 변화나 개선이 없이 그대로 이어지고 있어. 이는 곧 시대에 역행하는 흐름이라고도 볼 수 있지. 결국 이런 장기적인 문제를 해결하기 위해서는 인사 전반에 걸친 혁신안을 구상해야 할 텐데."

팀장은 화이트보드에 우리가 개편해야 할 제도들에 대해서 카테고리를 쓰기 시작했다.

"가장 먼저 부장부터 사원까지의 직급체계를 간소화하는 것이 필요할 것 같아. 뭐, 호칭은 기존과 그대로 해도 상관없겠지만 말이야. 그에 따라서 승진제도도 손을 봐야 할 것이고. 그 외에도 인사고과 기준이라든지 승진 조건들도 봐야 할 것 같아. 그리고 적극적인 기업가 정신을 바탕으로 하는 조직문화를 이루기 위해서 필요한 활동들도 생각해야 할 거야. 이름하여 신인사제도를 도입해야 될 것 같아. 하여튼간에 인사 업무의 모든 것들에 대해서 다시 생각해 보자는 말이야. 무슨 말인지는 대충은 알겠지?

그럼 오늘은 각자 어떤 역할들을 맡아서 할지부터 생각해보도록 하

자. 일단은 이 일은 비밀리에 진행하기로 하고."

한차례 팀장의 연설이 끝나고 우리는 잠시 침묵을 지켰다. 잠시 후, 뚱뚱한 김 대리가 먼저 입을 열었다.

"지금 우리가 갖고 있는 문제점은 이해가 가지만 한꺼번에 너무 많은 걸 바꾸려는 건 아닌가요?"

"그렇지만 이렇게 해야만 해. 괜히 어설프게 한 두 개씩 계속 바꾸다 보면 오히려 직원들에게도 혼란을 초래할 수도 있지." 팀장이 말했다.

"그럼 만약에 우리가 시행한 결과가 인건비를 줄이는 결과를 초래하게 되면 직원들이 당연히 불만을 가지게 될 텐데 그 결과는 우리가 감당해야 하겠네요?" 이번엔 임 과장이 물었다.

"그저 인건비를 줄이겠다는 게 아니라 적당하지 않은 곳으로 빠져나가는 인건비를 다시금 검토해보고 역량이 있고 성과가 좋은 이들에게 보상해 주도록 만들어 줘야 하겠지. 지금 부장과 차장급의 사람들뿐만 아니라 그 밑의 직원들 중에도 일부는 제 역할을 제대로 하지 않으면서 능력에 맞지 않은 연봉을 가져가고 있잖아."

필요한 일이었지만 뜻밖의 임무에 피곤함까지 쌓여 우리의 표정이 더욱 굳어졌다.

"최종 보고는 언제까지 해야 하는 건가요? 저는 아직 정확히 어떤 내용인지 잘 모르겠네요." 내가 솔직히 말하니 팀장이 웃으며 대답했다.

"너는 우리 팀에 들어온 지 아직은 몇 개월 되지 않았기 때문에 구체적인 내용을 잘 모르겠지만 일단은 회의에 계속 참여해서 의견도 내보고, 백데이터를 받아서 잘 정리해서 보고 자료를 완성하도록 해. 아마 너에게도 많은 도움이 될 거야. 최종 보고는 아마도 다음 주까지?"

"다음 주가 말이 되나요?" 우리는 기겁했다.

"그럼 다다음 주까지 해봐. 너무 늦으면 곤란해." 역시나 급한 성격의 술고래가 먼저 일정을 세게 내리쳐 봤던 것이었다.

그 후, 우리는 한 시간을 넘게 그 자리에 앉아서 얘기를 했다. 30분 정도가 지났을 땐 술고래는 노동조합 측 행사에 참여해야 한다면서 먼저 퇴근준비를 하기 위해 떠났다. 임 과장의 지휘 아래 대충 각자의 역할을 정하고는 내일 다시 구체적으로 얘기해보기로 했다.

복잡한 기분만 가지고 퇴근을 하는데 집에 도착하니 벌써 저녁 8시가 넘는 시간이다. 늦을 것 같다고 명훈이에게 미리 일러주었기 때문에 8시 30분으로 약속시간을 미뤘다. 부랴부랴 옷을 갈아입고는 녀석을 만나기 위해 부평까지 쏜살같이 달려갔다. 부평의 시장로터리 근처 비교적 한적한 곳에 있는 소고기 전문점으로 들어가서 명훈이를 만났다. 가게 안으로 들어가니 테이블이 몇 개 되지 않는 바람에 금세 그를 발견할 수 있었다. 녀석은 취업에 성공했지만 행복한 얼굴이 아닌 것 같아서 장난은 접어 두었다.

"평소에 칼퇴만 하는 녀석이 왜 이렇게 늦어?" 명훈이가 반기며 말했다.

"갑자기 회의가 있어서……. 축하한다! 취업."

"고마워. 일단 소갈비살 괜찮지? 그걸로 주문하자." 명훈이는 종업원을 불러서 소갈비살 이인분과 소주 한 병을 주문했다.

"그래도 공부는 오랜 기간 동안 하지는 않은 것 같은데 용케도 취업을 했네."

"그렇긴 하지. IT 보안 관리하는 일이야. 그래도 거의 서른 군데는 넘게 썼는데 그 중에 한곳에서 합격한 거야."

"대부분의 취준생들이 다들 그 정도는 해. 그건 그렇고, 언제부터 출근이야?"

"바로 다음 주부터야. 다 좋은데 문제가 있어."

"무슨 문제?"

"교대 근무를 해야 한다는 거야. 근무시간도 어마어마해. 아직은 정확히 어떻게 돌아가는지는 모르겠지만 24시간을 연속해서 근무해야 할 때도 있다고 해. 24시간이라니! 말이 된다고 생각해? 어떻게 버틸 수 있을지 모르겠어."

"24시간을 어떻게 근무해? 그럼 돈은 많이 주지 않을까?"

"그것도 아니야. 보통 일주일에 세 번 정도만 출근하기 때문에 근무시간이 그렇게 많지는 않아. 자연스럽게 돈도 조금 받을 수밖에……."

꽤나 고생길이 열리겠다고 생각했지만 그래도 오늘만큼은 녀석에게 좌절감을 안길 수는 없었다.

"어쨌든 일을 하다가 보면 생각보다 괜찮을지도 모르지. 겪어봐야 아는 거니 벌써부터 겁먹을 필요는 없어."

"그러게. 일단 중요한 건 이쪽의 일을 해 보는 것도 중요한 지라 경험도 쌓아보고 돈도 버는 거지." 잠시 침묵하더니 이내 기뻐하는 얼굴로 녀석이 외쳤다.

"뭐. 어쨌든 취업은 했다! 간만에 형이 사주는 거니 많이 먹어라."

조금 뒤 나이가 좀 있어 보이는 종업원이 고기를 가져오더니 우리에게 이 가게에는 처음 오는 거냐고 물었다. 내가 그렇다고 하자, 맛있게 굽는 방법을 열정적으로 알려주기 시작했다. 그러면서 손수 고기들을 불판에 직접 올려서 구워주기 시작했다.

고기를 몇 점 먹다 보니 입에서 살살 녹기 시작했는데 양이 너무 적었다. 고기만으로는 집에 갈 때까지도 배가 고플 것 같아서 냉면을 주문했다. 시원하게 한 턱 쏜다고는 했지만 그의 주머니를 시원하게 비우고 싶지는 않았다.

"현범이하고 태주한테는 연락했어?" 내가 물어보았다.

"응, 오늘 연락을 다 돌렸는데 다들 일이 있어서 못 나온다고 하더라. 소고기 먹을 좋은 기회를 잃는 거지 뭐." 명훈이가 다행이라는 듯 눈썹을 위로 한껏 올렸다.

"애들도 별일 없겠지?"

"태주는 치킨 장사 잘 하고 있으니 걱정할 것 없지만, 현범이가 조금 걱정되긴 해."

아직까지도 경제적 수입이 없는 공식적인 백수인 현범이가 걱정이 되기는 했다. 누구보다 괜찮은 녀석이지만 세상은 돈을 벌어야만 사람 구실을 하는 놈이라고 보기 때문이다.

"그 녀석은 잘 될 거야. 왠지 느낌이 그래." 내가 변호하니 그는 소주를 한잔 마시고는 한숨을 쉬며 말했다. "다 같이 잘 되기는 하겠지. 회사생활은 할 만하지?"

한동안은 내 회사 얘기들을 늘어놓았다. 그 다음에는 연애 이야기로 이어졌다. 애인이 없는 명훈이에게는 길게 말하면 녀석이 지루함을 느낄 것 같아서 짧게 근황을 알렸다.

"조만간 선희 생일인데 무슨 선물을 해야 할지 고민된다."

"목걸이 같은 거 사줘." 명훈이가 짭짭대면서 말했다.

"목걸이는 지금도 가지고 있던데."

"그럼 향수는 어때?"

"향수도 있는 것 같아."

"젠장, 그럼 아무거나 사줘. 이미 가지고 있다고 안 사주냐?"

"좀 더 실용적인 게 좋을 것 같은데 뭘 사야 할지 모르겠어."

"그럼 술이나 마시면서 생각해." 명훈이가 술이 가득 찬 잔을 들어 올렸다. 건배를 하고 우린 동시에 젓가락을 들어서 고기를 씹었다. 갑자기 녀석이 내 눈을 똑바로 쳐다보더니 말했다.

"선희와 결혼할거야?"
"쉽게 생각할 일은 아니지만 아마도 그러지 않을까?" 나는 잠시 고민하다가 대답했다.
"아마도라고? 확신이 없군."
"글쎄, 아직은 잘 모르겠어. 물론 하고 싶은 마음이 있는데 상대방 의견도 들어봐야겠지?"
"변명하지 마. 다른 여자도 만나고 싶은 게로군."
"아니야, 그렇진 않아."
"거짓말!"
"그저 조금 더 만나면서 알아가고 싶은 것뿐이야."
"그럼 한 가지만 묻자. 만약 선희와 너가 클럽에서 만났더라면 지금처럼 만남을 이어갔을 것 같아?"
"그건 왜 물어보는 거야? 당연히 잘 만나겠지. 가끔씩 의심이 들 때가 있을 수도 있겠지만."
"무슨 의심? 다른 남자를 만날까봐 하는 의심 말하는 거야?"
"그렇겠지. 어쩔 수 없잖아? 사람 마음이라는 게. 그나저나 왜 물어보는 거야?"
명훈이가 잠시 뜸을 들이더니 말을 꺼냈다.
"별건 아니고, 지난번에 클럽에서 괜찮은 여자를 만났었거든. 정말 괜찮은 여자였어. 그런 곳에 많이 다니는 여자도 아닌 것 같았고……. 알잖아? 보면 어떤 느낌인지."
"그렇지. 하여튼 그래서?"
"그래서 연락처를 받고 그 이후에 몇 번 만나다가 네 번째쯤 만났을 땐 사귀기로 했거든."
"오! 축하해. 드디어 너도 연애를 시작하는구나." 나는 박수치며 환호하니 그가 손을 저으며 말을 이어갔다.

"아니, 잘 들어봐. 사귀기로 한 다음날부터 그녀와 연락이 통 되지를 않는 거야. 이틀이 지나고 삼일이 지나도 말이지. 그래도 이상하다는 마음보다는 언젠간 연락이 오겠지 하는 마음으로 기다렸거든. 그 여자는 그럴 것 같았어. 눈을 보면 알 수가 있거든!"

"연락이 왔어?"

"일주일이 지나서야 연락이 오더라고, 미안하다면서. 그래서 일단 만나자고 한 다음 나중에 만나서 얘기를 해보니 나와 만난다는 게 갑자기 꺼려진다는 거야. 그 주된 이유 중 하나가 처음 만난 장소 때문이라는 거지. 하지만 그 전에도 분명히 내가 그 사실에 대해서 상관없겠냐고 물었었거든! 그땐 분명히 남의 눈치를 보지 않아서 상관이 없다고 자신 있게 말했던 걸 똑똑히 내 눈으로 봤단 말이야. 사람 마음 가지고 장난친 거지 뭐."

"그래서 어떻게 했어?"

"당장 꺼지라고 했지. 다시는 역겨운 거짓말쟁이는 보고 싶지 않다고! 재밌는 건 회집에서 있었던 일이었는데 아직 회가 나오기도 전에 그녀는 가버렸다는 거지. 결국 반절정도를 먹다가 배가 터질 것 같아서 나머지는 포장해달라고 했지 뭐야?"

우리는 웃음을 터뜨렸다. 그렇지만 녀석의 눈에 그 여자에 대한 분노감과 자신에 대한 좌절감이 서려있는 것 같았다. 그 녀석에게 처음으로 안타깝다는 생각이 들었다.

한동안 우리는 정신없이 고기와 술만 먹다가 술병이 거의 비워질 때쯤 말을 꺼냈다.

"넌 꿈이 있어?"

"꿈? 뭘 그런 걸 물어봐." 명훈이가 질색했다. 낯간지러운 질문은 사양한다는 표정이다.

"그래도 임마. 목표 같은 게 있을 거 아냐." 내가 진지한 표정으로 질문했다. 대답을 듣고 싶었다. 우리가 자주 만나면서 정작 얘기해보지는 않은 것이다. 서로에 대해 잘 알고 있다고 생각하겠지만 천만의 말씀이다.

"말해봐." 내가 한 번 더 강요했다. 잠시 생각하더니 녀석이 말을 꺼냈다.

"내 목표는 정치꾼마냥 상황에 따라서 계속 바뀌었어. 너도 알지? 경매도 하고 과일장사도 하고 방송국에서도 일을 했고. 최종적인 꿈은 없었는데 단지, 내가 하는 일이 나에게 맞는지 도전을 해 보았을 뿐이야. 꿈? 꿈같은 건 생각할 여유가 있는 자들이 하는 소리일 뿐이지. 생계에 절박하면서도 그저 나를 이리저리 굴려봤는데 애초부터 꿈은 없었어. 혹시 몰라. 만약 내가 이번에 시작하게 될 분야에서 정착한다면 그때 가서는 정말로 새로운 꿈이 생기지 않을지 싶어. 그 전까지는 그저 버티면서 사는 것 자체가 꿈이었다고 한다면 그게 꿈이지."

"그래도 목표 같은 게 있어야 일을 할 때도 더 적극적으로 할 수 있지 않을까?"

"그런 관점에서 보자면 내 꿈은 없었지. 이것 봐. 보통은 꿈이 없으면 불행한 사람들이라고 하는데, 물론 맞는 말이기도 해. 그렇지만 꿈이라는 걸 이루지 못할 때의 고통과 정작 그것을 위해 달려왔을 때 그 꿈은 허황된 꿈이거나 나에게 행복을 주지 않게 될 때의 고통을 겪는 것보다는 애당초 꿈이라는 건 없는 게 나은 것 같아. 이제 막 취업한 나한테 그런 걸 묻지 마. 일단 일하면서 생각해 봐야 하잖아."

"그렇지."

"뭐, 그러는 넌 꿈이 있어?" 명훈이가 되레 내게 물었다.

"난 있지."

"뭔데?"

"별건 아니고, 그냥 처자식하고 친구들과 같은 동네에서 걱정 없이 사는 거지. 자주 모여서 놀기도 하고 말이야. 우리만의 낙원 같은 것이라고 할까나."

"평범하지만 어렵다는 걸 알아둬."

자리에서 일어나니 벌써 11시가 다 되어가고 있었다. 내일 출근을 위해서 이만 들어가야 할 것 같았다. 집까지 함께 걸어가려 했으나 날씨가 너무 더운데다가 술에 취하고 나니 걷다가는 중간에 지쳐서 쓰러질 것만 같았다. 결국 버스를 타고 집으로 향했다. 내일부터 해야 할 과제와 선희에게 줄 생일선물이 걱정이다.

27장 선희의 생일

새로 시작하는 프로젝트에서 나의 주요한 역할은 발표 자료를 만드는 것이었다. 결과물을 만들기 위해서 자료를 취합해서 보고를 받는 이들로 하여금 이해하기 쉽도록 구성해야 하는 것도 필요하지만, 가장 어려운 난제는 왜 인사혁신을 시행해야 하는지에 대한 명분을 만드는 것이었다. 서두에 넣을 예정인 이 명분은 단순히 생각했을 땐 회사의 비용 증가와 인적자원의 감소에 대한 문제에 대처하기 위해서라고 볼 수 있지만, 그런 식으로 전 직원들에게 알릴 경우에는 무슨 욕을 듣게 될지 상상도 가지 않았다. 회사 입장에서 불가피한 선택이었다는 것을 어떻게든 순화한 표현으로–팀장의 표현을 빌리자면 '감동적으로' 만들어야 했다. 프로젝트에 집중하면서도 일상 업무도 수행해야만 했다.

신중하게 골랐던 선희의 생일선물은 내 어깨 넓이만큼의 길이가 되어 보이는 곰 인형과 그리 비싸지도, 저렴하지도 않은 백화점에서 구입한 목걸이였다. 분명 그녀가 좋아할 것이 틀림없다고 생각하니 가슴이 뛰었다. 깜짝 선물을 하려고 그동안 선희에게 선물에 대해서 아무런 얘기를 하지 않아서 입이 얼마나 근질거렸는지 몰랐다.

그녀의 생일이 금방 찾아왔고 오후 1시에 주안역 근처에서 만나기로 약속했다. 조금 일찍 도착해서 편의점에서 오렌지 주스를 구입하고는 편의점 앞에 있는 의자에 앉아서 그녀를 기다렸다. 무더운 날씨 때문에 그녀는 평소 의상보다 과감하게 노출된 검정색 원피스를 입고 등장했다. 하얗고 풍만한 그녀의 가슴이 자신 있게 드러나 있어서 섹시한 느낌을 자아냈다. 빨간색 구두는 검정색 원피스와 절묘하게 조화가 되어 그녀의 센스가 넘치는 패션을 뽐냈다.

"의찬아!" 손을 흔들며 나를 불렀다. 가끔 내게 친구처럼 부를 때가 있었는데 그녀가 기분이 좋을 때를 알려주는 신호이기도 했다.

"생일 축하해! 오늘 섹시하게 입고 왔네. 매력적이야."

"고마워. 오늘은 특별한 날이니 한번 입어 봤어. 예전에 가끔씩 입다가 요즘엔 안 입는 옷인데 옷장 속에서 발견한 거야. 오빠한테 잘 보이려고 입고 왔지."

말을 마치더니 그녀는 양손으로 원피스를 살짝 잡고 모델처럼 내 앞에서 한 바퀴 빙그르르 돌았다. 그 모습이 귀여워서 엄지손가락을 들어 보였다.

우리는 먼저 배를 채우기 위해 그녀의 집 근처에 있었던 항상 가보자고 했지만 정작 한 번도 못 가봤던 곳으로 향했다. '마리의 일기'라는 이름의 주안의 번화가 중심에 위치한 레스토랑은 주변의 평범한 건물들과는 다르게 그리스풍의 고풍스럽고 아기자기한 2층 건물이었다. 우리는 아늑한 내부 인테리어에 감탄하면서 2층으로 올라가서 자리에 앉은 뒤 샐러드와 파스타 그리고 피자가 나오는 런치세트 메뉴와 이름 모를 와인 한 병을 주문했다.

음식을 기다리는 동안에는 더위에 질려버린 몸을 에어컨으로 식혔다. 기상청에서는 이번 주까지 31도가 넘는 무더운 날씨가 계속된다고 예고했으며, 불쾌감이 하늘을 찌르는 바깥의 어느 곳이든 가기가 싫을 정도였다. 잠시 뒤에 음식들이 나오기 시작했고 이내 와인도 도착했다. 내게는 낯선 술이어서 코르크 뚜껑을 따는 데 잠시 허둥지둥하는 꼴을 보이니, "내가 따 볼게."라며 선희가 파스타를 먹다가 내게서 병을 가져가려 할 찰나에 '퐁'하는 소리와 함께 내 손에서 뚜껑이 열렸다. 나는 고개를 빳빳하게 들고 귀족 흉내를 내며 멋들어지게 와인을 따랐다. 건배를 하고는 기대에 차서 와인을 한 모금 시음했다. 그렇지만 알코올 농도가 강한 느낌으로 맛은 쓰디쓸 뿐이었다. 4만 원이 넘는 가격에 분위기를 조금 내 보려 했지만 내 미각까지 만족시킬 순 없었다.

"맞다. 케이크를 사올 걸 깜박 잊고 있었네." 내가 말했다.

"괜찮아. 이 정도면 케이크는 굳이 필요 없지, 뭐. 이따가 케이크는 나가서 먹자."

파스타의 달콤하고 꼬불꼬불한 면과 떫은 감처럼 씁쓸한 와인이 뱃속에서 뒤섞여 들어가면서 공복의 내장을 뒤흔드는 느낌을 받았다. 피자까지 두 조각을 먹다 보니 생각보다 양이 많다고 느껴지기 시작했다.

"오빠……." 와인에 조금 취한 모습으로 배부르다는 표정을 짓더니 선희가 말했다.

"오늘은 너무 더워서 멀리는 가고 싶지는 않아."

듣던 중 반가운 소리라 내가 바로 대답했다. "좋지! 그럼 소화도 될 겸 조금 걷다가 괜찮은 모텔을 찾아보는 건 어때?" 그녀는 반겼다. 아차! 생일선물은 지금 건네주는 게 나을 것 같았다. 내가 들고 온 백을 보고 어느 정도는 눈치를 챘을 지도 몰랐다. 파스타를 중간 정도 먹었을 때쯤, 가방을 테이블 위에 올려놓고 그녀를 향해서 살짝 밀었다. "생일선물, 여기. 축하해!"

"진짜? 선물이야? 지금 열어 볼게. 고마워!" 포도 알 같은 그녀의 입술에서 기쁨의 웃음이 새어 나오는 것이 보였다. 인형을 좋아하는 그녀가 큰 인형을 꺼내 보고는 기뻐하다가 목걸이를 보면서 살짝 감동하는 모습을 보였다. 의자를 박차고 나에게 다가오더니 내 볼에 강한 입맞춤을 하였다.

"앞으로 나 만날 때는 목걸이는 꼭 차고 와." 생색을 한번 내고는 그녀에게 목걸이를 직접 걸어주었다. 편지도 있었는데 대략 오랜 시간을 함께해주어서 고맙다는 내용의 글을 담았다.

대낮의 붉은 와인은 내 정신을 뒤흔들고 있었다. 기분이 좋아지는 느낌이 들면서 관중들이 바라보는 무대 위에 서 있는 것 같은 환각이 잠깐 들었다.

"부모님께 생일 축하한다고 연락은 왔어?"

"응, 아침에 왔는데 놀랍게도 아빠한테도 생일 축하한다는 말을 들었어. 아빠와는 사이가 조금 어색했던 것 알지? 그래도 요즘에 내가 계속 친해지려고 전화할 때 말도 부드럽게 하고 애교도 부려보니 한결 아빠도 나와 가까워진 것 같아."

"훌륭해! 네가 예전에 말했을 땐 무뚝뚝하신 분이라 말도 걸기 힘들다고 했잖아?"

"맞아. 그렇지만 관계도 노력이 필요하다는 걸 알았어. 나도 아빠를 좋아하니 그걸 좀 표현을 해야겠다고 느꼈거든."

"졸업 작품 만드는 건 진행은 괜찮게 되어가고 있어?"

"그것 때문에 골치 아파. 갑자기 중요한 조연 역할을 맡은 친구가 빠지게 되어서 다시금 배우를 찾고 있어. 게다가 몇 개의 장면들은 아직 촬영할 장소도 섭외하지 못해서 찾아 나서야 하고……. 아 참. 나중에 오빠도 촬영할 장소 좀 찾으러 같이 다녀주지 않겠어? 멀리는 가지 않을 거고 그저 경기도권 안에서만 찾아볼 거야. 두 군데나 세 군데 정도만 같이 가주면 좋을 것 같아."

"그렇게 하지. 언제든 말해. 최대한 돕도록 할게."

"진짜 고마워. 사실 장소를 찾는 게 일이거든. 내겐 정말 큰 도움이야!" 그녀는 나를 쳐다보더니 말을 이어갔다.

"고마워 오빠. 그리고 정말 사랑해."

파스타 그릇에 남아 있는 버섯조각까지 집어먹고 밖으로 나오니 술에 달궈진 몸에 뜨거운 햇살까지 더하니 인상이 저절로 찌푸려졌다. 간만의 낮술이었다.

그래도 우리는 레스토랑에서 조금은 멀리 떨어져 있는 곳으로 모텔을 찾아 걸었다. 걷다가 그녀의 제안에 따라서 한 명씩 교대로 눈을 감고 걸어가기 시작했다. 한 명이 눈을 감고 걸을 땐 다른 한 명이 손을 잡아주고 길을 안내하며 계속 걸어가는 길이 위험하지 않다는 안심을 시켜주었다. 눈을 감고 있어서 무언가에 부딪히거나 걸려서 넘어질 수 있다는 어둠의 불안감이 엄습했으며 가끔은 도로에 깔려 있는 벽돌에 걸리기도 하고 전봇대와 길가에 서 있는 오토바이에 부딪힐 뻔하기도 했지만 그래도 나는 여든두 걸음, 선희는 일흔여섯 걸음까지 최고기록을 만들어 내며 눈을 감고 걸어갈 수 있었다. 어느 인적이 없는 골목에 이르렀을 땐, 우리는 무언가에 이끌려서 그늘 아래에서 서로의 손을 잡고 어설프게, 하지만 멋지게 블루스를 췄다. 음악이 깔려 있지 않아 우리가 알고 있는 신나는 노래들을 흥얼거리며 여름에 취한 듯, 와인에 취한 듯이 열정적으로 몸을 흔들었다. 땀이 쏟아졌다.

결국 찾아서 들어간 모텔은 겉모습만 번지르르한, 내부는 어설프게 깔끔하지만 20년도 더 된 것만 같은 낡아 빠진 다녀간 사람들의 체취가 풍기는 모텔이었다. 청소는 도대체 하는 건지 모를 정도로 오래된 정액 냄새와 곰팡이 냄새가 내 코를 자극하는 것만 같았다. 다행인 것은 우리의 후각이 고맙게도 순식간에 그 못된 냄새에 익숙해졌다. 3층으로 올라가서 빨간색 카펫이 깔린 복도를 걸어 지나가 304호가 쓰여 있는 문으로 들어갔다. 땀부터 닦아내고 싶었지만 선희에게 양보

한 뒤, 침대에 누워 TV를 켰다. 누군가 나에게 가장 평온하고 행복한 순간을 묻는다면 바로 이 같은 순간이다. 사랑하는 사람과 걱정 없이 외딴 곳에서의 낭만과 휴식이란……. 어쩌면 우리는 지금 이 신성하고도 순수한 시간을 만들어 내기 위해서 솔직하지 못하고 황폐한 현실에서 치열하게 살아가고 있었다.

샤워 후엔 누워서 코미디 프로그램을 무표정으로 보고 있는 선희의 옆으로 기어들어갔다. 샴푸 냄새와 완전히 말리지 않은 머리카락의 수분이 내 몸에 닿고 있었다. 잠시 일어나서 담배를 피우고 다시 자리에 누우니 그녀가 나를 끌어당겼다. 입맞춤과 함께 우리는 그 어느 때보다 격렬하게 섹스를 즐겼다. 다시금 대충 씻고 자리에 누웠더니 몸이 늘어지면서 TV 화면이 흐릿하게 보이더니 졸음이 오기 시작했다.

한 시간쯤 지나 우리는 잠에서 깨고 그나마 깨끗해 보이는 커다란 욕조에 따뜻한 물을 담고는 세면도구와 함께 담겨 있었던 거품목욕제를 꺼내서 뿌렸다. 이내 거품이 피어오르고, 탕 안에서 서로의 얼굴과 몸에 거품을 뿌리며 소중하게 간직하고 있었던 추억과 미래에 대해서 이야기했다. 그리고는 욕실 안에서 지겨울 정도로 서로에게 사랑한다고 속삭였다.

모텔을 나왔을 땐, 우리는 캄캄한 어둠의 한 가운데서 어딘지 모를 길가에 놓였다. 선희가 그녀의 집으로 초대하기에 우리는 주미와 함께 가는 길에 구입한 케이크와 함께 소박하지만 성대한 생일 파티를 즐겼다. 그녀의 방에서 자려고 불을 끄고 누웠을 땐, 그녀가 조용한 목소리로 속삭였다.

"궁금한 게 있어."

"응?"

"만약에 우리가 조금은 멀리 떨어져서 살아야 한다면 헤어지는 게 맞다고 생각해? 아니면 계속 만나도 괜찮을 것 같아?"

그녀의 목소리가 자장가처럼 들려왔다. 나는 너무 피곤해서 눈이 반쯤 감겼다. 그녀의 안개 같은 질문에 대해서는 대충 얼버무렸다.

"글쎄……."

28장 프로젝트 그리고 이별

장애인이 되면서 일생의 찬스를 얻게 된 해찬이는 공무원 시험에 합격하고는 서울 강북의 구청으로 발령이 났다. 첫 출근 날부터 녀석은 공무원의 복지혜택부터 알아봤다고 자랑스럽게 떠벌렸다. 그 누구보다도 그 일이 천직인 것 같은 그였지만 같은 팀에서 같이 일하고 있는 오직 커피 한 잔과 잡담을 목적으로 출근하는 잉여인간을 보고선 그 나태함에 고개를 저었다고 했다. 관료제가 낳은 근무태만과 비효율적인 시스템에서도 꽤나 적응을 잘 하고 있는 모양이었다.

그러면서 가끔씩은 윗사람들이 쓸데없는 업무들을 많이 벌여 놓기 때문에 직원들이 들고 일어서야 한다며 우리에게 불만을 쏟기도 했다. 희민이는 이런 실없는 푸념들을 같지 않는 어리광이라고 질색했다. 언젠가는 해찬이가 점차적으로 복지를 줄이겠다는 청장의 명령에 화가 나서 집권 남용이니 소송을 해야 한다느니 하는 말을 늘어놓으니, 그 말을 듣던 희민이가 참다못해서 한마디를 했다. "요즘 같은 불경기에 어느 회사든지 복지 축소는 물론이거니와 사람도 자르는 마당에 제발 머저리 같은 소리 좀 하지 마!" 그 이후부터는 불평거리가 줄었는지 혹은 본인도 느낀 바가 있는지 우리에게 불만이 가득한 소리를 내는 일은 드물어졌다.

한편, 회사 전체에 소문이 파다했던 우리 팀의 프로젝트는 수개월에 걸쳐 성공적으로 마무리가 되어가고 있었다. 이 움직임은 처음 내가 예상했던 것보다도 훨씬 강력한 여파가 있었다. 직원들은 생각보다도 훨씬 승진과 급여에 모든 신경을 곤두세우고 있었으며, 조금이라도 본인이 받는 혜택이 줄어들거나 불이익을 느끼면 엄청난 절망감과 시기를 느꼈다.

어쨌든 그 임무의 끝이 보일 땐, 우리 팀에 향한 수고했다는 말들이 회사 내에서 돌았으며, 누군가는 직접 격려의 말도 해주었다. 내가 특별히 수행한 과제라고는 단지 발표 자료를 구체화시키고 보기 좋게 만들어 놓은 단순한 일이었을 뿐이지만, 프로젝트의 일원으로서 고생한 일원 중 한 명이었음과 동시에 제도에 대해서 논의한 사람 중의 한 명으로 구설수의 중심에 오를 수 있었다. 나름대로 내 커리어에 있어서는 중요한 경험이었고 한 해 동안 겪었던 특별한 일 중 하나였음은 틀림이 없었다.

그리고 선희는 늦은 가을, 강릉의 어느 영화제작사에 취업을 했다. 그녀가 강릉으로 내려가기 사흘 전에는 그녀로부터 갑작스러운 이별의 통보를 받았다.

2부

2년 후

29장 삶의 변화

그 날은 비가 추적추적 내리는 기분 나쁜 날씨였다. 나는 퇴근 후에 희민이와 함께 구월동 로데오 거리의 중심가에 위치한 양 꼬치 전문식당에 있었다. 그리고 양 꼬치를 세 개 정도 먹고 있을 때 그녀에게서 연락이 온 것이다. 메시지의 내용은 대략 나에게서 마음이 떠났다는 것이었다. 그건 거짓말이었다. 하지만 헤어지자는 말은 진심이었다.

'도대체 왜 그러는 거야?' 또는 '다른 남자가 생긴 거야?'라는 얘기들은 굳이 하고 싶지 않았다. 메시지를 받고 잠시 뒤 그녀는 내게 전화를 걸었지만 나는 받을 수 없었다. 깊었던 사랑에 이별의 장면은 터무니없이 초라했다. 만약 누군가가 오히려 그녀의 마음이 더 아팠을 수도 있다고 한다면 그건 내 알바가 아니라고 대답할 것이다. 단지 내가 원했던 두 가지는 그녀가 다시금 이별의 말을 취소한다고 하거나 만약 그렇지 않을 경우 그녀가 불행의 길을 걸었으면 좋겠다는 단순한 것들이다. 너무 많은 슬픔의 눈물을 흘렸다.

그리고 내 인생 최악의 두 해가 허무하게 흘렀다. 탕아 같은 생활의 연속이었다. 마치 독방속의 빠삐용처럼 살아가고자 하는 의욕에 대한 끈을 놓지 않기 위해 무엇이든 해야만 했다. 그 결과로 무의미한 쾌락과 완전한 사랑에 대한 허무한 갈망이 끊임없이 내 삶을 방탕하도록 만들어 주었다. 벌어 놓은 돈은 화류계의 여자들과 같은 시시콜콜한 것들에 모조리 들이부었는데 낯선 여성의 심리와 육체에 대한 탐구와 그로부터 불어오는 잠깐의 환희는 내게 신경안정제와 같은 역할을 해주었지만 그럼에도 불구하고 삶에 대한 공허함이 새삼스럽게 나를 초라하게 만들었다.

회사에서는 몇 건의 다툼과 사건, 두 개의 프로젝트와 두 건의 야유회가 있었지만 결론적으로는 내게 일어나는 모든 일들에 개의치 않았다. 인사담당자로서 또는 일개 직원으로서 그 이상도, 그 이하도 아니었다. 누군가가 나에게 중요한 이야기를 하거나 업무에 대한 논의를 할 때에도 내가 그 상황에서 하고 싶은 말들만 늘어놓을 뿐이었다. 그러나 그것이 부정적인 삶이라고 치부할 수도 없을 것이다.

이따금씩 이별의 잔여물로 보잘것없이 살이 오른 뱃가죽과 가냘픈 몸 덩어리만을 선물하고 떠난 그녀에 대한 배신감과 분노, 경멸의 감정이 더 없이 커지기도 했다. 때로는 그녀와 함께 지나친 장소에 가게 되면 고독을 곱씹는 모습을 해 보기도 했는데 그 장면에서 그녀와 마주친다면 정말 극적인 만남이 될 것이라는 나만의 시나리오를 상상해보기도 했다. 하지만 이내 그 전부가 덧없음을 알게 되었다. 그녀가 다른 남자를 만난다는 소식을 들었다. 그 남자는 불결하면서 이상하게도, 혹은 우습게도 인천에 살고 있다고 들었다. 그녀가 나와 만나는 동안에도 그 놈을 만났을지는 알 방법도 없었거니와 사실 이 마당에 별로 중요하지는 않았다. 그저 세상사에 완벽한 확신과 신뢰는 없다는 사실만 깨닫는 걸로 만족했다. 사랑이라는 단어는 내 감정사전에서는 없애기로 다짐했다. 그녀에 대한 과도한 미련이 불필요하면서 불가피한 감정이었고 나로서는 어쩔 수 없었다. 동시대에 만연하는 가벼운 만남과 쿨한 이별을 추구하는 행태를 내 연약한 감성이 따르지는 못했기 때문이다.

올해, 그러니깐 2018년 초에는 교육담당자들을 대상으로 하는 교육에 참석했는데 직원들에게 반드시 필요한 것이라고 강조하는 몇 가지의 원칙 같은 것들을 들었다. 그 중에서 교육 참가자들과 임직원들이 일터에서의 즐거움을 느껴야 한다는 내용을 들었는데 젊은 여자강사는 직장 생활이 조금이라도 즐겁도록 만들기 위해서는 다른 무엇보다도 웃는 표정을 만들어야 한다고 몇 가지 사례를 들면서 설명했다. 그리고는 우리들에게 스마일 연습을 시키기 시작했다. '치즈–', '위스키–' 같은 단어들을 읽어보면서 입 꼬리를 위로 올리는 실습이었으며 이는 꽤 흥미로웠다.

나에게도 미소가 필요할 것 같았다. 아래로 처지고 굳어버린 입 꼬리는 전혀 매력적이지 않았다. 이성에게 조차도 말이다. 이 때문에 그날 집에 도착 하자마자, 포스트–잇에 '하루 세 번 웃음 연습하기'라고 적은 뒤 책상 앞 잘 보이는 곳에 붙여 놓았다.

결과적으로 내게 비교적 미소를 짓는 일이 좀 더 많이 생겼는데 이상한 것은 무엇인가에 재미를 붙이거나 즐거운 일이 생겨서 웃는 것보다는 씁쓸하거나, 황당한 일이 일어나거나, 혹은 참을 수 없을 정도로 화가 날 때 새어 나오는 웃음의 빈도가 더 커졌다. 또한, 웃음을 터뜨리는 타이밍이 다른 사람들과는 매우 다르다는 사실에 놀랐다. 때로는 이기적인 직장 동료가 명백히 거짓임에도 불구하고 자신의 잘못은 전혀 없다고 발뺌하는 뻔뻔한 모습들을 보거나, 술집이나 길거리, 혹은 업무상 관계를 맺게 된 어느 여직원에 대해서 내가 호감을 표시했지만 냉정하게 거절하는 모습들을 마주하면 머리끝까지 피가 솟음을 느끼다가도 호되게 때리거나 그 사람들의 소중한 것들을 짓밟아서 그들이 고통을 느끼고 괴로워하는 모습을 상상하면서 순식간에 즐거움의 감정으로 바뀌게 되었고 이내 소탈한 웃음이 새어 나왔다. 나의 이 같은 반응은 당연하게도 자연스럽게 대부분의 사람들이 갖고 있는, 인간의 본성에서 나오는 것들이라고 확신하였다.

30장 인사공청위원회의 위원들과 연말회식

작년 언젠가부터 술고래 팀장은 나를 보며 가끔씩 미친놈이라고 부르기 시작했다. 아마도 공적인 관계에 있는 몇 명의 여자에게 수작을 걸었다는 얘기를 듣고 난 이후가 아니라면 내가 생각지 못한 다른 이유가 있었을 것이다. 나름 괜찮은 별명인 것 같았다.

인사공청위원회의 정기회의는 매달 꾸준히 개최되고 있었으니 멍청한 위원들과의 만남도 계속해서 이뤄지고 있었다. 그들이 머리가 좋지 않아서 멍청하다고 하는 건 아니었다. 그저 그 회의에 참석하기만 하면 대부분의 위원들이 그저 눈치를 보다가 자기네들 영역에서 유리하거나 괜찮다고 판단되면 오케이라고 말하면서 조금이라도 본인들이 고생할 일이 생긴다면 강하게 반대하는 단순함을 유지하는 존재였기 때문이다.

2018년도의 마지막 인사공청위원회 정기회의가 개최될 예정이었다. 나는 언제나 준비한 대로 30분 전에 위원들에게 나눠 줄 출력해 놓은 회의 안건들을 들고 회의실로 내려가서 준비를 시작했다. 책상 배치를 완료하고 준비한 출력물을 책상에 한 부씩 올려놓고 있을 때쯤 위원들이 속속들이 도착했다.

"안녕하세요!"

"안녕." 고개를 가볍게 끄덕거리고 그들은 자기들끼리 업무에 관련된 얘기들을 하기 시작했다. 나는 얼른 사내 매점으로 달려가서 박스로 포장된 과자 3개와 음료수를 인원에 맞게 11병을 구입했다.

매점을 나와서 과자와 음료수가 담긴 봉지를 바닥에 놓은 뒤 담뱃불을 붙였다. 시계를 보니 회의 시작시간이 어느새 오 분밖에 남지 않았다. 빠르게 담배를 태우고는 다시금 회의실로 들어섰다. 참석 인원은 총 열한 명이었고 두 명은 이미 불참할 것 같다고 사전에 연락을 주었다. 과자와 음료수를 각 자리에 뿌리고는 잠시 위원들이 모두 참석하기를 기다렸다.

"의찬 씨, 오늘 인사고과 개선 방향에 대해서 의견 내는 시간도 있어?" 생산 부문에 있는 김 과장이 내게 할 말이 많다는 듯이 말했다. 이 사람은 짜증날 정도로 매사에 투덜거리고 일이 많아서 죽을 것 같다는 푸념을 시도 때도 없이 늘어놓기 때문에 '투덜이'라는 별명을 갖고 있었다. 그를 처음 만나는 사람이라면 그의 얘기를 듣고서 아마도 회사 일의 절반 정도는 그가 한다고 생각할 수도 있었을 것이다.

"예, 피드백 의견 좀 들어 볼 예정입니다. 일단 올해 바뀌었던 인사고과 제도에 대해서 간단하게 인사팀에서 브리핑 한 다음에 말이죠."

키가 유난히도 작은 고객서비스 부문의 정 차장은 나눠 준 안건을 살펴보더니 무표정한 모습으로 중얼거렸다. "그것 외에는 크게 신경 쓸 안건은 없을 것 같은데?"

"12월에 진행될 신입사원 교육에 대해서 안내할 예정인데 들어 보시고 의견 있으시면 말씀해주시면 됩니다."

"교육이야 의찬 씨가 알아서 잘 할 것 아닌가?" 말하면서 정 차장이 껄껄 웃었다. 젠장, 녀석들은 이렇게 말해 놓고는 대충 내가 하는 설명을 흘려서 들었다가 막상 교육 시에 문제가 발생한다면 득달같이 달려들어서 나에게 잘잘못을 따질 것이 분명했다.

웬일로 회의가 시작하는 시간 내에 아홉 명이나 참석해 주었다. 나머지 두 명은 오 분 이내로 온다고 했으니 잠시 기다리면 될 것 같았다. 기다리는 동안 술고래가 말했다.

"오늘이 2018년도 인사공청위원회의 마지막을 장식하는 날이라서 이따가 끝나고 간단하게 저녁식사를 하면서 술 한잔을 할까 하는데 어떠세요?"

잠시 모두가 침묵하자 술고래가 한 명씩 지목하며 의견을 물었다. 최 부장님 괜찮으시죠?"

모두가 이제는 익숙한 술고래의 술자리 제안에 당연히 그 말이 나올 것이라고 알고 있었다는 듯이 미소를 지었다.

"글쎄, 유 차장이 간다면 나도 가겠는데." 연구개발 부문의 최 부장이 말했다. 두더지처럼 튀어나온 그의 입에서 장난스러운 농담이 튀어나왔다.

"그러면 김 팀장이 오늘 술값을 내는 건가?"

"사실 오늘 회식을 위해 법인카드 좀 쓰려고 보고를 올렸는데 반려당했어요. 지금 같은 어려운 경영위기 상황에서 식사는 자제하라는 윗분의 의견이 있어서 말이죠. 우리 각자 조금씩만 돈을 걷으면 될 것 같아요."

술고래가 말을 이어갔다.

"어쨌든 오늘 6시 30분에 용미관에 예약을 해 놨습니다. 올해의 마지막을 기념하고 위원님들 모두 수고해 주셔서 위원회도 잘 마무리된 것에 대해서 축하하기 위한 자리이니 웬만하면 다들 참석해주세요. 회의가 끝나면 각자 준비해서 바로 회식 장소로 오시면 될 것 같습니다." 이번엔 술고래가 약간 진지한 어투로 말했다. "그럼 회의 시작하겠습니다."

지겨운 업무얘기가 계속되었고 회의는 정확하게 5시 30분 정도에 종료되었다. 아니, 엄밀히 말하면 뒤에 있을 회식을 위해 대충 회의를 마무리했다. 다시금 회식을 상기시키기 위해서 회식 장소에 대해서 안내를 했고, "수고하셨습니다." 마무리 인사와 함께 모두 자리를 뜨기 시작했다. 참석 인원을 체크해 보았더니 인사팀의 인원들을 포함한 8명이었다.

바로 회식 장소로 출발하기 위해서 사무실로 올라가서 컴퓨터만 끄고는 뚱뚱한 김 대리와 함께 사무실에서 내려왔다. 술을 조금만 마시겠다고 연신 중얼거리는 김 대리의 차를 얻어 탄 채로 약속장소로 달리기 시작했다. 그리 멀지 않은 주안역 바로 앞 사거리 근처의 용미관이라는 작은 간판이 달려 있는 식당으로 들어갔다. 식당에 예약자인 내 이름을 대니 구석의 룸으로 안내를 해 주었다. 물론 술고래가 가장 먼저 도착해 있었다. 나도 처음 와보는 이곳은 그리 넓지는 않지만 내부가 깔끔한 것을 보아하니 최근에 입점한 듯했다. 테이블을 보니 좌식으로 이루어져 있지는 않고 의자에 앉도록 되어 있었다.

자리에 앉으니 종업원이 들어왔다. 팀장은 삼겹살과 목살을 도합 10인분을 주문하면서 그 함께 맥주와 소주를 각각 세 병씩 주문했다. 우리가 약속 시간보다 15분 정도 일찍 도착했는데 아직 위원들 누구도 오지 않았다. 분위기를 좀 띄워보고자 김 대리가 말을 꺼냈다.

"너무 비싼 곳에 온 게 아닌가요? 누구도 돈을 내주지는 않을 텐데. 이전과는 다르게 말이죠." 우리는 동시에 웃음을 터뜨렸다.

팀장이 씁쓸하다는 듯한 표정으로 말했다.

"그럴 수도 있지 뭐. 너무 빈정대지는 마. 회사 사정이 어렵다는 건 부인할 수 없는 사실이니 말이야."

"그렇게 힘들면 임원들에게 제공되는 복지부터 줄여 나가야 하지 않을까요? 임원차량, 휴대폰 요금, 식비 같은 것들만 어느 정도 줄여도 이 같은 자리에서의 회식 같은 건 기꺼이 지원해 줄 수 있을 것 같은데." 김 대리가 따지듯이 사뭇 진지하게 말했다. 불만의 감정이 드러난 말투였다. 하지만 들어왔던 익숙한 내용이기에 모두가 별말 없이 그저 웃었다.

잠시 후, 인원들이 속속들이 도착하기 시작했다. 날이 추워져서 들어오는 사람들마다 얼굴이 찬바람을 맞아 붉어진 채로 눈코입이 얼어 있는 모습이었다. 모두가 자리에 앉은 뒤 시끄러운 사담이 몰아치기 시작했고 그들의 앞에 놓인 술잔에 소주를 한 가득 채울 무렵엔 이미 종업원이 두껍고 맛있어 보이는 고기를 가져와서 두 개의 테이블에 각각 고기를 올려놓았다. 불판은 특이하게도 엄청나게 기다란 모양새를 갖고 있었다. 불판의 구석에는 버섯과 김치, 미나리가 오르고 중심부에 선홍색 고기들이 '치이익-' 소리를 내며 서서히 익기 시작했다. 술고래가 술잔을 들고 회식의 시작을 알리는 큰 목소리로 건배 제의를 했다.

"오늘 이 자리는 여러분들께서 올 한 해에도 인사공청위원회에 꾸준히 참석해 주시고 많은 도움을 주셨기 때문에 감사의 뜻으로 마련된 자리입니다. 여기까지 와 주셔서 감사합니다. 그럼 잔에 술은 다들 채우셨죠? 모두 잔을 올리고 제가 '아자아자' 외치면 여러분들은 '파이팅'하고 외쳐 주시면 되겠습니다. 자 그럼! 아자아자!"

"파이팅!" 모두가 외친 뒤 술잔을 입에 털어 넣었다. 고기가 아직 덜 구워져서 물을 마시거나 아니면 앞에 깔린 밑반찬을 하나씩 집어 들었다.

"아니, 감사의 뜻으로 마련된 자리이면 우린 돈을 안내도 되는 건가?" 영업의 허 부장의 장난기 있는 말에 몇몇 사람들이 웃고 팀장은 멋쩍은 듯 빨개진 얼굴로 웃으며 받아쳤다.

"각자가 자신에게 감사의 뜻을 전해야 해서 돈은 각자에게 내는 걸로 합시다."

이들의 해맑게 웃는 얼굴은 회식 자리에서만 볼 수 있었다. 회사가 사정이 어려워짐에 따라서 그들의 얼굴에도 매번 어두운 근심의 그늘이 깔려 있었기 때문이다. 연차가 쌓이고 직급이 높아져 갈수록 상사들의 눈치를 보는 일들이 더 많이 생기는 것은 엄연한 사실이기에 정신적 고통들이 얼굴에도 드러날 수밖에 없어 보였다.

배고파진 모두가 고기에 집중하면서 분위기가 점차 무르익어 가기 시작할 땐, 일에 대한 얘기들이 시작되었다. 이 자리에 모인 위원들은 4~50대의 중·장년층의 높은 직급을 가진 자들이기에 나는 별 말없이 고기를 굽다가 한 점씩 입에 대기도 하면서 그들에게 말을 걸기 보다는 그들이 말을 걸어오면 착실하게 대답을 했다. 솔직히 말하자면 그들이 하는 말에 별 관심이 없었다.

술을 세 번 정도 추가할 무렵에는 다른 직원들에 대한 이야기와 회사에 대한 이야기, 과거 회사에서 겪었던 소중한 추억들에 대해서 연신 신나게 떠들어 댔다. 이제는 모두가 다 같이 얘기를 하지 않고 두 명 혹은 세 명이 그룹이 되어 그들끼리의 신랄한 대화가 이루어졌다. 어떤 이들이 담배를 피우고 오면 대화상대가 바뀌기도 했고, 갑자기 두개의 그룹이 뭉쳐서 이야기를 하기도 했다. 마치 어린 시절 과학시간에 현미경으로 관찰하던 세포가 합치거나 분열되는 신비로운 현상을 관찰하는 것만 같았다.

나도 어느새 소주를 한 병 정도 마셨기 때문에 조금 따뜻한 기운이 몸에서 느껴졌다. 고기를 몇 개 집어먹으며, 연구개발 부문의 최 부장과 얘기를 하다가 담배를 피우고 돌아왔다. 다시 자리에 앉아있으니, 옆에서 허 부장과 연구개발의 최 부장이 회사에 대한 푸념을 하고 있었다. 최 부장이 내게 몇 가지 질문을 하는 바람에 나도 모르게 얼핏 그들의 이야기에 껴들었다.

"의찬 씨, 올해에도 팀별로 성과평가 결과를 편차 조정하지? 그러면 최종 결과는 언제쯤 나오지?" "아직 결정된 바 없습니다."

"이번에 우리 직원들 중에 세 명 정도는 내년에 미국에 장기간 출장을 갈 예정인데 외부 학원에서 교육을 받게끔 해 주는 건 불가능한가?"

"한번 알아보겠습니다." 애매한 것들은 이렇게 대답했다.

몇 가지의 질문에 대해서 대답을 해 주고 나니 그들은 다시 회사와 임원들에 대한 아쉬운 면을 토로했다.

"우리 본부에는 작년에 소재연구팀이라고 새로운 팀이 만들어 지는 바람에 본부 내 다른 팀에서 인원이 빠져 나갔잖아. 그것 때문에 몇 개의 팀에서 인원 충원이 필요한데 본부장님은 도무지 충원하고자 할 생각이 전혀 없는 것 같아. 사장님께서 당분간은 비용을 줄이라는 말씀을 하셔서 그런지, 요청하기가 부담이 되는 거지. 그래서 지금 인원 부족한 팀들은 업무에 허우적거리고 있어. 계속 인력 부족이 지속이 될 경우에는 업무가 버거워서 젊은 직원들이 나가게 될 수도 있고……."

최 부장이 말을 마치고 소주를 들이켰다. 이번에는 허 부장의 한탄이 시작되었다.

"인력이 부족한 거야 우리에게는 매번 겪는 사소한 문제에 불과해. 우리 본부장 어떤 사람인지 알지? 매번 괜한 것들에 관심을 가져서 미칠 노릇이야. 지난번에는 직접 영업을 맡지 않는 직원들까지 몰아세워서 여기저기에 전단지를 돌리고 다니라는 거야. 그래서 우리 본부의 전 직원들이 주말에 하루 종일 추운 날 나와서 전단지를 돌렸어. 지금까지도 우리 직원들이 그 양반한테 불만이 엄청 많다고!"

누가 더 억울하고 불쌍한 사람인지 내기를 하는 것처럼 그자들은 눈썹을 팔(八)자로 늘어뜨리고 핑퐁게임을 하고 있었다. 그 순간, 갑작스럽게도 필요할 때만 나불대는 그 입들에 고기 집는 집게를 쑤셔 넣고 싶다는 충동이 들면서 머리 꼭대기까지 피가 올라오는 느낌이 솟구쳤다. 나불대는 것들은 꼴 보기가 싫었다. 나는 어느 순간이 되었을 때 더 이상 중얼대는 모습들을 보고 싶지 않은 마음을 담아서 조용히 자리에서 일어나서 그들에게 외쳤다.

"그렇게 힘들거나 억울하면 그 사람들에게 직접 가서 차근차근 말하고 담판을 지으십쇼! 막상 앞에 서면 벙어리 마냥 굽실거리기나 할 사람들이 참 말씀들이 많습니다. 누가 보면 혼자 고민들은 다 떠안고 사는 것 같네."

앉아 있던 모든 직원들이 놀랍게도 순식간에 말 한마디 없이 조용해졌다. 몇 명의 멍한 표정과 몇 명의 붉으락푸르락하는 표정들을 보아하니 나도 모르게 웃음이 나올 뻔했다. 연구개발의 최 부장이 침묵을 깨고 말을 꺼냈다.

"어이, 너무 경솔하게 말하는 건 좋지 않을 거야."

"의찬 씨, 왜 그러는 거야? 사과드려." 술고래도 내게 따지듯이 외쳤다. 잠시 동안 고기가 불타는 소리 외에는 아무 소리도 들리지 않았다. 왜 그러는 거냐고? 생각해보니 갑자기 왜 그런지는 모르겠다는 생각이 들었다. 이미 충분히 그들도 약자일 텐데 말이다. 게다가 내 입으로 굳이 그런 사실들을 꺼내 놓을 필요도 없었는데 말이다. 무엇보다도 이런 분위기라면 더 이상 남아있는 고기를 주워 먹을 수 없을 것 같았다.

"……그렇군요. 죄송합니다." 나는 꾸벅 인사를 한 번 하고는 밖으로 나와서 담배를 입에 물었다. 차가운 바람을 맞으며 어두운 거리에서 있자니, 갑자기 지금 여기서 내가 무엇을 하고 있는지 하는 생각이 들었다. 이렇게 살아가면 회사와 바뀌지 않는 쳇바퀴에 영혼이 매몰될 것만 같았다. 정답은 나왔다. 새로운 돌파구가 필요했다.

술집에서의 소동은 다음날 순식간에 소문이 퍼지면서 나에 대한 좋지 않은 말들이 흘러나오기 시작했다. 건방진 놈, 한심한 놈이라는 시선이 따갑게 느껴졌다.

31장 민정이와의 만남

한 주가 지나고 올해 첫 눈의 소식이 전해졌다. 그와 함께 주은이의 결혼 소식도 전해 들었다. 내년 초에 결혼을 할 예정이고 결혼 상대는 예전부터 만나고 있었던 그 남자였다. 업무 중에 받은 정말 오랜만의 그녀의 연락에 잠깐 설레었지만 역시나 결혼소식이었던 것이다. 그동안 나는 두 번 정도 만나자고 그녀에게 조심스럽게 말했지만 뭐가 그리 바쁜 건지 그녀는 좀처럼 시간을 내주지 않았었다. 그런 그녀가 결혼한다며 연락하자 억장이 무너져 내림과 동시에 또다시 참을 수 없는 화가 치밀었다. 축하한다는 마음에도 없는 메시지를 보냈더니 모바일 청첩장을 건네주면서 내게 결혼식 전에 다시 연락을 할 테니 대학 동기들과 식사자리를 한 번 갖자고 전했다.

업무에서 잠시 손을 떼고는 방금 받은 청첩장을 열어보았다. 웨딩드레스를 입은 그녀의 모습이 눈부시게 빛났다. 나는 몇 번을 눌러보았다. 그녀의 옆에는 신랑이라는 그 남자가 머저리같이 서 있었다. 결국은 그녀에 대한 모든 생각들이 허상이었음을 완벽히 증명한 셈이었다.

마지막으로 청첩장을 열어보고는 다시는 그녀 사진을 보지 않겠다고 마음먹었다. 점점 내가 초라해지고 있음을 느끼고 있었기 때문이다. 그녀 옆에 서 있는 그 머저리가 이 강한 추위에 얼어붙어 버리면 좋겠다는 생각을 해보았다.

착잡한 마음과 함께 다시 인사평가 집계 작업을 서둘렀다. 김 대리와 나의 합작으로 진행되는 이 작업은 빠른 시일 내에 끝내야 할 것이었다. 이상하게도 입이 가벼운 김 대리는 술자리에서의 일에 대해서 내게 아무 말도 하지 않았다. 오히려 조금은 그 일에 대해서 기뻐하는 것 같았다. 어쨌든 김 대리 본인의 입에서 꺼낸 말은 아니기 때문에 그가 욕먹을 일은 없었다고 판단한 것 같다.

내년도 교육 계획도 수립해야만 했다. 일 년간의 육아휴직 이후에 얼마 전에 복귀한 김정미 대리에게 단순한 작업들을 몇 개 부탁하긴 하였지만 그래도 가장 바쁜 이 기간에는 손이 부족했다.

점심시간엔 오랜만에 만물박사가 커피 한잔을 하자고 말했다. 오늘같이 몹시 추운 날엔 잘 부르지 않는 사람이 나에게 기어코 티타임을 갖자고 하는 걸 보니 그에게 무슨 일이 있는 것이 틀림없었다.

식사를 빠르게 마치고는 정문 앞으로 나와서 만물박사가 나오기만을 기다렸다. 살짝 내린 눈에 바닥이 조금씩 얼어 있었는데 구두 굽으로 얼음을 깨면서 휴대폰을 만지작거리고 있다 보니 만물박사가 나를 반기며 걸어왔다.

"미안, 미안. 꽤 춥지? 얼른 가자."

우리는 앞의 공원 산책로를 걷다가 편의점을 들르기로 했다. 키가 매우 작지만 당당한 걸음을 뽐내는 만물박사의 발걸음에 맞춰서 우리는 얼어붙은 흙덩이를 밟아가며 걸었다.

"요즘은 어때, 의찬 씨 표정은 안 좋아 보이던데?"

"늘 그대로죠. 요즘엔 조금 바빠요. 평가기간이 끝나고 집계하는 게 또 일이네요."

"그렇구나. 엄청 바쁘겠네. 다른 팀원들도 좀 돕고 그래?" 만물박사는 내 감정을 나보다도 깊이 읽어주는 섬세한 사람임이 틀림없었다. 그는 위원회의 일도 묻지 않았다.

"가끔씩 돕기도 하지만 그들도 바빠서 각자가 자기 할 일을 하느라 정신이 없죠."

"글쎄? 내가 보기엔 그 중에는 바쁜 척하는 사람들도 있어 보이는데?" 우리는 웃었다.

"그렇죠. 그나저나 대리님은 요즘 어때요? 신혼 생활은 만족 하시나요?" 작년에 그는 대리로 승진했다. 그렇지만 그로 인해서 기뻐하는 모습은 결코 보지 못했다.

"아주 행복하게 살고 있어. 어차피 결혼하기 전과 크게 다른 점은 별로 없는 것 같아서 연애할 때와 거의 비슷하게 살고 있는 것 같아."

그는 작년 5월에 결혼했고 나도 그의 결혼식에 찾아갔었다. 만물박사는 말을 이어갔다.

"그건 그렇고 의찬 씨, 깜짝 놀랄 만한 소식이 있어. 내가 하고 싶었던 부동산 투자관련 일을 할 수 있는 회사나 금융기관에 채용 소식이 들릴 때마다 지원을 좀 해봤는데 드디어 한 곳에서 최종적으로 합격 통보를 받았어. C보험사라고 의찬 씨도 들어봐서 잘 알거야. 게다가 생각보다 일찍 입사하기로 결정이 나서 12월부터 출근하기로 했어. 물론 조만간 회사에는 퇴사한다고 말을 할 거야. 그 전까지는 혼자만 알고 있도록 하고."

"드디어 꿈을 이루셨네요. 축하해요."

"땡큐! 아마도 종각역 근처에서 일을 하게 될 거야. 서울 오면 놀러 오고 그래. 여기서 퇴사하면 내가 아쉬울 건 전혀 없을 텐데 의찬 씨와는 자주 보지 못한다는 그 점 하나는 마음에 걸려. 그래도 내가 지금까지 회사에서는 의찬 씨와 점심시간을 즐기는 시간이 유일한 힐링 포인트였다고 생각하는데 말이지."

"저도 아쉽긴 해요. 이젠 속마음을 꺼내 놓을 수 있는 사람도 없겠네요."

정말 그랬다. 이전에도 몇몇 가깝다고 생각했던 이들이 회사를 떠나는 모습을 바라봤어야 했는데 회사에서의 이별은 또 다른 아쉬움으로 느껴졌다. 물론 새로운 사람들을 알아가기도 하지만 말이다.

"나갈 때까지는 점심에라도 자주 만나도록 하자. 조만간 우리 본부의 친했던 젊은 동료들을 몇몇 불러서 작별인사도 할 겸, 가볍게 술자리를 가져볼 생각인데 그때 제대로 한번 얘기를 나눠보자고." 말하는 사이 우리는 편의점에 도착했다. 편의점에는 다른 팀의 몇몇 직원들이 우리처럼 음료수를 마시며 대화를 즐기고 있었다. 그들에게 가볍게 인사를 한 뒤, 따뜻한 커피 두 잔을 재빨리 사고는 다시 산책로로 향했다. 다시 만물박사가 말을 꺼냈다. "그나저나 요즘 여자는 안 만나고 있나?"

"네. 이제 좀 적극적으로 살아보려 해요. 연애도 하고 회사 외적으로 하고 싶은 일들도 찾아서 해보려고요. 한동안 너무 생각 없이 살아온 것 같아서 죄책감도 알게 모르게 들 때가 있어요."

"열심히 살지 않았다고 너무 자기 자신한테 부담 주는 것도 좋지 않아. 사람이 게으를 때도 있어야 나중에 큰일을 하더라도 힘을 쏟을 수도 있잖아."

"초점을 잃은 느낌이 드네요. 잘못된 건 바로 잡아야 하죠."

산책로의 마지막 지점에 도달하고 나서는 우리가 자주 앉는 벤치에 앉았다. 얼어 있었던 벤치에 의해 잠시 동안 엉덩이가 시렸지만 이내 따뜻한 체온이 자리의 냉기를 순식간에 녹여 주었다. 발밑의 낙엽 부스러기들이 밟혀서 바스락거리는 기분 좋은 소리를 냈다.

"앞으로는 그럼 계속 그 회사에 있을 예정인가요?"

"글쎄, 일단 나도 지금까지 했던 업무와는 다른 것들을 하러 가는 것이니 대학원에서 했던 공부로 이론을 닦았다고 하면, 그쪽에서 실무 경험을 해 보는 것이 필요하겠지. 이전에도 말했지만 현재의 내 최종적인 목표는 개인투자자로 살아가는 거야. 그 단계를 밟고 있다고 생각하면 되겠지. 하지만 혹시 몰라. 그 곳에서의 생활이 너무 행복하다면 개인투자자보다는 조직생활을 계속 하게 될 수도 있겠지. 장담할 순 없어. 목표는 언제나 바뀌기 마련이지."

"목표를 위해 달리다가 추락하는 건 어쩌죠?"

"그것도 어떻게 보면 다른 방향일 수 있지. 결코 잘못된 방향이라고 볼 수도 없어. 설령 다시 밑으로 내려온다고 하더라도 오히려 더 다양한 정상을 볼 수 있을 터이지. 그 전에는 오직 한 곳의 정상만을 바라보았다면 말이야. 다만 다시 올라올 힘은 분명히 챙겨야 해. 나는 의찬 씨를 믿어. 지금 한없이 추락한다고 생각할 수도 있겠지만 어찌됐든 나는 의찬 씨가 극복할 힘을 가졌다고 봐."

차갑게 남아있는 커피를 홀짝 마셨다. 어느새 쉬는 시간은 5분밖에 남지 않았다. 우리는 엉덩이를 털고 일어나서 다시금 차가운 바람을 뚫고 회사로 향했다. 만물박사는 사무실에 먼저 올라가고 나는 흡연실에서 담배를 피면서 한동안 서서 그가 마지막에 한 말을 떠올렸다.

"의찬 씨는 이 회사에서 나와야 할 사람 같아."

별 도움은 되지 않았지만 뭐, 어쨌든 이제 일상의 템포를 조금 늦추고 다시금 나를 중심으로 주변을 바라봐야 할 때가 된 것 같았다.

일단은 여자, 진심으로 여자가 필요했다. 그렇지 않고서는 내 안에서 지나칠 정도로 회오리치는 불안한 감정들을 가라앉힐 수는 없을 것만 같았다. 더 이상은 아무런 감정도 없이 길거리의 창녀들을 만나고 싶지는 않았다. 새로운 인연을 찾기 위해서 해야 할 일을 생각해봤는데 회사에서 만날 수 있는 인연이 없다면 누군가에게서 소개를 받거나, 그것도 아니라면 외부의 사적모임이나 단체미팅과 같은 다양한 형태의 만남을 이용해야만 했다.

그렇게 십여 일이 지나고 다가온 주말에는 최근에 여자 친구와 헤어진 희민이와 함께 참가한 직장인 단체미팅에서 민정이라는 귀엽고 수줍음이 많은 여자를 만났다. 마찬가지로 희민이 역시 미팅에 같이 참석한 민정이의 친구, 효정이라는 여자와 마음이 맞았다. 기막힌 인연인 셈이었다.

32장 좌천

올해의 조직개편은 우리 본부에 많은 변화를 주었다. 회계 팀의 고 팀장은 본부장이 되었고 대신에 박 과장이 회계팀장이 되었다. 반면에 나와 지난날을 함께했던 오 대리는 영업본부로 발령을 받으면서 동시에 지방 지사로 좌천되었기에 더 이상 사무실에서는 그의 모습을 볼 수 없게 되었다. 그 발표가 난 순간에 그의 표정을 똑똑히 보았는데, 뭐라 말할 수 없는 착잡한 표정을 짓고 있었다. 그리고는 흡연실에서 나에게 조용히 한탄을 했을 뿐이다. 회계에 대한 전문지식을 갖고 있다는 자부심과 자신이 좋아하는 팀원들과 계속 함께하려던 그의 희망은 순식간에 물 건너갔다. 내가 단지 해줄 수 있었던 위안은 아마도 짧은 시간 내에 다시금 회계 팀으로 복귀할 수도 있지 않겠냐는 말과 함께 너무 걱정하지 말라는, 누구나 할 수 있었던 가벼운 말이 전부였다. 한 달이 지난 뒤에는 그의 퇴사 소식이 들려왔다.

한편, 민정이는 스물아홉의 나이에 어느 대기업에서 비서 업무를 맡고 있다고 했다. 예쁘진 않았지만 수수한 외모와 목소리를 갖고 있었고 나는 그녀의 그런 점이 좋았던 것이다. 그녀와는 토요일 점심에 강남역 근처에서 만나기로 약속했다.

저녁 무렵에는 이따금씩 그녀와 안부전화를 하는 일이 내 일상에 들어서기 시작했다. 그녀는 회사에서 있었던 일, 백화점에서 누구와 쇼핑을 하고 왔다거나, 가끔씩 만나서 맥주를 한 잔씩 마시는 자신의 친구들은 어떻다는 시시콜콜한 얘기를 했다. 그녀에게 좋아하는 음식과 싫어하는 음식은 어떤 게 있는지 물어봤는데 아무거나 다 잘 먹는다는 흐리멍덩한 말을 늘어놓기도 했다. 우리는 주말의 만남에 대해서도 얘기했는데 일단은 초밥 집에서 점심을 먹기로 약속하였으며 식사장소는 내가 알아보기로 했다. 나는 그녀와 만날 날만 기다리며 업무에 좀 더 집중했다. 다시 삶의 활력이 돌아나는 것 같았다.

33장 데이트

민정이와 강남역 9번 출구에서 만나기로 약속하고 일찍부터 길을 나섰다. 먼저 도착해서 괜찮아 보이는 초밥 집을 찾아볼 예정이었다. 나는 약속시간의 40분 전에 도착해서는 일단 주변을 둘러봤다. 토요일 점심시간의 강남 시내는 끔찍했다. 식당과 영화관, 길거리에 온통 제멋대로 옷을 입은 남녀들이 한가득 채우고 있었다. 인파에 어지러움을 느껴서 비교적 사람이 드문 골목 구석으로 쭉 들어갔다. 그러다가 길가에 초밥 집이 한 군데 있는 것을 보았다. 가게 안으로 들어가 보지는 않았지만 꽤 많은 사람들이 들락거리는 장면을 목격하였으니 아마도 서비스가 불친절하여 장사가 안 되거나, 맛이 없는 곳은 아니라는 생각이 들었다. 다른 초밥 집을 찾기도 힘들 것 같아서 그 곳을 식사장소로 정했다. 아직 만남의 시간까지는 20분이 남아 있었다.

편의점에 들어가서 초코 우유를 한 잔 마셨다. 긍정적이고 쾌활한 사람이라는 것을 인식시키면서 그녀와 재밌는 데이트를 즐기기 위해서 미소 짓는 연습을 한차례 해보았다. 입 꼬리를 손으로 올리면서 미소를 지어 보았는데 왠지 어색한 것 같아서 눈웃음까지 지어보니 광대가 자연스럽게 올라갔다. 열 번 정도를 반복하면서 웃음을 짓고 있는데 그녀에게서 약속시간보다 십 분 정도 늦을 것 같다고 연락이 왔다.

약속시간의 십오 분이 지나자 역에서 그녀가 계단을 걸어서 올라왔다. 검정색 코트와 베이지색의 원피스를 입은 그녀의 하얀 얼굴이 도드라졌다. 반갑게 웃음을 지어 보였다.

"안녕! 배고프지?" 내가 인사했다.

"엄청 배고파. 그나저나 괜찮은 초밥 집은 찾았어?" 그녀가 말했다.

"조금 일찍 와서 둘러봤는데 괜찮은 곳을 발견했어. 일단 그 곳으로 가서 밥부터 먹자."

나의 안내로 좀 전에 둘러보았던 곳에 도착했다. 식당이 있는 건물 지하로 내려가서 보니 사람들이 거의 꽉 차 있었는데 자세히 둘러보니 다행이도 테이블 한 개가 남아 있었다. 입구에서 식당의 관리인으로 보이는 사람에게서 사람들이 많아서 식사 시간은 두 시간으로 제한된다는 기분 나쁜 말을 듣고는 자리에 앉았다. 우리가 앉아있는 바로 앞에는 초밥들이 크게 원을 그리며 돌아다녔다. 회전초밥 집은 실로 오랜만이었기에 일단 테이블 위에 가격이 적혀 있는 종이를 유심히 보았다. 대략 한 그릇에 오백 원, 비싼 것들은 삼천 원까지 하는 것들도 있었다.

식사를 위한 세팅이 끝나고, 따뜻한 장국이 기본 메뉴로 나와 민정이 앞에 놓였다. 우리는 이내 빙글빙글 돌아가는 초밥 그릇들을 멍하니 바라보며 배에 넣고 싶은 초밥의 종류를 눈으로 찾아가기 시작했다. 초밥들이 돌아가는 방향에 맞춰서 카멜레온처럼 눈동자가 쉴 새 없이 굴러다녔다. 간장에 절여진 새우가 올라간 새우초밥과 문어초밥, 두꺼운 계란말이가 있는 계란초밥 그리고 연어와 참치, 광어와 방어가 올라간 여러 생선초밥을 맛보기 시작했다. 한 그릇에는 똑같은 모양의 초밥이 2개씩 담겨있었는데, 충격적이게도 밥알에 비해서 올라가 있는 것의 크기는 너무 작았다. 게다가 예식장에서 볼 수 있는 싸구려 초밥과 별반 다를 바가 없어 보였다. 완벽한 실망이었다. 이런 어처구니없는 초밥을 내놓는 곳에 사람들이 가득 차 있다는 것조차 믿을 수가 없었다.

"여기 초밥은 좀 너무한 것 같아." 혹시 그녀도 나와 같은 생각을 하고 있을지 싶어서 내가 운을 띄웠다.

"그러게 말이야. 밥이 많고 질이 좀 별로네. 나는 예전에 와 보긴 했는데 오빠가 여기로 오자고 할 줄은 몰랐어. 근처에 괜찮은 곳이 있는데 거기로 갈걸 그랬어." 작은 목소리로 아쉽다는 듯이 그녀가 말했다.

그 말을 듣고 나는 황당함에 아무 말도 할 수가 없었다. 이미 이 얄팍한 여자는 이곳이 맛이 없는 곳이라는 사실을 알고 있었음에도, 게다가 더 괜찮은 곳을 알고 있었음에도 불구하고 굳이 여기로 따라왔고 이제 와서는 불평을 지껄이고 있었다. 나의 식당 선택 능력을 시험하는 건지 아니면 여기가 그나마 가격이 저렴하니 나를 배려해 주려는 건지, 혹은 맛없는 초밥을 먹었을 때의 내 반응을 보겠다는 건지 말이다. 아니면 정말 멍청한 여자일 수도 있었다.

그렇지만 찝찝한 기분과 놀림을 받은 것 같은 수치심에 대한 분노는 바로 잊을 수 있었다. 나에게는 그녀가 필요했기 때문이다. 다시금 몇 가지 농담을 건네면서 그녀에게 미소를 지어 보였다. 주어진 식사 시간인 두 시간은커녕 우리는 한 시간도 되지 않아서 배를 채우고는 식사를 마치고 밖으로 나왔다. 아까보다 더 많은 사람들이 거리를 메운 것 같았다. "커피 한잔 마실래?" 민정이의 말에 우리는 좀 더 강남역과는 반대 방향으로 빌딩 숲의 골목 깊숙이 걸어 들어갔다. 최대한 사람이 없는 조용한 곳을 찾고 싶었다. 10분이 넘는 시간을 걷다가 유리벽이 눈에 띄는 어느 카페에 들어갔다. 내부의 자리들이 띄엄띄엄 위치해 있어서 숨 막힐 일도 없어 보였다. 매혹적인 얼굴의 젊은 여자들이 몇 개의 테이블에 자리하고 그 중에는 노트북으로 무언가를 작업하고 있는 사람들도 보였다. 나는 민정이에게 메뉴를 묻고는 따뜻한 카페라떼와 유자차를 주문했다.

"전망이 좋은 곳인 것 같아." 내가 말했다.

"그러게, 바깥이 잘 보이네." 커피를 한 모금 들이켜더니 민정이가 말을 이어갔다. "그런데 오빠는 그 미팅에서 다른 마음에 드는 여자는 없었어?"

"매력적인 여자들이 가끔씩 눈에 띄긴 했었는데 당연히 그 중에서도 네가 가장 마음에 들었어. 그래서 같이 밥이라도 먹어야지 싶어서 우리가 재빠르게 먼저 밖에 나와서 너와 효정이를 기다렸던 거야."

"나도 오빠가 가장 괜찮아 보였어. 얘기할 때도 재밌었고 여러모로 봤을 때 말이야. 그런데 어떤 면에서 내가 괜찮다고 느낀 거야?"

"너도 말했듯이 대화도 잘 통하는 것 같고 무엇보다도 예쁘잖아."

그녀는 쑥스러운 듯이 고개를 숙이고는 귀엽게 웃었다. 내가 말을 이어갔다.

"희민이도 효정이랑 만난다고 하는 것 같았는데?"

"그래? 나는 몰랐어. 효정이랑 그 이후로 따로 연락을 안 해봤거든."

"자주 만나는 사이는 아니야?"

"응, 그렇게 친하지는 않아."

우리는 눈빛과 진지한 대화로 서로에 대해서 호감을 확인했다. 적어도 내가 생각하기에는 그랬다. 그녀는 말을 많이 하는 타입은 아니었지만 작은 입으로 오목조목 하고 싶은 말은 다 하는 타입이었다. 차라리 꿍하고 아무 말도 하지 않다가 삐지는 것보다는 무엇이든 얘기를 하는 편이 나을 것이라고 생각했다. 회사에서는 주로 본인이 책임지고 주도적으로 이끌어 가는 업무보다는 사무 보조에 가까운 업무들을 하고 있는 것 같았다.

"회사에서 퇴근하고는 따로 하는 건 있어?"

"예전에 잠깐 요가를 다녔어. 그런데 3개월 정도 하다 보니 게을러져서 잘 안 다니게 되는 것 같아서 그만 두었어. 다음에는 발레를 한번 배워볼까 생각 중이야."

"발레는 엄청나게 유연해야 하잖아?"

"그렇지. 그러니 처음부터 배워볼까 해."

"언제부터 할 생각인데?"

"글쎄, 아직은 뭐 계획이 없는데 아마 내년 초에는 도전해보지 않을까 싶어."

"그렇구나……."

잠시 할 말이 생각나지 않아서 앞에 놓인 차를 빨대로 몇 번 휘젓다가 질문을 이어갔다.

"그럼 요즘엔 주로 집에서 쉬어?"

"응, 가끔 친구들 만나서 밥을 먹거나 쇼핑도 좀 하고."

"만약에 연애하면 같이 하고 싶은 건 있어? 예를 들면 놀이공원을 가거나 여행을 가거나."

"글쎄, 딱히 생각은 안 해봤는데? 여행도 좋지."

그녀가 다른 여자들과 특별하다고 생각되는 면은 거의 없었다. 그렇지만 나쁜 면도 보이지 않았기에 괜찮은 여자라는 생각이 들었다.

"회사에서 일 하는 건 어때?" 내가 다시 물었다.

"그냥 그럭저럭 할 만해. 원래 다른 회사에서 일을 하다가 작년에 이직했거든. 이제는 웬만큼 적응도 한 것 같아."

"이직한 이유가 있어?"

"딱히……. 굳이 있다면 전 직장에서는 월급이 조금 실망스러웠어. 그러다가 기회가 생겨서 이직하게 된 거야."

"하고 싶은 일이 바뀌거나 일에 보다 전문성을 갖기 위해서 이직을 한 건 아니고?"

"응, 그런 건 아니야. 오빠는 일 하는 건 어때?"

특별히 삶의 즐거움은 없고 커리어상의 목표 따위는 없는 여자다.

돈벌이가 괜찮은 남자를 만나서 결혼만을 기다리는 회사의 몇몇 여직원들이 떠올랐다. 내가 봐온 그녀들은 삶의 희망과 젊은 청춘의 최종 목표를 결혼으로 바라보고 살아갔다. 그렇지만 차라리 이편이 나았다. 대체적으로 극도로 이상적이거나 자아실현의 욕구가 큰 사람들은 어디로 튈지 모르는 불안한 시한폭탄 같은 면이 있기 때문이다. 다만 지극히 평범하다는 것에 대한 아쉬운 면이 있다면 조금 재미가 없을 뿐이었다.

카페에서 두 시간을 앉아있으며 대화와 침묵이 오고갔고, 커피 맛에 대한 감상평을 늘어놓기도 하다가, 몇 장의 사진 촬영으로 시간을 보냈는데, 이렇게 오랜 시간 카페에 있어본 경험은 오랜만이었다. 특히, 민정이는 사진을 찍는 것을 좋아했는데 휴대폰 카메라로 처음에는 카페의 전경과 커피를 찍어 대더니 그 다음에는 자기 자신을 찍기도 하고 나와 함께 나온 모습을 찍기도 했다. 나와 그녀, 둘의 모습이 담긴 사진을 찍으려 하는 그녀의 모습을 보고는 우리가 어느새 연인이 된 것 같은 기분이 들었다. 벌써 우리는 연인처럼 카페에서 즐거움을 나누었다.

너무 오래 앉아 있다가 보니 할 얘기도 떨어진데다가 따뜻한 내부 온도로 인한 노곤함이 밀려들어와서 자리에서 일어섰다. 카페를 나와서 손을 잡고 길을 걸었다. 이제 무얼 할지 고민하던 차에 민정이가 다시금 배가 고파졌다면서 떡볶이를 먹자고 했다. “아까 밥 먹었는데 배고파?” 내가 물어보니 아까 초밥은 맛있지가 않아서 조금밖에 먹지 않았다고 했다. 생각보다 솔직한 여자였다.

강남역 방향으로 걸어가다가 그녀가 잘 안다는 떡볶이 집으로 들어갔다. 넓지 않은 공간에 테이블이 6개밖에 되지 않는 가게였는데 심플한 백색의 인테리어가 깔끔함을 자아냈다. 강남 한복판에 이런 가게가 있다는 것이 놀라웠다.

오징어와 김말이, 야채튀김과 함께 떡볶이와 순대를 1인분씩 주문했다. 바깥은 슬슬 어둠이 깔리기 시작했다. 겨울이기에 어둠이 일찍 내려온 것이다. 주문한 음식들이 나오고 떡볶이의 반질반질하고 시뻘겋게 보이는 떡들이 아주 먹음직스러워 보였다. 특히 떡볶이와 함께 나온 어묵 국물의 맛은 오묘하게 꽃게 특유의 향이 섞여서 중독성이 있었다. 나는 순식간에 어묵국물을 한 그릇 비우고는 한 그릇을 더 달라고 외쳤다.

"우리 언제 만날까? 다음 주말에 시간 괜찮아?" 튀김을 한입 베어 물며 그녀에게 물어봤다.

"그래, 토요일에 다시 보자. 그땐 뭐하고 놀까?"

"영화를 보는 건 어때? 요즘 재미있는 영화가 있을지는 모르겠지만 말이야. 그게 아니면 술 한 잔을 하는 것도 괜찮을 것 같아. 효정이와 희민이도 불러서 네 명이서 마셔도 괜찮고."

"다 괜찮은 것 같아. 천천히 연락하면서 생각해 보자."

"좋아."

그녀는 환하게 웃었다. 사랑스러운 주말이 다음 주에도 이어질 것이다. 답답한 면도 조금은 있지만 순수해 보이는 그녀가 좀 더 좋아질 것 같았다. 세상에 완벽한 사람은 없다. 집에 돌아오는 길에는 데이트가 성공적이었다는 생각이 들면서 나의 희소식을 알려주기 위해서 희민이에게 연락했다. 그는 연락을 받지 않았는데 거의 자정이 다 될 무렵에 그에게서 전화가 왔다. 그는 방금 전까지 효정이를 만났다고 했다.

"효정이와 데이트 좀 즐기느라 이제야 연락을 하네. 걔가 왕십리 근처에서 살고 있다고 해서 왕십리까지 가서 곱창을 먹고 술을 한잔 했지. 나는 술을 거의 못해서 거의 사이다만 마셨지만 말이야. 왕십리

곱창 유명한 건 알지? 거기서 배를 채우고는 2차로 조용한 바에 가서 칵테일을 한잔 했거든. 칵테일 정도는 거뜬해. 어쨌든 우리가 찾아갔던 곳이 분위기가 조용하고 괜찮은 곳이라서 거기서 그녀에게 고백하고 사귀기로 했어. 엄청나지?"

그의 바람직한 결과를 진심으로 축하해주었다. 적어도 처음 겪어보는 단체미팅이라는 모험에 반나절을 걸어서 괄목할 만한 성과를 이룬 것이었다. 그가 내 앞에 있었다면 포옹이라도 해주고 싶었다. 그러고는 내가 민정이와 데이트를 했던 얘기를 해주었더니 그 역시 진심으로 축하해 주었다. 긍정적인 결과가 조만간 있을 것 같다고 그의 의견을 말해 주었다. 오랜만에 잠이 잘 올 것 같은 밤이 찾아왔다.

34장 배신과 분노

지난달부터 실시된 올해의 신입사원 교육을 마치고 하나의 큰 과제를 수행했다는 만족감에 젖을 새도 없이 이틀 뒤에는 진행될 부장급 인원 대상의 리더십 교육이 있었다. 모든 부장들을 교육에 불러올 수는 없는 일이었기에 인천에서 근무하는 인원 중에 선별하여 육십 명 정도만 강의 참석을 요청했다. 참석인원에서 빠지게 된 부장들은 온라인 교육으로 대체하기로 했다. 그렇지만 준비할 때부터 뜬금없는 리더십 강의에 많은 이들에게서 문의가 쇄도했다. 가장 많이 받은 질문은 예상대로였다. "이 교육 도대체 왜 갑자기 하는 거지?" 교육의 목적에 대해서 묻는 질문에 대한 답만 수십 번을 한 것 같았다. 어쩔 수 없었다. 사장의 명령이었다.

교육 당일에 이르렀다. 이른 시간부터 시작하는 종일 교육이었기 때문에 새벽부터 사내에 우뚝 솟은 R&D센터 건물 1층의 교육장 문을 열고 교육 장비 세팅을 분주하게 처리했다. 외부 강사로부터 시작 30분 전에 도착할 예정이라고 연락이 왔고 교육장 앞에 위치한 자그마한 대기실에 강사가 잠시 쉬는 동안 목을 축일만한 물과 음료수 한 병, 과자 몇 개를 준비해 두었다.

교육생들은 거의 교육 시간이 다 되어서 교육장에 입장하기 시작했다. 이내 강사가 도착했고, 시작 시간을 알리는 종이 친 다음에는 단상에 서서 잠시 교육생들이 침묵하기를 기다렸다. 이윽고, 인사와 함께 교육 일정과 취지에 대해서 간단하게 설명한 뒤, 강사를 소개해 주었다. 박수가 쏟아지고 강사 특유의 높고 활발한 톤의 자기소개와 함께 강의가 시작되었다. 처음 보는 강사였는데, 덥수룩한 수염과 통

통한 몸뚱이를 보이며 내는 순박한 웃음소리가 인심 좋은 동네 아저씨 같은 인상을 주었다. 뚱한 표정으로 앞을 응시하고 있는 부장들 앞에서 화려한 언변과 재치 있는 농담을 늘어놓기 시작하더니 이내 교육장에 앉아 있는 모든 이들에게 웃음을 선사해 주었다. 순식간에 수십 명의 인원들을 자신의 편으로 만드는 것이었다. 강사와 교육의 내용에 대한 평가는 물론 교육생이 평가할 것이기에 처음부터 불어오는 그들의 호응은 내게 긍정적인 기대감을 심어주었다.

나는 살며시 뒷문으로 나가서 휴식을 취하기 위해 대기실에 앉았다. 예전에는 강사들이 무슨 얘기를 하는지 궁금했기 때문에 그들의 강의를 계속 지켜봤었다. 하지만 이제는 처음 몇 분만 자리에 앉아 있다가 슬그머니 교육장 밖으로 나와서 휴식을 취했다. 그저 가끔씩 강의실로 잠시 들어가서 문제가 있는지 살펴볼 뿐이었다.

교육을 시작한 지 두 시간이 지났는데 갑자기 교육장 안에서 웅성거리는 소리가 들렸다. 심상치 않은 소리에 쉬고 있었던 대기실을 나와서 교육장으로 들어가는 순간 놀라운 광경을 목격했다. 교육장 옆에 있었던 화장실의 배수구에서 물이 역류하는 바람에 교육장에까지 물이 스멀스멀 흘러 들어오기 시작했던 것이다. 그와 함께 구역질이 날 정도로 흘러 들어오는 물에서 역한 냄새도 엄습해 왔다. 젠장, 하필 내가 교육을 운영하는 이 시간에 이런 창피한 일이 발생했다는 사실에 얼굴이 빨개질 정도로 울분이 뒤집혀 올랐다.

나는 얼른 뚱뚱한 김 대리에게 비어 있는 다른 교육장을 찾아 달라고 요청한 뒤, 교육을 중단하고는 모두를 바깥으로 대피시켰다. 강사도 몹시 당황한 기색으로 물이 닿지 않은 곳을 조심스럽게 밟아가면서 나왔다. 우리가 다 빠져나왔을 때쯤에는 이미 교육장에는 물이 거의 발목까지 찰 정도로 범람하고 있었다. 비어 있는 교육장이 있다는 김 대리의 연락을 받고 교육생들과 함께 십 분 거리에 있는 그 곳으로 걷기 시작했다. 60명이 넘는 직원들이 줄지어 가는 꼴을 보아하니 그 꼴은 전쟁을 피해 하염없이 걸어가는 피난민과 다를 바가 없었다. 결국에는 모두들 무사히 도착했고 새로운 공간에서 교육이 재개되었다. 끊임없이 웃음이 나왔다. 술고래에게 이 화려한 이슈에 대해서 보고했더니, 상황이 잘 마무리되었냐고 물어보고는 다행이라는 한마디의 말만 돌아왔다. 나는 이 사건을 '12월의 살수대첩'이라고 나름대로의 이름을 지었다. 점점 회사에서의 모든 부정적인 일에 대해서 즐기고 있다는 걸 내 스스로 느끼게 되었다.

남아있는 삶의 즐거움은 민정이 뿐이었다. 주말마다 그녀와 함께 시간을 보냈고 그렇게 사주 동안 빠짐없이 만났던 것이다. 뚝섬과 이태원, 그 외에도 서울에서 데이트 명소로 손꼽히는 곳들로 바람을 쐬러 다녔다. 그와 함께, 이제껏 먹어보지 못한 이국 음식도 맛보곤 했다.

하지만 그 다음 주부터는 그녀를 한동안은 만날 수 없었는데, 그녀가 그만 다리를 크게 다쳐서 걷기 힘들어졌다고 내게 전해왔기 때문이다. 마지막으로 만난 날의 다음 주 금요일 저녁, 그녀는 동네 병원에 입원해 있다가 집에서 요양을 하고 있다고 말했고 나는 그때부터는 그녀가 완쾌될 날만 기다렸다. 병문안을 갈까도 싶었지만 집까지 찾아갔다가 그녀의 부모님과 마주치기라도 한다면 난감하기 뻔했다. 얼른 나아서 나와 함께 더 많은 시간을 보낼 수 있기를 바라는 마음이 간절했다. 그녀는 다리가 많이 아픈지 연락도 좀처럼 잘 되지 않았다.

그리고 한 주가 지난 날, 희민이에게 연락이 왔다. 안 그래도 그의 근황이 궁금하기도 했었기 때문에 반갑게 받을 수 있었다.

"희민아, 잘 지내고 있어? 너의 환상적인 데이트에 대해서 말해 줘.

몹시 궁금했어!"

"효정이는 생각보다 착한 여자야. 마음이 약해서 싫은 소리를 잘 못 하는 타입이라고 볼 수 있을 거야. 거의 주말마다 만나고 있어. 지난 주에는 같이 잠자리를 하기도 했지만 안타깝게도 섹스에 대해서는 인색한 것 같아. 그녀가 별로 원하지 않는다고 말 할 수 있지. 그래도 그건 그리 중요하지 않은 것 같아. 이곳저곳 드라이브를 다니면서 매 순간을 즐기고 있어. 내게 허용된 자유시간을 좋아하는 사람과 함께한다는 건 짜릿한 감동이잖아."

"그래도 잘 되어 가는 것 같아서 좋다. 언제 효정이와 다 같이 한번 봐야 할 텐데. 다 같이 놀면 재밌을 것 같아. 나도 지난주까지 민정이와는 매주 만났어. 이번 주에는 아프다고 해서 만나지 못했지만 말이야. 그녀와는 서울 동서남북 다 돌아다닌 것 같아."

"그래. 음……." 희민이가 크게 한숨을 쉬는 소리가 휴대폰을 통해 들려왔다. 뒤이어서 그가 말을 이어갔다.

"그런데 말이지. 너한테 이 말을 해도 될지는 모르겠는데."

"뭔데? 뜸들이지 말고 말해봐. 너와 나 사이에서 숨길 게 있어?" 내가 재촉했다.

"그게……, 다름 아니라 나도 효정이에게서 들은 말인데 며칠 전에 효정이가 민정이와 연락을 했나 봐."

"그런데?"

"우리가 처음 그녀들과 만났던 단체미팅 있잖아? 그때 그 자리에서 알게 된 다른 남자와 민정이가 사귀기로 했다고 하더라고……. 너 기억날지 모르겠지만 마지막에 경품에 당첨돼서 상품 받아간 사람 중에서 지방에서 올라왔다고 해서 충청도 사투리를 심하게 썼던 나이 꽤나 들어 보였던 사람 기억 나? 그 놈인 것 같아."

내 얼굴이 빨개졌다. 그리고 내 귀를 의심했다. 창피했지만 약간 떨리는 목소리로 희민이에게 진지하게 물어봤다.

“그럼 언제부터 만나기 시작했다는 말은 들었어?”

“글쎄, 자세히 말을 해주지는 않았는데 아마도 미팅 이후로 계속 만나긴 했나 보더라고.”

“그러면 나와 만나면서 동시에 그 사투리 쓰는 자식과도 만났던 거네? 결론적으론 나와 그 놈을 비교해 봤을 때 그 사투리 쓰는 놈이 더 좋아서 사귀게 된 것이고.”

“아마도 그런 것 같아. 정신이 나간 거지.”

그는 덧붙여 말했다. “미안하다. 이런 얘기를 내가 꺼내는 게 맞나 싶어.”

그래도 녀석이 내게 솔직하게 말해준 게 고마웠다. 그의 여린 성격상 아마도 내게 말하기까지는 많은 고민을 했을 것이 틀림없었다. “당연히 얘기를 해 줘야지. 어쨌든 말해줘서 고마워. 민정이에게는 캐묻지 않을 테니 걱정 마.”

다음에 보자는 인사와 함께 전화를 끊었다. 휴대폰을 집어 던지고 싶었지만 애써 참았다. 나에게 일어나는 일들에 대해서 도무지 이해하기 힘들었다. 뭐든 간에 정도껏 해야 한다. 모두가 나를 비웃는 것 같았다. 울고 싶어서 인상을 찡그려봤지만 웃음이 터져 나왔다. 그녀는 웃는 얼굴로 나를 처참하게 병신으로 만들었다. 지옥으로 떨어질 년!

35장 현범이와 명훈이 그리고 호윤이

2019년도를 알리는 제야의 종소리가 울려 퍼지기 몇 시간 전에 나는 연말을 외롭게 보낼 몇몇 친구들과 함께 부평의 한 술집을 찾았다. 실내 구조를 포장마차의 형태를 본떠서 인테리어를 한 덕분에 서민적인 기운이 물씬 풍기는 곳이었다. 요즘엔 포장마차뿐만 아니라 감옥, 편의점과 같이 이색적인 테마를 콘셉트로 하여 술을 파는 곳이 늘어가고 있었다. 어떻게든 사람들의 관심을 끌려면 남들보다는 독특해야 한다. 이러한 마케팅 전략은 자신을 독특하고 유일무이한 존재로 표출하고 싶은 인간 욕구와 많이 닮아 있었다. 거리에는 연인들, 여자를 찾아 나서는 녀석들 그리고 남자에게 관심 받기를 내심 원하는 여자들, 모두가 들떠 있었다. 거리는 스페인 축제를 연상케 할 만한 인파가 파도를 쳤다.

원래 우리 계획은 명훈이와 현범이와 나, 이렇게 셋이 나이트클럽을 가서 오랜만에 눈부신 조명 속에서 처음 만나는 아리따운 여성들과 새해의 첫 인사를 주고받고자 했었다. 그렇지만 호윤이가 끼는 바람에 부평에서 술독에 빠지기로 한 것이다. 애인이 있는 그 녀석이 나이트클럽에 가기를 꺼려하는 이유도 있었지만, 생각해 보니 오늘 같은 날은 입장하기 위해선 최소한 두 시간은 줄을 서야 할 것 같았기 때문이다. 이 소중한 시간을 길바닥에 버려두고 싶지는 않았다.

마지막 날까지 업무에 치여서 나는 가장 늦게야 그들이 있는 술자리에 찾아 들어갈 수 있었다.

"빨리 좀 와, 멍청아!" 호윤이가 손을 흔들며 외쳤다. 아마도 벌써 소주를 한 병 정도는 마신 상태로 보였다.

몹시 배가 고팠다. 테이블을 보니 골뱅이 무침과 치즈불닭이 놓여 있었는데 이미 절반도 남아있지 않았다. 나는 재빨리 종업원을 불러서 짬뽕 탕을 하나 더 주문했다.

"잘 들 지냈어? 못 보던 사이에 얼굴들은 더 늙어졌네."

"네가 그렇게 말 할 입장은 아닌 것 같은데? 네 모습이 가장 늙어 보여. 사는 게 힘드냐?" 현범이가 빈정거렸다.

"여기저기서 날 괴롭게 만들고 있어. 요즘엔 집에서도 잔소리가 끊이지를 않아. 가끔씩은 아버지가 술에 취해서 들어오시면 본인 친구들은 결혼은 이미 다들 한데다가 손자들까지도 보는 친구들도 있는데 친구 자식들이 손주 사진을 자랑하곤 한다고 하더라고. 젠장, 인생의 완행열차를 타려면 욕먹는 건 감수해야 한다니깐. 완전히 가시방석이야. 30대 초반에 큰 죄를 짓는 기분이 들 때도 있어. 그런데도 결혼은 커녕 아직 제대로 된 짝도 못 찾았어."

그러고는 최근에 있었던 일들에 대해서 이야기했다. 믿기지 않은 일들이라며 심각한 표정을 짓다가도 재미있다는 듯이 껄껄 웃는 녀석들의 얼굴에 장난스럽게 욕을 들이부었다. 나는 길게 말하니 더욱 배가 고파져서 남아있던 골뱅이 무침을 크게 두 번을 입에 넣었다. 호윤이가 건배를 제의했다.

"2018년도 끝이야. 점점 시간이 빨라지고 있어. 이런……."

"올해도 뭐하면서 지내왔는지 싶어."

"뭘 하긴, 그저 노동자의 신분으로 돈이나 벌었지."

"게다가 올 겨울엔 눈도 조금밖에 오지 않았어." 취기로 인해 얼굴이 붉어진 현범이가 중얼거렸다.

"눈이 많이 내리면 뭐해? 회사에서 제설작업이나 할 텐데!" 명훈이가 소리쳤다.

"그래도 마음을 편안하게 하잖아."

"넌 아직 회사에서 끝없이 쌓이는 눈덩어리를 치워보지 않아서 몰라. 겨울에도 온몸에 땀이 난다고!" 명훈이가 투덜거렸다.

옆 테이블에는 연인들로 보이는 젊은 남녀가 앉아 있었는데, 무슨 일인지 여자가 훌쩍거리고 있었다. 남자는 달래주지 않은 채 고개를 푹 숙이고 있는 꼴이 재밌어서 우리 넷은 잠시 그 테이블의 모습을 지켜봤다. 제발 이 자리가 그들이 헤어지려는 안타까운 모습이기를 바랐다. 행복한 꼴들은 더 이상 보고 싶지 않았다. 모든 것들이 거짓이었다.

나는 현범이를 바라보며 말했다.

"현범아, 그나저나 취업 축하한다."

그는 두 달 전에 자동차 정비업체에 수습기사로 취업을 했다. 오랜 기간 동안 놀고 있었던 그였지만 어느 정도 아버지에게 등을 떠밀려서 어쩔 수 없이 만들어진 결과라고 들었다. 어쨌든 돈은 벌어야 했으니 말이다.

"고마워. 다들 좋은 소식이 있어야 할 텐데……." 그는 씁쓸하게 말하더니 소주를 입에 털어 넣었다. 그가 왜 그런 말을 하는지 알고 있었다. 우리의 친구 태주가 운영하는 치킨집이 상황이 갑작스럽게 어려워져, 가게를 접었다고 들었기 때문이다. 물론 태주가 평생토록 치킨 장사를 하지는 않을 것이라고 말했던 적이 있었다. 부지런하고 준비성이 철저한 그의 성격답게 다른 사업을 구상하고 있다고 말하곤 했었다. 그렇지만 가게를 접은 어쩔 수 없었던 타이밍이 너무 빠르게 다가왔다. 그는 정신을 차리고 재도약을 하기 위해서 휴식을 갖는다고 했다. 오늘도 그는 술자리에 참석하지 않았다.

내 주변에서는 무언가를 이룸으로 인해서 진정한 행복이 찾아온 놈은 찾기가 힘들었다. 호윤이 역시 결국 세무사 시험을 포기하고 최근에 갈빗집에서 일을 하기 시작했다. 결국 자연스럽게 그의 꿈은 갈비를 파는 배달전문점을 운영하는 사장으로 바뀌었다. 오히려 그에겐 그 편이 잘 어울렸다.

"갈빗집은 오늘 바쁜 날 아니야? 이렇게 나와도 되는 거야?"

"아까 명훈이도 물어보던데, 상관없어. 교대로 일하는 거라서 다른 친구들이 일 하고 있어. 다음에 한번 놀러 와. 만수동 어딘지 알지? 오면 서비스는 많이 줄게."

"공짜로 못 줘?" 명훈이가 까불대자 호윤이가 가운데 손가락을 살며시 들어올렸다.

"일하는 것도 이렇게 우여곡절이 많은데 단란한 가정은 어찌 이룰지 막막한 인생들이야."

명훈이가 한탄했다.

"의찬이가 제일 힘들어 보여. 번듯하게 회사도 다니는 놈이 왜 이렇게 우울해 보여?"

"회사는 돈을 버는 곳이야. 아무리 많은 사람들이 그 곳에서 꿈을 이루기도 하고 집보다 오랜 시간 머물러 있는 가정 같은 곳이라고 하기도 하지만 다 헛소리야. 어떤 조직에 속한다는 건 그리 중요하지 않다고 볼 수 있어. 일시적일 뿐이지. 어차피 나는 나 자신에게만 구속되어 있을 뿐이야."

"맞아. 한편으로는 혼자가 아닐 때도 혼자라는 생각이 많아지기도 해." 호윤이가 덧붙였다. "어쩌면 사람들이 내 곁에 있을수록 더 외로워지는 경향이 있지. 군중속의 고독이라는 말들도 하잖아."

"고독과 주변의 사람들과는 별 상관이 없는 게 아니라면 기댈 사람이 없다는 뜻일 수 있지."

"다른 사람들은 자기만의 기댈 사람이 많이 있을까?" 명훈이가 모두에게 질문했다.

“내가 유흥을 즐기면서 만났던 여자들은 보통 자기의 언니나 엄마와 모든 것들을 털어놓는 사이라고 말하기도 해. 모든 걸 털어놓는다는 것이 기댈 수 있는 사람이라는 뜻 아닐까?” 내가 말했다.

“글쎄, 비슷하게 볼 수도 있겠지만 다른 부분이 확실히 존재하지. 예를 들면 난 너희들에게 나의 모든 것들을 말할 수 있지만, 너희에게 기대는 건 아닌 것 같아. 가족들에게는 모든 걸 털어놓지는 않지만 가끔은 기댈 때도 있는 것 같고.” 명훈이가 말했다.

“기댈 곳이 없는 자의 불행함이란!” 현범이는 누군가를 생각하며 말하는 것 같았지만 사실 지금 이 테이블 앞에 앉아있는 우리 모두에게 해당되는 말이었다. 아니, 어쩌면 나만 그렇게 느낄 수도 있었다. 그때 명훈이가 인상을 찌푸리며 말했다. 그의 말투는 모든 것들을 다 내려놓은 그런 느낌이었다.

“C급 인생. 우리는 C급 인생이야! B급보다 못한 하류 인생이다 이 말이야. 우린 항상 맛이 갔어. 돈, 성욕 그리고 편안함과 같은 것들 말이야. 그것들에 헤어 나올 수 없는 상태란 말이지.”

테이블을 언뜻 보니 초록색 술병이 아홉 개나 줄 서 있었다. 잠시 후에는 모두가 숨을 죽이고 술집에 매달려 있는 벽걸이 TV에서 제야의 종을 치는 모습을 지켜봤다. 미간을 찌푸려가며 알코올이 흩트려놓은 내 눈의 초점을 TV에 집중해 보았다. 종을 치는 모습과 함께 이따금씩 종로 한복판에서 그 현장을 지켜보는 시민들의 모습들이 화면에 보여 졌다. 웃는 얼굴이었다. 무엇이 그렇게 즐거운지는 모르겠지만 하여튼 웃고 있었다. 옆에서 명훈이가 IT회사에서의 야간 근무에 지친다고 푸념하는 소리가 들려왔다. 그러면서 연신 욕을 날리고 있었다.

"우리 모두 놀아야 해. 영혼에도 휴식이 필요한 법이지……. 과잉된 문명이 만들어 낸 기형적인 생활에는 지치기 마련이야. 안식의 하품이 내 입에서 다섯 번 정도 입에서 삐져나오면…… 그때부터 다시 갈 길을 결정하면 돼!" 현범이가 옆에서 비틀거리면서 말을 힘겹게 이어갔다. 이제는 우리 모두가 알 수 없는 소리들을 지껄이고 있었다.

나는 흐릿한 정신으로 선희에게 전화를 걸었지만 그녀는 받지 않았다. 다시 전화를 걸었다. 통화연결음이 반복되고는 결국 받지 않았다. 그런데 잠시 후에 그녀에게서 연락이 왔다.

"왜 연락했어? 우리 끝난 지 오래 됐잖아? 남자친구도 있고 해서 조금 부담스러워……." 그녀가 퉁명스럽게 말했다.

"같이 있어?"

"아니, 나한테 남자친구가 있다고."

"그건 이미 알고 있어. 어쨌든 날 만나고 싶지 않았어?" 혀가 꼬여서 힘겹게 말을 이어갔다.

"우리 헤어진 지 오래 됐잖아. 그런 마음 없어."

"그래서 날 보고 싶지 않았냐고."

그녀는 그저 한숨만 쉴 뿐, 아무런 대답을 하지 않았다.

"그동안 너 생각이 많이 나더라고. 우리 함께했었던 것들이 좋았잖아. 우린 앞으로도 함께해야 해. 널 위해서 많은 것들을 준비했어. 정말이야! 앞으로 잘 할게."

취기가 조금은 덜어지는 느낌이 들었다. 그러면서도 나는 계속 말을 이어갔다.

"한 가지만 물어볼게. 나랑 이렇게 헤어질 때 어떤 기분이었어? 갑작스럽게 떠났잖아. 그러려면 도대체 왜 만난거야?"

잠시 침묵이 흘렀다. 그녀는 이내 한숨을 쉬더니 침착하게 말을 꺼냈다.

"왜 그래? 오빠답지 않아……. 그때 난 대학생이었잖아. 누군가 기댈 곳이 필요했나 봐. 이젠 일도 하고 있고 제대로 살고 싶어. 앞으로는 연락하지 마. 더 이상 오빠한테 어떤 감정도 없으니깐."

내 얼굴이 빨갛게 상기되고 있다는 걸 느꼈다. 정신을 다잡고는 그녀에게 마지막 말을 꺼냈다.

"난 네게 기회를 준 거야. 그래도 나한테 깊은 상처를 주는구나. 처절하게 배신하다니! 넌 양심도 없어. 네가 말이야. 음……. 평생 불행했으면 좋겠어. 그렇지 않다면 내가 불행하게 해 줄게. 그리고 잘 들어 봐……."

입을 떼려는 순간 그녀가 전화를 끊어버렸다. 나는 한동안 휴대폰을 쳐다봤다.

잠시 뒤, 우리 네 명의 낙오자들은 비틀거리며 밖으로 기어 나왔다. 술값을 누가 계산했는지는 아마도 그나마 술에 덜 취한 놈만이 기억할 것이다. 곧장 눈에 보이는 데로 근처의 어느 바에 들어가서는 싸구려 양주와 야하게 입은 여자들과 뒤섞여 정신없이 노닥거렸다. 내 앞에 앉아서 양주를 홀짝거리는 갈색 머리의 바텐더가 낮엔 회사에서 일을 하고 밤엔 여기에 와서 일을 한다면서 자랑스럽게 지껄이기에 내가 멍청한 년이라며 술잔을 내던지는 바람에 우린 마지막 잔을 마시지 못하고 나와야 했다. 누런색 병의 뜨겁고 묽은 핏물이 내 기관지와 위를 녹여버린 뒤에 어깨동무로 서로를 부축하며 다시금 거리로 나왔다. 더 이상은 버틸 수 없어서 우리는 다음을 기약하며 헤어지기로 했다. 호윤이와 현범이가 먼저 택시를 타고 집으로 돌아갔다. 나와 명훈이는 여전히 비틀대며 걷기 시작했다.

오징어가 물속에서 춤을 추듯이 비틀거리고 흐느적대며 몸을 지탱

하면서 부평시장 방향으로 뻗은 큰 길을 건너고 집을 향해 걸었다. 골목으로 들어가니 4층까지 솟아 있는 컴퓨터학원 건물 근처 모텔이 가득한 골목 사거리 구석에 자전거 두 대가 눈에 띄었다. 나는 그쪽으로 다가가서는 왼편에 놓인 검정색 자전거를 잡고 발로 냅다 차기 시작했다. 가장 먼저 페달이 달려 있는 부위를, 그리고는 줄기처럼 뻗어 있는 튜브, 마지막으로 두 바퀴를 계속해서 밟다가 걷어차기도 하고, 때로는 두 손으로 번쩍 들어서 내리쳤다. 무의식의 심연 속에서 정신없이 내려치다 보니 추운 날씨에도 노동의 땀이 흐르기 시작했다. 그럼에도 불구하고 작업은 계속 이루어졌다. 지켜보고 있던 명훈이도 그 옆에 서 있던 자전거를 빠른 속도로 밟아 대기 시작했다. 몇몇 지나가는 사람들의 인기척이 들렸지만 미친 듯이 기타 줄을 튕기듯이 우리는 사정없이 우리 앞에 놓인 문명의 산출물을 내리쳤다. 자전거 부품들이 땅에 부딪히는 소리와 힘을 줄 때의 기합소리가 한데 어우러져 하모니를 자아내고 있었다. 누군가가 우리에게 합당한 이유를 정중하게 물어봤다면 아마도 침묵을 지켰을 것이다. 알 수 없었다. 더 이상 힘을 쓸 수 없어졌을 때 숨을 헐떡이며 일어나서는 조용히 누워있는 자전거 부품들을 보았다. 그 순간 웃음이 터져 나왔는데, 그건 미소를 짓는 연습이 만들어 낸 웃음이 아니라 순수하고 성스러운 인간 본연에서 터져 나오는 실로 간만에 내뱉는 웃음이었다. 쓰레기! 길가에는 조금 더 많은 쓰레기들이 넘쳐나기 시작했고 쓰레기들이 이제는 명확히 보이기 시작했다. 거리의 쓰레기는 모조리 치워버려야 했다.

나와 명훈이는 헉헉대다가 담배를 입에 물고 기운을 차리고 난 뒤, 다시금 집으로 향했다. 물론 오는 중간에 자판기에서 커피 한잔을 뽑아 몸을 녹이는 건 잊지 않았다.

36장 구조조정

어제 너무 많이 마셔서 머리가 깨질 듯이 아파왔다. 도대체 내가 출근을 어떻게 했는지도 모를 정도로 제정신이 아닌 상태로 모니터 앞에 앉았다. 집중할 수 없어서 하룻밤 새 내게 온 이메일을 하나씩 읽는 시늉을 했다.

계속 시계를 보면서 일분일초를 버티고 있는데, 김 대리가 메신저로 회사에서 조만간 어려워진 경영상황을 극복하기 위해 부득이하게 구조조정을 할 것이라는 소문이 들린다고 전해왔다. 그럴 법도 한 상황이라 그런 소문이 돌아도 전혀 이상할 게 없긴 했다. 그렇지만 이와 관련해서 명확하게 들려오는 바는 없었기에 확실하지는 않은 입소문일 뿐이라고 생각했다.

점심시간이 한 시간쯤 남았는데 도저히 참을 수가 없어서 매점에서 두통약 하나를 샀다. 매점 사장이 나를 보고는 걱정스러운 듯이 말했다. "의찬 씨, 어제 술 많이 마셨나 봐요. 힘들어 보이는데……." 쓸데없는 참견을 간단하게 무시하고는 흡연실로 나와서 심호흡을 한 번 하고는 쪼그려 앉았다. 밀려 있는 결재는 오후에 하자고 생각하고는 가만히 눈을 감았다. 주은이가 결혼 전에 대접하겠다는 식사 자리가 이번 주말에 있다는 게 떠올랐다. 그 자리에 가서 그녀를 다시 보고 싶었다. 이번엔 그녀의 표정을 일그러뜨리고 싶었다.

결국 점심시간이 다 될 때까지 그 자리에서 벗어나지 않았다. 한참 동안 맑은 공기를 마신 뒤에 식당을 향해 걸었다. 뚱뚱한 김 대리가 나를 보더니 물었다.

"어디 있었어? 사무실에 통 없던데?"

바람 좀 쐬고 있었다고 답하니 그가 힐끗 이상하다는 듯 쳐다봤다. 나는 그에게 좀 전에 그가 일러준 소문에 대한 의견을 말해 주었다.

"아까 말씀하신 그 소식이 근거 있는 소식이었으면 하네요. 요즘 통 지루하던 차였는데 새로운 이슈가 하나 생기겠네요."

"그렇지……." 짧은 동의의사를 남긴 김 대리와 나는 식당에서 엄청난 양을 먹기 시작했고 그때부터 술에서 조금 깨어나고 있다는 것이 몸소 느껴졌다.

오후 근무가 시작될 쯤에는 희민이에게서 효정이와 헤어졌다고 연락이 왔다. 그녀와 매일같이 붙어 다니는 친구들 중에 사내자식들이 포함되어 있다는 사실이 못마땅했다는 것이 이별의 가장 커다란 이유였다고 했으며 그 외에도 그녀의 이루 말할 수 없는 답답한 구석들 또한 헤어짐에 기름을 부었다는 말을 했다. 조만간 그와 만나서 좀 더 많은 얘기들을 하기로 했다.

37장 정리해고와 다툼

뜬소문일 뿐이라고 생각했던 구조조정은 삼 일 만에 현실이 되었다. 구조조정이 공식적으로 발표가 나기 약 이 주 전부터 팀장과 본부장, 몇 명의 임원들이 쉴 새 없이 들락거리며 계속된 회의를 하면서 아마도 정리해고 대상자를 선별하는 작업을 해왔던 것으로 보였다.

하긴 곰곰이 생각해 보면 피할 수 없는 상황이 도래했던 것이었다. 거의 매출의 삼분의 일이 줄어버렸으며 영업이익은 마이너스를 향해 가고 있었다. 우리 회사의 인원은 많은 반면 그들이 가진 생산력과 수익성은 인원수에 비해 크게 못 미치는 결과를 내고 있었다. 비용절감은 한계에 다다르고 있었으며, 신사업에 대한 투자는 전혀 이루어지지 않아 향후 기세가 좋아질 것이라는 기대는 전혀 할 수가 없었다. 더군다나 국내외 경제상황도 이루 말하지 못할 만큼 좋지 못한 상황이었다. 혼돈이었다.

정리해고 대상자는 48세 이상의 직원들 중에서 선별되었는데 몇 번의 회의를 거쳐서 꽤나 큰 금액의 위로금을 퇴직금과는 별도로 지급하도록 기준을 정했다. 그리고 바로 어제, 회사를 떠나야 할 사람들의 리스트가 공개됐다. 회사 분위기는 순식간에 침울해졌다. 몇몇 사람들은 누군가가 떠난다는 사실에 눈물을 흘렸다고도 들었다.

그리고는 대상자 선별과 위로금 지급 기준에 대한 불만의 목소리가 터져 나오기 시작하면서 우리 팀에는 끊임없이 항의전화가 몰려왔다.

물론 나 역시 세 건의 전화를 받았고 그들의 불평 섞인 말이 계속되면서 귀가 따가웠다. 네 번째 전화를 받았을 땐, 이전의 힘이 빠진 목소리와는 다르게 다짜고짜 힘차게 욕지거리가 들려왔다.

"어이, 여보세요? 어떤 새끼가 위로금 기준을 정한 거야?" 화가 나 있는 목소리의 주인공은 나와 업무적으로 자주 마주쳤고 두 번 정도 술자리를 가졌던 품질 부문의 김 부장이었다. 그와 가졌던 술자리에서 자신을 삼촌처럼 대하라고 했던 기억이 있다. 우린 꽤나 친해졌다고 생각했었는데 아무래도 아닌 모양이었다. 조급한 상황에 몰리니 그에게는 동료도, 친구도 없었다. 그는 단지 한 푼 더 챙겨가지 못해서 분하고 억울할 뿐이었다. 그 마음이 충분히 이해가 되었지만 어쨌든 그의 사정은 내 알 바가 아니다.

"누구 한 사람이 정한 건 아닙니다. 회사에서 정한 거죠."

내가 두루뭉술하게 대답하니 그쪽에선 더 화가 난 목소리로 소리쳤다.

"글쎄, 그게 누구냐니깐!" 잠시 조용하다가 그는 말을 이어갔다. "아니, 됐고. 어쨌든 말도 안되는 게 나이순으로만 위로금 기준을 매겨버리면 어쩌자는 건가? 누구는 십년만 근무하고 누구는 삼십년을 넘게 근무했는데도 똑같이 가져가겠다는 건데 이게 말이 되는 거야? 네가 한번 입장을 바꿔서 생각해 봐. 그리고 학자금 지원에 대한 것도 말야……." 몇 가지의 불만사항을 한꺼번에 털어놓았다. 점차 지겨워졌다.

"그럼 그 전에 많이 벌어 놓으셨겠네요."

"말장난 하자는 건가? 개자식아!" 내 말에 그가 흥분해서 고래고래 소리를 질렀다.

"기준이기 때문에 어쩔 수 없지 않습니까? 정해진 걸 뭐 어쩌란 겁니까?"

"내가 삼십년을 넘게 회사에서 헌신했는데 고작 이따위로 대하는 거야? 어이가 없네. 재수 없는 새끼들!"

무슨 말을 하든지 상관은 없었지만, 비꼬는 뉘앙스의 말투가 느껴졌고 그게 내 화를 돋구기 시작했다.

"말씀하신 그놈의 삼십년 동안 당신네들이 이따위로 했으니 결국 회사가 이 꼴이죠."

통화하는 목소리가 커져서 고개를 들어 사무실을 둘러보니 대부분 직원들이 미어캣처럼 나를 응시하고 있었다.

"자네 말 그 따위로 밖에 못해?" 소리치는 소리가 어찌나 큰지 수화기에서 강한 진동이 느껴졌다.

"부장님은 그 따위로 밖에 말을 못하십니까?"

"너 거기 그대로 있어!" 강하게 수화기를 내려놓는 소리가 들려왔다.

나는 일단 계속 전화통화를 하는 척을 하기 위해서 연결이 끊긴 수화기에 얼굴을 대고 말을 이어갔다.

"……어쨌든 죄송합니다. 앞으로는 말조심하겠습니다. 네, 네."

수화기를 내려놓으니 나를 지켜보던 이들은 다시금 고개를 숙이고 각자의 일을 하기 시작했다. 나는 조용히 사무실을 나와서 공장 밖으로 나섰다. 중간에 김 대리가 나를 격려해주기 위해 '같이 나갈까?'라고 말했지만 괜찮다는 뜻으로 한 번 웃어주었다.

사무실 밖으로 나와서 나는 1공장에서 일하고 있는 김 부장이 이쪽으로 오는 노선에서 그를 기다렸다. 한동안 오지 않아서 입에 담배를 하나 물고는 불을 붙였다. 잠시 후에 그가 씩씩거리며 걸어오고 있는 모습이 저 멀리서 보였다. 나는 입에 물고 있던 담배를 땅에 던지고는 그에게 다가가서 멱살을 움켜졌다. 그의 충혈된 눈에서 좀 전과는 다르게 분노보다는 당혹스러움이 묻어 있었다. 내가 얌전히 그의 얼굴에 대고 말했다.

"적당히 하고 꺼져. 지저분한 얼굴 다시 보고 싶지도 않으니깐. 여기까지 와서 어쩔 건데?"

그는 토끼 같이 입을 오므리고는 그저 나를 쳐다볼 뿐이었다. 나는 나지막하게 이를 악문 상태로 말을 이어갔다.

"쓸데없는 소리 퍼뜨리면 끝까지 찾아가 줄게. 그 정도 받아먹으면 된 거니 앞으로 입 튀어나온 모습 보이지 말고."

잡고 있던 멱살을 내려놓자 그가 코를 슬쩍 비볐다. 이내 나를 힐끔 쳐다보더니 왔던 길을 되돌아가기 시작했다. 어깨가 처진 그의 뒷모습을 잠시 바라보니 아까와는 다르게 가장으로 열심히 일을 하다가 내쫓기게 된 가엾은 사람으로 보여 안타깝다는 생각이 들었다. 감정은 생각보다 복잡했다. 머리가 아파 와서 바람을 좀 쐬다 올라갈까 했지만 날이 너무 추웠다.

다시금 사무실로 돌아오니 아무것도 모르는 임 과장이 내게 괜찮냐고 하며 걱정스러운 표정으로 연신 물어봤다. 나는 미소를 지어 보였다. 팀장은 여전히 자리에 없었으며 그 후에도 나에게 두 건의 전화가 찾아왔다. 마치 콜센터에서 근무하는 착각을 불러일으켰다.

퇴근 후에 집으로 돌아와서 저녁을 간단하게 해치우고는 여유롭게 TV를 보며 점점 눈이 감기려고 하는데 전혀 예상치 않았던 민정이에게 연락이 왔다.

'오빠, 잘 지내고 있어? 연락도 없고……. 어떻게 지내?'

놀란 마음으로 잠시 메시지를 바라봤다. 그녀에게서 뻔뻔함에서 더러움이 느껴졌다. 아마도 그때 나를 팽개치고 만났던 그 녀석과는 헤어졌을 것이 뻔했다. 나는 한 번 더 휴대폰을 바라봤다. 그리고는 그녀에게 연락을 기다렸었고 다리는 괜찮은지와 몹시 보고 싶다고 메시지를 보냈다. 주은이의 결혼식 날짜에 맞춰서 삼주 뒤에 만나자고 제안했다.

38장 주은이와 대학 동기들

주말엔 주은이와 만나기로 한 시간에 늦지 않기 위해 때맞춰서 강남으로 길을 나섰다. 그녀는 삼 주 뒤에 결혼을 할 테지만 그래도 멋진 모습을 보이고 싶었다. 그런 의미에서 카멜 색깔의 코트로 한껏 멋을 부리고 향수까지 오랜만에 뿌렸다. 간만의 꾸민 모습이 어느 정도 흡족해서 지하철을 타고 갈 때도 유리창에 비친 내 모습을 몇 번이고 지켜봤다. 오늘은 나를 포함해서 민수의 결혼식 때 만났던 중석이와 호영이, 민수와 주은이까지 총 다섯 명이 보기로 했다. 주은이가 어느 고기집의 룸 하나를 예약했다고 했는데 강남역 9번 출구의 먹자골목에 위치한 곳이었다. 내겐 강남에서 만난다는 자체가 썩 내키지는 않았다. 그래도 그녀가 예약한 곳으로 찾아 들어가니 벌써 모두가 도착해 있었고, 주은이도 보였다. 반갑게 인사하면서 그녀를 바라보니 그녀가 편한 복장을 입고 온 것 같아서 약간 서운한 마음이 들었다.

이윽고 주문한 고기와 술이 나오고 시시콜콜한 얘기들이 오고 갔다. 대학 시절의 추억부터 시작해서 서로의 안부를 묻기도 하고, 누구는 결혼을 했다더라, 누구는 외국으로 떠났다며 친한 것 마냥 지껄이기도 했다. 또한, 어느 누구는 힘들게 살고 있다며 안타깝다는 말을 하기도 했는데 그 말을 꺼냄과 동시에 우월감에 취해있는 듯한 그들의 표정을 봤다. 그저 지겨운 얘기들뿐이었다. 나는 단지 주은이의 애가 닳도록 만드는 그 눈빛만을 느끼고 싶었다.

한창 그들이 하는 얘기를 듣고 있는데 이번에는 민수가 내게 말을 꺼냈다.

"의찬아, 너는 결혼 언제 해?"

내가 대답하려 하자, 그가 내 대답을 가로챘다.

"아, 아직 여자 친구가 없지?"

나는 민수를 살짝 올려다봤다. 뿔테안경 사이로 보이는 녀석의 작은 눈에서 나를 같잖게 보는 눈빛을 느꼈다. 그의 말에 모두가 재밌는 듯 웃었다. 나는 씁쓸하게 미소를 떴다. 나를 제외한 모두가 이성과 교제하고 있다는 사실이 안타까웠다.

"의찬이형 아직 여자 친구 없어?" 호영이가 쓸데없이 확인조로 질문을 했다. 나는 비참한 기분으로 주은이의 얼굴을 바라봤다. 그 순간 그녀에게서 민수의 결혼식 때 봤던 그 표정이 느껴졌다. 이제 깨달았다. 그때 느꼈던 감정들이 단순한 내 망상이었다는 것이 확실하게 느껴졌다.

"호영아, 너가 괜찮은 여자 있으면 의찬이형 소개 좀 시켜줘." 이번엔 중석이가 말했다.

"됐어, 괜찮아." 내가 웃으며 손을 저었더니 민수가 다시금 말을 꺼냈다.

"괜찮긴 뭘 괜찮아. 그러다가 결혼 못해. 아무나 만나라도 봐야지."

"아냐, 정말 괜찮다니까! 그리고 언젠간 정말 괜찮은 여자를 만날 수 있을 거야. 주. 은. 이. 처. 럼 괜찮은 여자를 만난다면 말이야." 뒤늦은 고백이나 다름없는 말을 꺼냈고, 그 처절한 말을 하는 내 자신이 잠시 창피해졌다. 괜한 말을 꺼냈나 싶은 생각이 들어서 다른 소재로 이야기를 돌리려고 고개를 들었을 때, 우연히 주은이의 눈과 마주쳤다. 그녀에게 고백을 한다면 그녀는 어떤 표정과 대답으로 나를 놀라게 할지, 얼마나 깜짝 놀랄지에 대해서 십여 년이 지난 세월동안 수없이 떠올려 봤었다. 그녀의 맑은 눈에서 눈물을 흘릴 정도는 아니더라도 그녀도 나를 좋아했었지만 그동안 확신이 없었다느니 혹은 남자친구와 헤어지고 나를 만날 의사가 있다는 뉘앙스로 내게 환희를 줄 것이라고 생각했었다. 틀림없다고 생각했었는데…… 지금 현실에서, 명확한 실제 상황에서 그녀의 표정은 아무 변화가 없었다. 무표정이라기보다는 오히려 얼음보다 차갑도록 아주 희미한 미간의 찌푸림이 느껴졌고 그녀의 입은 굳게 다물어져 있었다. 어설프고 처절한 고백 아닌 고백은 완전한 실패로 일단락이 났다.

"큰일 났네. 의찬이 얘기를 들어보니 마흔이 넘어서까지 결혼은 못하겠어." 그때 민수의 빈정거림에 얼굴이 빨개졌다. 나는 눈물이 날 것 같은 마음을 꾹 참고는 고개를 숙인 채로 말을 꺼냈다.

"내가 여자 친구가 있는지 없는지 그건 중요하지 않아."

그때 민수가 다시금 말을 꺼냈다.

"왜 중요하지 않아? 네가 결혼을 빨리 해야 호영이와 중석이도 결혼을 하겠지."

다시금 모두가 웃었다.

"형, 결혼에 순서가 어디 있어!" 호영이가 나를 변호했다.

잠깐의 정적을 깨고 우린 건배를 했다. 나는 앞에 있던 소주잔을 비우고는 다른 소재로 대화를 돌리고자 다음 질문을 고민하고 있었는데 다시금 민수가 말을 꺼냈다.

"혹시, 너 아직까지 예솔이를 못 잊는 건 아니겠지?"

그 말에 중석이가 놀라서 호들갑을 떨며 말했다.

"뭐야, 의찬이 형이 예솔이 좋아했어? 나만 모르고 있었던 거야?" 호영이가 놀라며 말했다.

사실 예솔이는 처음 대학에 입학할 때 즈음 내가 잠깐 짝사랑했던 여자였는데 보기 좋게 차였던 과거가 있었다. 그 뒤 시간이 한참 지나고 나서 언제부턴가 주은이를 남몰래 좋아하기 시작했던 것이다.

밀려오는 화를 참으며 살짝 미소를 지었다. 왼쪽 검지가 파르르 떨리기 시작했다. 중석이가 화제를 돌려 그 뒤로는 신혼여행은 어디로 갈 지와 가전제품에 대한 얘기들이 오갔다. 그래도 이 식사장소의 즐거운 분위기를 위해 고개를 숙이고 양말을 만지작거렸다. 민수가 가만히 지켜보다가 내게 웃으면서 물었다.

"의찬아, 삐졌어? 왜 말도 안하고 있어?"

그의 말에 모든 감정선이 터지는 듯 짜릿한 자극이 전해졌다. 나는 참을 수 없어서 한동안 웃음을 터뜨렸다. 그리고는 이내 미소를 지어 보이며 말을 꺼냈다.

"내가 주은이도 좋아했단 말이야."

"뭐?"

주은이가 몹시 당황한 모습으로 입을 다물었다. 나는 내 앞에 가득 차 있는 맥주잔에 젓가락을 넣어서 밑바닥을 쿡쿡 찔렀다. 맥주에서 거품이 작게 일었다. 그리고 이번엔 세게 내려치니 밑바닥이 깨지면서 맥주가 스멀스멀 잔에서 기어 나왔다. 담배를 꺼내 물며 나는 다시 말을 이어갔다.

"그건 몰랐어? 나한테 관심이 없나 보구나."

잠깐 웃었다.

"너희는 참……. 뭐랄까, 쓰레기나 다름없는 놈들이지 뭐. 뒤에서 비웃기나 하고, 자기보다 못한 것들이라고 생각되면 하찮게 내려 보잖아?"

누구에게서도 아무런 대답이 없자, 나는 식탁 아래에 뻐근한 다리를 한번 쭉 펴고는 계속 말했다.

"앞에서는 근사하게 얘기하고 자기 약점은 감추기만 하면서 뒤에서는 기껏 해봐야 더럽게 자위행위나 하겠지. 개 같은 놈들, 맞아. 너희들 말하는 거야. 남들 다하는 것들을 해오면서 자신이 최고라는 양 뽐내며 살아온 거지. 배려라고는 없어."

나는 허리를 한번 젖히고는 왁스가 묻어 있는 머리를 한번 쓸었다. 재미없게도 모두가 조용했다.

"거기다가 사랑에 실패했다는 걸 소재삼아서 재밌다는 듯이 주제넘게 낄낄거리는 모습들을 봐. 오! 이런……. 니들 눈으로 서로 한 번 봐봐. 보라니까! 가증스러워서 구역질이 날 것 같잖아?"

"그리고 얘 말이야." 나는 주은이를 손가락으로 가리켰다. 모두가 그녀를 쳐다봤다.

"니들은 얘 보면서도 멍청한 대가리 속으로 분명 얘와 섹스를 즐기는 걸 몇 번이고 상상했을 게 틀림없는 놈들이지? 아니면 말을 해봐. 쓰레기들……. 그러면서 누굴 좋아하는 걸 같다가 소재 삼아서 지껄이면서 성인군자인 척하는 것들 봐. 정말 대단해!"

"형, 왜 그래? 많이 취한 것 같아."

중석이가 난감하다는 표정과 함께 나를 말렸다.

"그래 맞아. 너희들의 가식적인 모습에 취했어. 먼저 갈게, 더 있으면 모두가 불편해하겠지."

그리고는 카멜 색 코트를 잡은 채 자리에서 일어났다. 나가기 전에 작별인사를 했다.

"잘들 살아 봐. 그 자신만만한 행복한 가정 꾸리고 말이지."

나가려던 차에 깜박 잊었다는 듯이 다시 몸을 돌려, 지갑에서 만 원짜리 지폐 두 장을 꺼내서 테이블 위에 올려놓고는 자리를 떠났다. 아무도 마중 나오지 않았다. 화가 가라앉자, 나는 고기와 술을 양껏 먹지 못했다는 사실이 안타까웠다.

39장 결혼식

석 주간 쌀쌀하면서 지겨운 나날이 빠르게 지나갔으며, 주은이의 결혼식이 있는 날이자, 동시에 민정이를 만나기로 한 날이 도래했을 땐 강추위와 함께 따가운 칼바람이 불어왔다.

청첩장을 다시 열어보니 잠실역 부근에서 한 시에 결혼식이 개최된다고 적혀 있었다. 민정이는 네 시쯤 강남역에서 만나기로 했으니 결혼식에 들렀다가 나와서 배를 좀 채우고 바로 민정이를 만나면 될 것 같았다. 물론 결혼식에선 나를 반기지 않을 것 같았지만 어쨌든 그녀에게서 초대는 받았으니 가야만 할 것 같았다.

빨간색 후드티 위에 남색 점퍼를 걸치고 한껏 멋스럽게 왁스를 발랐다. 그리고 작은 과도를 싱크대에서 가져와서는 신문지에 싸서 하얀 에코 백에 담았다. TV를 뚫어져라 보고 있던 어머니에게는 늦게 들어올 것이며 사랑한다는 말과 함께 20만 원의 용돈이 들어가 있는 봉투를 드리고는 집을 나섰다.

세찬 바람을 뚫고 지하철을 탔고 한 시간이 넘게 걸려서 잠실에 도착했다. 결혼식이 시작하기 십 분 전에 예식장에 도착했다. 사람들이 엄청 북적거렸고 주은이의 모습은 보이지 않았다. 아마도 결혼식 준비 때문에 어딘가 들어가 있을 것이다. 축의금 봉투에 오만 원을 넣고는 사인펜으로 봉투 겉면에 내 이름을 적었다. 그것만으로는 뭔가 심심한 느낌이 들어서 이름 아래에 하트 모양을 그려 넣었다.

주변에 있는 몇몇 사람들이 내 옷차림을 힐끔거리고는 중얼대는 모습이 보였다. 아마도 집에 양복이 없다면 자기 가족의 장례식장에도 오지 않을 녀석들이다.

축의금 봉투를 건네고 주은이를 찾아 한 번 더 두리번거렸지만 그녀는 보이지 않았다. 아쉬운 마음을 뒤로 하고 식장 안을 잠시 들여다보다가 배가 고파져서 바로 예식장을 나왔다. 고픈 배를 부여잡고 곧바로 강남역으로 향했다. 칼바람이 불어와서 모두가 추운 날씨에 꽁꽁 싸맨 채로 빠른 걸음으로 걷고 있었다. 나는 근처 편의점으로 들어가서 호빵과 컵라면을 해치웠다. 민정이에게 연락이 왔다.

'오빠, 네 시에 강남역에서 9번 출구 맞지?'

확인 차 연락한 것 같았다. 그렇다고 대답한 뒤 편의점 안에서 시간을 조금 때우다가 약속시간이 다가와서 밖으로 나왔다. 잠시 후 그녀가 도착하는 모습이 보였다.

그녀의 모습이 이전에 만났을 때와 달라진 점이 있다면 곱슬곱슬하게 웨이브를 넣었다는 것뿐이었다.

"오랜만이야."

"오빠, 반가워. 잘 있었어?"

그녀가 발랄하게 나를 맞았다.

"다리는 괜찮아졌어?"

"응, 말끔하게 다 나았어." 그녀의 대답에 웃음이 피식 튀어나오는 걸 감추느라 애먹었다.

우리는 가볍게 식사를 하고는 근처의 선술집으로 들어갔다. 이내 분위기가 좋아졌다. 오히려 그 전에 이 여자와 연애를 하기 위해서 만난다는 생각이 없어지니 더욱 편하게 말을 꺼낼 수 있었던 점이 그녀에겐 더욱 호감으로 다가온 것 같았다.

그녀가 술이 약한 관계로 우리는 따뜻한 정종을 마시면서 서로 그동안 있었던 일들에 대해서 얘기하기 시작했다.

"오빠, 쉬는 동안에는 산책과 함께 책을 많이 읽었어! 여러 분야의 책들 말이야……. 좀 더 내 자신이 지적으로 변한 것 같아. 물론, 중간중간에 오빠 생각도 많이 했어. 오빠가 보고 싶었거든."

"……좀 더 지혜로워진 거야?"

"그런 것 같아. 좀 더 행복하게 살면 좋겠다고 생각하기도 했어. 그리고 인터넷을 할 시간이 많다 보니 여기저기 맛집들도 엄청 많이 찾아놨어! 오빠도 맛있는 음식 먹으러 다니는 걸 좋아하지?"

"매우 좋아하지."

대답과 함께 나는 그녀에게 미소를 보였다.

"오늘은 오랜만에 만났으니 신나게 마시자!"

익숙하지 않은 술이다 보니 우리는 적당량을 모르고 지나칠 정도로 마셔댔다.

그녀는 안본 사이에 수다쟁이가 되어 있었다. 그녀에게 적당히 호응하면서 나 역시 많은 말들을 나불거렸다. 그러다가 문득 시계를 보니 열한 시가 훌쩍 넘었다. 분위기 좋은 음악이 흘러나왔다. 나는 그녀의 눈을 보면서 손을 살짝 잡았다.

"손이 부드러워……. 정말 보고 싶었어, 민정아."

그녀는 살짝 웃어 보였다. 우리는 밖으로 나가서 서로의 손을 꼭 잡고 신논현역 방향으로 걷기 시작했다. 그리고 좀 전에 미처 하지 못했던 일상적인 이야기를 나눴다. 물론 야한 농담도 빼놓지 않았다.

십오 분 정도를 걸었을 때 편의점이 눈에 들어와서 재빨리 들어서고는 다정스럽게 그녀에게 말했다.

"전철 끊겨서 자고가야 할 것 같아. 나는 그냥 과자랑 맥주 몇 캔 사서 들어가서 마실까 해. 너도 잠깐 있다가 갈래?"

그녀는 잠시 망설이다가 자그맣게 대답했다.

"응……."

맥주와 그녀가 좋아하는 과자 두 봉지를 사고는 다시금 걷기 시작했다. 그리고 오 분 정도 더 걷다가 중간에 보이는 '클라우드 모텔'이라 적혀진 네온사인이 크게 붙어있는 건물에 들어갔다. 다행이도 공실이 있어서 숙박료를 지불하려고 하는데 그녀가 카드를 내밀면서 내게 말했다.

"오빠, 오늘 돈 많이 썼잖아."

우리는 카운터의 노인네가 안내해 준 304호로 들어가서는 맥주를 두 캔씩 마셨다. 내부의 따뜻한 온도 때문인지 서로의 빨간 볼을 보면서 한참을 웃었다. 그리고는 잠시 누워서 TV를 보다가 불을 끄고는 격렬하게 서로를 애무하기 시작했다. 그렇게 시작된 두 번의 관계 이후에는 그녀의 볼에 강력하게 입맞춤을 했다.

샤워를 마치고 나왔을 땐 그녀는 리모컨을 손에 쥔 채 이미 곯아떨어져 있었다. 옆에 있던 그녀의 가방을 선반 위로 치워 두고는 속옷 한 장만 걸치고 있는 그녀를 잠시 바라봤다. 불을 끄고 TV소리를 줄였다. 뒤이어 내 에코 백에서 식칼이 담긴 신문지더미를 들고 화장실로 향했다.

세면대 앞 거울에 내 상반신이 수증기를 뚫고 희미하게 비췄다. 옆방에서 신음소리와 침대가 덜컥거리는 소리가 들려왔다. 그 소리를 들으면서 다시금 거울을 바라봤다. 미소를 지으려 했는데 자꾸 입 꼬리가 쳐지고 울음이 나올 것 같았다. 이상하게도 눈물이 날 정도로 슬픔이 엄습했다. 이룰 수 없는 절망감과 함께 분노와 허무함이 몰려왔다. 잠시 흐느끼다가 보니 문득 그녀에게 너무 가혹한 벌이 아닌가 싶었다. 하지만 그녀는 벌을 받아야 했다. 머릿속이 어지러웠다.

다리가 떨리면서 내 심장도 덩달아 빠르게 뛰고 있음이 느껴졌다. 그녀의 몸이 움직였다. 고통을 느낀 걸까?

마무리 작업 후에 귀여운 그녀의 머리를 한차례 쓰다듬어 주고는 갈색 손잡이의 식칼과 짐을 챙겨서 밖으로 뛰쳐나왔다. 아까 먹었던 술과 음식이 소화가 되지 않아 구역질이 났다.

40장 소박한 꿈

오랜만에 연차를 냈다. 그 덕분에 평일임에도 출근을 하지 않고 밖으로 외출하니 왠지 그럴싸한 여유가 느껴졌다. 엊그제 퇴사의사를 밝혔을 때 몇몇이 아쉬워하던 표정이 떠올랐다. 그렇지만 이 회사에서는 평생 존재감 없이 살아갈 것 같았다. 모든 이들이, 특히 나의 그녀들이 관심을 갖도록 할 수 있는 일을 고민해봐야 할 것이다. 나는 다시 한 번 거리에 홀로 서게 된 것뿐이다.

몇 가지 일들을 처리해야 했다. 먼저 아침부터 명훈이를 만나기 위해서 도서관을 찾았다. 그는 어제 24시간 근무를 마치고는 집에서 내내 자다가 아침 일찍부터 도서관에 앉아있었다.

"어이!" 그는 내려와서 잠에서 덜 깬 듯한 눈으로 나를 반겼다.

우리는 도서관 옆 흡연 장소로 가서 담배를 피웠다. 들고 온 뜨거운 커피를 한 모금 삼켰다.

"나 올해 말에 호주로 떠난다." 녀석이 다짜고짜 말을 꺼냈다.

"뭔 소리야? 네가 왜?" 나는 적잖이 놀랐다. 내가 알기로 이놈은 외국과는 거리가 먼 녀석이었다.

"그냥, 밤낮이 바뀌면서 일하다 보니 몸도 망가지고 정신도 지친 것 같아. IT쪽에서, 혹은 이 회사에서 벗어나지 못한다면 계속 이 생활을 해야 할 수도 있어. 괜찮은 환경으로 옮기기엔 내 능력이 충분하지도 않고 말이야."

"그렇다고 호주를 가?"

"정말이야. 이것저것 알아보고 있는 중이야. 결코 아무 생각도 없이 단순 무식하게 가는 건 아니야. 거기 우리 매형이 살고 있잖아. 지금은 요리사를 하고 있는데 매형 밑에서 일을 배우거나 아니면 다른 일들을 찾아볼 거야. 아직도 걱정스럽다는 눈빛을 보내는구나? 하는 수 없어. 어쨌든 일단 최소 일 년 정도는 거기서 살 예정이야."

"갑자기 왜 그런 결정을 한 거야? 멍청한 짓이라고 생각되지 않아? 외국이나 여기나 똑같아. 잘 생각해봐. 지금 일하고 있는 그 회사에 들어가려고 노력이란 노력은 다하고서 너무 쉽게 포기하는 것 아니야?" 그러자 그가 웃으며 답했다.

"잘 생각하고 고민한 결과를 말하는 거야, 친구. 어쨌든 다른 애들과 같이 만나면 얘기할 생각이긴 했지만 일단 너에게만 먼저 말을 해주는 거야. 거기서 해보고 싶은 일도 몇 가지 있어. 계획에 따라서 꾸준히 버텨보면 어느 정도는 괜찮게 살 수 있을 거야."

"넌 비겁한 겁쟁이에 불과한 놈이야. 그저 도피를 하는 놈이라고!"

"생각의 차이지. 평생 거기에 있을 것이라는 건 아니니까 걱정은 말아. 단지 해야 할 일들을 하고 돌아오는 것뿐이라고 생각해 줘. 올 때는 기념품도 사오지."

아침부터 적잖이 당황스러웠다. 그래도 곰곰이 생각해보면 그리 말도 안 되는 얘기도 아니었다. 어차피 삶의 방향에서 정답이란 없었다.

"네가 선택한 것이라면 내가 무슨 말을 할 수 있겠냐마는 결코 결정에 후회할 생각은 하지 마라."

"걱정 마."

반쯤 남아있던 커피는 이미 차갑게 식었다. 자리에서 두 개비째 담배연기를 내뱉을 땐 침묵만이 우리를 지배했다.

명훈이와 작별 인사를 하고는 다시 집으로 발걸음을 옮겼다. 아직 추운 나날이 계속됐다. 돌아오는 길의 모든 것들이 얼어붙어 있었다. 구름장막 사이를 뚫고 햇볕이 조금씩 들어오긴 했지만 말이다. 동네의 모든 것들이 낯설게 느껴졌다. 골목가에 늘어진 주택단지를 지나가는데 어느 집에서 삼겹살을 굽는 냄새가 흘러나왔다. 눈물이 왈칵 쏟아질 뻔하다가 용케 참았다. 변화하는 굴레 속에서 애초부터 무엇이 어긋난 것인지 알 수 없었다. 내 존재가 문제였던 것은 아닐까 싶다가 결국 내 삶 모든 것에 대해서 울음을 터뜨렸다. 모두가 떠나갔다.

머릿속 그림은 결코 화려하지 않았다. 단지 따뜻한 가정, 그것만을 원했다. 그저 미래에 살게 될 집이 떠올랐다. 집은 궁전처럼 넓거나 고급스러운 인테리어 따위는 별로 상관이 없었다. 다만, 내 목소리와 악기들을 녹음할 수 있는 자그마한 녹음실 부스 공간이 있었으면 좋겠다. 커다랗고 푹신푹신한 소파도 필요했다. 거실에서의 섹스를 즐기기 위해서는 그런 소파가 있어야 했다. 그리고……. 그리고는 집에 필요한 다른 것들은 별로 생각이 나지는 않았다. 아, 참. 깜박 잊을 뻔했는데 벌레는 없어야 한다. 특히 바퀴벌레는 온몸에 소름을 돋게 만든다.

그곳에는 한 여인이 있다. 내가 사랑하는. 우리는 서로가 항상 웃는 얼굴로 아침을 맞는다. 모두가 감탄하는 그런 아름다운 얼굴은 아니지만 내게는 충분히 매력 있는 곱상한 외모다. 가끔은 티격태격하기도 하지만 이내 서로가 화해의 입맞춤을 하고는 내 팔에 팔짱을 끼고는 환하게 웃는다. 현명한 그녀는 내 사생활도 어느 정도 존중해 주지만 나 역시 그녀의 사생활을 존중한다. 우리는 가끔씩 근처의 술집에서 술을 한 잔 하기도 하며 추억 얘기에 빠진다. 춤을 출 수 있는 술집도 가끔씩 찾아간다. 거기서는 그녀의 아름다운 춤사위를 보며 엄지손가락을 올리며 환호성을 지른다. 어설프지만 귀여워 보이는, 더욱 사랑을 갈구하는 듯한 몸짓이 나를 유혹한다. 그녀의 주변에서 춤을 추고 있는, 짧고 섹시한 의상을 다져 입은 어느 여자들은 내 눈에 흐릿하게 보였다. 스포트라이트는 그녀에게만 비추고 있다. 나는 그녀에게 다가가서 허리를 끌어안고는 이내 같이 춤을 추기도 한다. 블루스를 흉내 내다가 이내 동작이 꼬일 때면 우리는 웃음을 터뜨린다.

꿈꾸는 집에는 가끔씩 근처에 살고 있는 내 친구들이 들른다. 그 녀석들과 함께하는 가족 모임에는 주로 근처 정육점에서 사오는 선홍색의 붉고 신선해 보이는 굵게 잘라진 삼겹살을 굽는다. 친구들이 가지고 있는 걱정거리에 대해서 이야기를 하고 한 주간 있었던 재미난 일과 시시콜콜한 농담도 주고받는다.

여행, 그렇지. 여행을 빼놓을 수는 없어. 한두 달에 한 번씩은 조용한 장소를 택해서 여행을 떠난다. 아무도 모르는 곳. 석양이 비추는 해변이라면 더 좋을 것이다. 그곳에서 음악을 틀어 놓고는 가만히 누워 있다가 흥이 머리끝까지 차오르면 일어나서 춤을 춘다. 해방의 날갯짓이다. 모든 것들이 사랑스럽게 보이는 그 순간을 심장에 각인한다. 다시금 삶의 의욕을 살리기 위해 잠시 깊은 생각에 빠지면서 잠이 든다. 내 연인은 옆에서 내 손을 잡고 사진을 찍으며 자기만의 세계에서 놀고 있다가 내가 잠이 든 모습을 보고는 이내 옆에서 눈을 감고 깊은 잠에 빠진다. 주변에서 지저귀고 있는 새들과 귀뚜라미가 조용히 자장가를 불러준다. 애기, 우리 둘의 분신은 결코 나를 닮지는 않아야 한다. 머리가 좋을 필요도 없었고 외모가 훌륭할 필요도 없었다. 그저 착하고 음악을 좋아한다면 그걸로 만족했다. 사랑하는 모든 게 있는 그 곳, 낙원의 주스는 달콤할 것 같았다. 그 꿈은 선명하고도 희미하게 이따금씩 내게 다가왔었다…….

집에 도착해서 정장으로 갈아입고는 다시 밖으로 나와 주차장으로 향했다. 잠시 서서 일렬로 늘어서 있는 차들 중에서 아버지의 차를 찾았다. 구석에 서 있는 차를 찾아 문을 열고 들어갔다. 내비게이션의 목적지에 강릉시청을 찍었다. 내가 알기로 그녀는 그 부근에 살고 있었다. 잠시 후, 두 시간 삼십 분이 걸린다는 친절한 안내를 들으며 시동을 켰다.

백야의 그늘

전세환 지음

발 행 처 · 도서출판 **청어**
발 행 인 · 이영철
영　업 · 이동호
홍　보 · 천성래
기　획 · 남기환
편　집 · 방세화
디 자 인 · 이수빈 | 김영은
제작이사 · 공병한
인　쇄 · 누리터

등　록 · 1999년 5월 3일
(제321-3210000251001999000063호)

1판 1쇄 발행 · 2020년 7월 30일

주　소 · 서울특별시 서초구 남부순환로 364길 8-15 동일빌딩 2층
대표전화 · 02-586-0477
팩시밀리 · 0303-0942-0478

홈페이지 · www.chungeobook.com
E-mail · ppi20@hanmail.net
ISBN · 979-11-5860-870-5(03810)

이 도서의 국립중앙도서관 출판시도서목록(CIP)은 서지정보유통지원시스템 홈페이지(http://seoji.nl.go.kr)와 국가자료공동목록시스템(http://www.nl.go.kr/kolisnet)에서 이용하실 수 있습니다.(CIP제어번호: CIP2020029123)